An einem heißen Morgen im Jahre 1895 wird am palmengesäumten Strand von Waikiki ein Toter angeschwemmt. Eva Hanson ist die einzige *haole*, also weiße Frau, unter denen, die ihn finden. Sie soll die Polizei informieren. Aber was Eva nicht ahnt: Dieser Tote hätte nie gefunden werden sollen. Ganz auf sich gestellt, ohne Freunde und Familie in einer ihr fremden Welt, gerät Eva, die rothaarige Wahrsagerin aus Norwegen, in ein Machtspiel, dessen Ausmaße sie nicht ermessen kann.
Die Stimmung auf der Insel ist gespannt: Das hawaiianische Volk fordert die Rückkehr ihrer von den Amerikanern abgesetzten Königin, aber die Vereinigten Staaten wollen das Land in ihren Besitz bringen. Inmitten von Gerüchten und Intrigen trifft Eva den Schotten McClelland, einen Mann, dessen Vergangenheit so mysteriös und bewegt ist wie ihre eigene. Darf sie diesem Mann trauen, der sie gegen ihren Willen fasziniert? Mitten in dem Sturm der Ereignisse, der das legendäre Paradies der Südsee zu vernichten droht, muss Eva ihr Schicksal erkennen und sich entscheiden.

Pamela Ball wuchs in Hawaii auf. Heute lebt sie in Florida, wo sie an der Universität von Tallahassee *Creative Writing* unterrichtet. Sie erhielt für ihre Werke mehrere Auszeichnungen, unter anderem den ›Hemingway Short Fiction Award‹. Ihr erster Roman ›Insel des Feuers‹ liegt im Fischer Taschenbuch Verlag vor (Bd. 14793).

Unsere Adresse im Internet: www.fischer-tb.de

Pamela Ball

Sturmblüte

Roman

Aus dem Amerikanischen von
Maria Czedik-Eysenberg

Fischer Taschenbuch Verlag

Veröffentlicht im Fischer Taschenbuch Verlag,
einem Unternehmen der S. Fischer Verlag GmbH,
Frankfurt am Main, September 2003

Lizenzausgabe mit Genehmigung des Krüger Verlages,
Frankfurt am Main
Die amerikanische Originalausgabe erschien 2002
unter dem Titel ›The Floating City‹ im Verlag Viking, New York

Druck und Bindung: Clausen & Bosse, Leck
Printed in Germany
ISBN 3-596-15815-X

Für Claire Hanson Ball und für Gary White

Prolog

Die Reise des toten Mannes begann oberhalb von Honolulu in einem der Teehäuser, die wie verborgene Monde die Stadt umgeben. Hinter dem Teehaus floss der Nuuanu, der den toten Mann mit sich forttrug, vorbei an Häusern, geduckt an einen Bambuswald, vorbei an einer buddhistischen Nonne, die einen Eimer Wasser aus dem Strom schöpfte, einer Nonne, die ihn als Geheimnis betrachtete, ihren Eimer absetzte, um ihn schweigend zu beobachten. Vorbei an den massiven Häusern der Missionare, die so fest gegen die Winterstürme gebaut waren, als hätten sie das kalte Wetter ebenso mitgebracht wie ihre kalte Religion. Dann wurde er an den schwerelos wirkenden Herrenhäusern der Zuckerbarone vorbeigeschwemmt, die immer weiß getüncht waren und deren Kuppeln aussahen, als wären sie aus gesponnenem Zucker. Dort, auf einem hoch gelegenen Balkon, stand eine einsame Frau in weißem Kleid, die den Zucker geheiratet hatte und nun unter seinem Gewicht zu ersticken drohte. Flussabwärts trieb er an dem Mausoleum der hawaiischen Könige vorbei, einem kleinen Gebäude, das unter seinem steilen Dach die Toten von Hawaii verwahrte. Dann glitt er zwischen den Häusern der Kaufleute, wo sich der Strom verengte und die Felsen hoch aufragten. Dort wartete der tote Mann auf Regen, damit der Fluss anschwoll, um ihn weiter zu tragen, flussabwärts zu den kleinen Leuten, wo der Lärm der Hahnenkämpfe schrillte, Liebe eine

Alltäglichkeit war, wo die Straßenhändler mit schriller, insektengleicher Stimme ihre Ware anpriesen und Ukulelen so laut spielten, dass sie die düsteren Weissagungen der Missionare, die Hölle sei heißer als Hawaii, übertönten. Es schwemmte ihn an schattendunklen Frauen vorbei, die Seeleute vom anderen Ende der Welt küssten, während alte Männer Opium rauchten, dem Hahnenschrei und der Antwort der Glocken lauschten.
An der Flussbiegung ballte sich der Lärm der Hulaklassen und der Tanzetablissements, Vogelgeschrei lag über dem Strom, der hier langsam floss und als Müllhalde diente. Dort verbarg sich der Tote einige Stunden unter Schilf und Unrat, bis ihn der Regen näher an die Bucht von Honolulu trieb. Er glitt an Bananenpflanzen vorbei und an fischenden kleinen Jungen, die nach Hause liefen und schrien, sie hätten einen toten Mann mit dichtem schwarzen Haar gesehen, doch niemand glaubte ihnen. Die Jungen glaubten sich selbst kaum und lauschten ihren Eltern, die sagten, sie hätten den Geist eines toten Vorfahren gesehen und sie wären froh, dass man sogar im nächsten Leben seine dichten schwarzen Haare behalten konnte. In der Innenstadt von Honolulu trieb es den toten Mann hinter die lauten Bars der Seeleute und die Tätowiersalons, wo junge Männer ihre nervös zuckende Haut der Liebsten überschrieben. Und er glitt hinter den Häusern der Abstinenzler und den überfüllten Bordellen vorbei, wo Frauen ihre *muumuus* gleich leuchtenden Blumen über das Geländer hingen. Der tote Mann trieb durch die Strommündung, wo das schmutzige Wasser sich in die Bucht von Honolulu ergoss, dort stieß er gegen die Pfähle des Piers, bis der Sturm ihn hinter die Sampans, die Ruderboote und die amerikanischen Kriegsschiffe von der Größe eines Luxushotels warf, dann sandte ihn die Flut in eine kleine Felshöhle.

Eine Insel taucht aus dem Meer und das Unheil beginnt.
Kamehameha der Große brachte alle hawaiischen Inseln unter seine Herrschaft, und das erste Mal gab es einen König, ein Gesetz, ein Land. Als endlich die fremden Schiffe mit Segeln in der Farbe des Todes aufzukreuzen begannen, fürchtete das Volk, es müsse wohl ein Fluch sein, von einer derartigen Erscheinung heimgesucht zu werden. Schiffe, die aus Ländern kamen, von denen die Menschen hier noch nie gehört hatten, drängten in die Buchten, und neue Häfen wurden ausgekundschaftet, um aufzunehmen, was die Welt ausgeschickt hatte.
Kamehameha starb im Jahre 1819. Im Jahr darauf erschienen die Missionare, und nichts blieb, wie es einmal war.

1. Kapitel

Honolulu ist eine Stadt, die einem zu Bewusstsein bringt, was man nicht ist. Eva war nicht aus Hawaii. Sie war nicht Amerikanerin. Sie war weder Ehefrau noch Mutter. Sie war Hellseherin, aber ihre Gabe ähnelte einem undressierten Hund, sie kam, wann sie wollte, aber nicht, wenn man sie rief.

Die Palmen flüsterten in ihren Blättern, und über Honolulu war der frühe Morgenhimmel so rosig und zart wie das Innere eines Babymunds, und vielleicht war es das Einzige, dessen man sicher sein konnte. Als Eva und Lehua mit den Rädern zur Höhle fuhren, dachte Eva an alles, was sie nicht war. Ihr Alter auf der Identitätskarte betrug einige Jahre mehr, als es der Wirklichkeit, nämlich fünfundzwanzig Jahre, entsprach. Der Name auf ihrer Identitätskarte war nicht ihr eigener. Hier in Honolulu hieß sie Eva Hanson.

Die langen Röcke um die Beine hochgebunden, radelten sie die vom Tau feuchten Straßen hinunter, als glitten sie über eine Wasserfläche. Auf dem Weg bergab versprühten die Räder Wasserstrahlen, dünn wie eine Messerscheide, hell wie ein Gebet. Sie wohnten in einem alten Haus oben am Berg, das sich *makai*, dem Meer zu öffnete.

Auf der Straßenseite gegenüber war das Waisenhaus für hawaiische Mädchen. Lehua war selbst in dem großen Haus aufgewachsen, das für die Kinder der Leprakranken errichtet worden

war. Ein Waisenhaus für Kinder, die nicht ganz Waisen waren.
Nun unterrichtete Lehua sie, Hula zu tanzen, und Eva sagte ihnen die Zukunft voraus und lehrte sie, Poker zu spielen. Das Wichtigste im Leben war zu wissen, was wirklich zählte, doch das verstanden sie bereits. Die alten Seeleute, die gleich nebenan wohnten, erzählten den Kindern Geschichten von Walen, die sich so lange an der Wasseroberfläche aufhielten, bis Bäume und Pflanzen auf ihrem Rücken wuchsen. Schiffe legten dort an, und die ahnungslosen Matrosen stiegen aus, da sie glaubten, sich an Land zu befinden.
Die alten Männer stampften mit den Füßen auf den Boden, zwinkerten und sagten: »Na sicher hat sich's wie Erde angefühlt, doch wer weiß?« Alle Mädchen hielten die Luft an und atmeten langsam wieder aus. Eva fand sie einmal, wie sie mit einer Schaufel im Boden des Waisenhaushofs gruben, nicht um die andere Seite der Welt oder China zu finden, sondern den Rücken des Wals. Wer weiß? In diesem Land war nichts so, wie es den Anschein hatte. Ein Lavastrom verschwand schneller im Meer, als eine Liebesaffäre endete.

Es gab zwei Dinge, über die sie beim Fischen vermieden zu sprechen: über die Toten und die Lebenden. Stattdessen sprachen sie über den Bambus, sein fließendes Geräusch, wie man unter Bambusstauden die Augen schließen und die tiefe, dumpfe Stimme des Ozeans hören konnte. Und dass es nichts Glückbringenderes gab als eine Angelrute aus Bambus, die bereits diese Stimme in sich trug.
Dann umgingen sie die Regel ein wenig und redeten über die Chinesinnen in der Nähe, die so selten einen Tag von der Feldarbeit freihatten, Frauen mit schönen schlanken Armen und Augen wie Wassertropfen. Sie schritten ins Meer und tauchten wieder

auf, die Kleider eng an die schlanken Körper geklebt wie nach innen gezogener Atem.
Da sich das Ende des 19. Jahrhunderts näherte, waren die Toten ebenso ruhelos wie die Lebenden. Doch Eva und Lehua sprachen nicht über den Tod. Stattdessen standen sie bis zur Taille im Wasser und fischten, sie fühlten die Wellen gegen den Körper schlagen und warteten auf den *uama*, die kleinen Fische, die sich wie in einer Silberwolke unter der Wasseroberfläche bewegten. Und sie sprachen nicht von Königin Lili'uokalani, die vor zwei Jahren, 1893, abgesetzt worden war. Sie sprachen nicht über die Gerüchte, dass sich die Royalisten sammelten, um gegen die neue Republik zu kämpfen. Doch während sie ihre Leinen ins Wasser auswarfen, das sie mit den amerikanischen Kriegsschiffen teilten, zeichneten sich die Ereignisse schon am Horizont ab.
Sie sprachen nicht darüber. Sie fischten.
Die Chinesinnen warfen ihre Köder wie Reitgerten schnellend über die Wasserfläche. Jede von ihnen fischte auf ihre eigene Weise, so, wie sie es als Glück bringend ansah.
Zeigte sich ein Fisch, waren alle still, nur wenn kein Fisch zu sehen war, gab es leises Murmeln.
Eva behielt Lehua im Auge, die Art, wie sie fischte und es eigentlich doch nicht tat, und sie wusste, dass Lehua an ihren Mann dachte. Kurz bevor er an den Blattern, die von den fremden Schiffen eingeschleppt worden waren, starb, hatte er den Griff ihrer Angelrute mit einer so zarten Schnur umwickelt, dass die einzelnen Fäden nicht zu sehen waren. Ein Griff in der Farbe eines *uhus*, die Glücksfarben des Papageifisches.
Wie jeder andere in Honolulu hatte auch Lehua ihre Geheimnisse, und manchmal verschwand sie tagelang. Eva hatte gehofft, ein Liebhaber wäre der Grund für ihr Verschwinden, doch fand sie eines Tages heraus, dass es Opium war.
Wenn Lehua verschwand, machten sich Eva und ihr Nachbar

Tomas auf den Weg in die Innenstadt zu den kleinen Holzhäusern, in denen die Opiumhöhlen waren. Im Inneren sah es aus wie in einem Schiffswrack, die Schlafmatten übereinander geschichtet, und die Menschen, die sich dort zusammenrollten, glichen zerknitterter Habe, zu wertvoll, um sie wegzuwerfen, zu zerstört, um sie zu etwas zu gebrauchen. Fanden sie sie, war Lehua nicht erstaunt, sie zu sehen. Nichts erstaunte sie. Sie war nahezu so groß wie Eva, doch viel dünner, ihre Knochen waren unter der Haut zu sehen. Ihr Körper war leicht zu tragen, er besaß die schwere Leichtigkeit eines schlafenden Kindes.

Heute waren die Fische klein und kamen in wilden Kreisen. Die Frauen wateten weiter hinaus gegen die Felsen an der Öffnung der Bucht, und die Fische stoben in alle Richtungen, um im nächsten Augenblick wieder ein Rudel zu bilden und gemeinsam fortzuschwimmen.

Als Eva einen Fisch fing, nahm sie ihn schnell vom Haken und verstaute ihn in dem Netz, das sie am Leib trug. Hatte sie genug Fische gefangen, so hob sich das Netz von selbst, schwamm auf dem Wasser und schlug sanft gegen Evas Taille.

Heute ging das Fischen langsam, und Lehua erzählte eine Geschichte über ihre Mutter, die weder die Regeln des Todes noch des Lebens brach, denn offiziell war Lehua Waise. Inoffiziell lebte ihre Mutter nach wie vor in einer überfüllten Leprakolonie auf der Insel Molokai.

Einmal fing Lehuas Mutter einen Fisch, der *kapu* war, verboten für gewöhnliche Menschen. Sie fischte an einem verlassenen Teil der Küste, der auch *kapu* war, das heißt ein Platz, der nur für *ali'i*, die königliche Familie, bestimmt war. Für das Essen dieses seltenen Fisches hätte ihr die Todesstrafe gedroht, aber es herrschte Hungersnot und sie war mit Lehua schwanger, also aß sie den für den König bestimmten Fisch. Und während sie ihn aß, stellte sie sich für einen Augenblick vor, sie selbst wäre Königin, doch nicht nur Königin von Oahu, sondern von allen hawaiischen Inseln. Kaum hatte sie den letzten Bissen gegessen, schrumpfte ihr Königreich auf die Größe ihres *opu*, sagte Lehua und streichelte ihren Bauch.

»Ich wüsste gerne, wie der Fisch schmeckt«, sagte Eva, die sich einen Geschmack ausmalte, der so herrlich war, dass er nur Hoheiten vorbehalten war.

»Oh, Eva«, sagte Lehua und rollte die Augen, »er schmeckte nach Fisch.«

2. Kapitel

Ein junges Mädchen lief den Strand hinunter auf die Frauen zu, sie lief in der Art von Menschen, die verfolgt werden, ihre Panik war sichtbar, das schwarze Haar flatterte wie ein dunkler Flügel hinter ihr her. Niemand verstand, warum sie schrie, und ihre Mutter sagte irgendetwas in Mandarin. Die Frauen runzelten die Stirn und schnalzten mit der Zunge, ein Zeichen ihrer Missbilligung. Jeder versuchte, seine Kinder in seiner Muttersprache aufzuziehen, doch die meisten von ihnen sprachen ein Pidgin, eine Mischung aus verschiedenen Sprachen, wobei das Englische vorherrschte. Die Leute gebrauchen es, sagte Lehua, aber das heißt nicht, dass sie es schätzen. Sie meinte, Englisch fühle sich im Mund an wie eine Trense.

Das Mädchen gestikulierte aufgeregt und zeigte auf die bröckelnden Felsen. Ihre Mutter nahm schnell eine Hand voll Wasser, das sie über die Schulter schüttete, um Unheil abzuwenden.

Eva hörte genug, um zu wissen, dass das Mädchen im Bogen der Bucht einen Ertrunkenen gefunden hatte. Sie ließ die Finger durch ihr Netz gleiten, fasste nach einem kleinen *uama*, und während sie ihn fest in der Faust hielt, fühlte sie seinen Schwanz wie einen Herzschlag gegen ihre Handfläche.

Die Frauen liefen das Ufer entlang, kletterten über die Felsen, um zu helfen, den Körper hochzuheben und ihn über den Dünungsrand an den Strand zu tragen. Sobald sie ihn umgedreht hatten, wünschte Eva, sie hätten es nicht getan. Nun war er nicht mehr nur ein Körper. Er hatte ein Gesicht, er bedeutete etwas. Sein Haar war schwarz, doch hatte er so lange im Wasser gelegen, dass sich seine Züge nicht erkennen ließen, als wären sogar die Knochen seines Schädels weich geworden. Eva fühlte Angst in sich aufsteigen, als trüge sie die Schuld. Unsinn, sagte sie sich und öffnete die Augen. Sie hatte ihn noch nie gesehen. Sein Tod hatte nichts mit ihr zu tun.

Er trug ein Hemd aus Rohseide und teure Hosen. An seinem Hals sah man Würgemale.

Lehua vermutete sofort, er sei von den Amerikanern ermordet worden. »Geschlechtskrankheiten, Pocken und Masern sind zu langsam«, sagte sie bitter, »also erwürgen sie uns jetzt.« Die chinesischen Frauen nickten.

Eva legte ein Tuch über das Gesicht, damit Lehua nicht an ihren toten Mann erinnert würde. Sie durchsuchte seine Taschen nach etwas, das über seine Identität Auskunft geben konnte. Eva wusste, dass es wichtig war, alle Spuren verschwinden zu lassen, bevor die Polizei kam. Sie hatte erlebt, wie die Polizei alle auffindbaren Informationen über die Toten benutzte, um den Lebenden nachzustellen.

Seine Taschen waren leer.

Und Eva konnte nicht anders. Als niemand hinsah, nahm sie seine Hand auf und drehte sie um, dann suchte sie in den Linien seiner Handfläche, was ihn hierher gebracht hatte, doch die Haut war vom Wasser runzelig, die Linien unlesbar. Sie fuhr mit den Fingern über die Hand und bemerkte, dass an der Manschette des Hemdes ein wenig Grün klebte, in der Farbe von Seegras. Sie schlug den Ärmel zurück. Fest um den Rist gewunden war eine Jadehalskette an einer Seidenschnur. Sie drehte seinen Arm um und fand die Schließe, um die Schnur zu öffnen. Die Schnur hatte einen tiefen Einschnitt im Fleisch hinterlassen.

Das Jadestück glitzerte grün in Evas Hand, Jade von der Farbe eines seltenen Laubfrosches, die Farbe des amerikanischen Geldes. Niemand schien sie zu beachten, also ließ sie das Jadehalsband in ihre Tasche gleiten und gesellte sich zu der Gruppe, die immer noch versuchte, das junge Mädchen zu beruhigen.

Das Mädchen war so bemüht, nicht zu weinen, dass es Schluckauf hatte. Eva gab dem Mädchen ihr gefülltes Netz. Es würde ihm sicher gut tun, etwas zu tragen und zu Hause eine Beschäftigung zu haben.

Die Polizei musste wegen des toten Mannes verständigt werden, doch niemand wollte das freiwillig auf sich nehmen. Die Einwanderungsgesetze für Asiaten waren verschärft worden. Einst hatte man sie als billige Arbeitskräfte willkommen geheißen, aber als ihre Zahl in Hawaii bedeutend anstieg, hatten die Amerikaner den Begriff der »Gelben Gefahr« erfunden und Gesetze eingeführt, um die Zuwanderung von Nicht-Weißen zu beschränken. Die Frauen konnten Schwierigkeiten bekommen, einfach nur weil sie Chinesinnen waren, egal, ob sie nun den Leichnam gefunden hatten oder nicht.

Lehua hatte beobachtet, wie Eva das Halsband an sich nahm, und warf ihr jetzt einen Blick zu, der besagte, Eva könnte zumindest selbst die Polizei verständigen.

Eva widerstrebte der Gedanke. Wer ging schon freiwillig zur Polizei? Ihr Geschäft war das Hellsehen, verbunden mit ein wenig Diebstahl, wenn sich die Gelegenheit ergab. Je weniger die Leute darüber wussten, desto besser. Sie blickte auf die beunruhigten Gesichter in der Runde. Für sie musste Eva selbstverständlich hingehen. Eva war *haole*, eine Weiße, und die Polizei würde sie nicht verdächtigen.

»Eva«, sagte Lehua und streckte die Hand aus.

Aber Eva mochte sich nicht von dem Jadestück trennen. »Also gut«, sagte sie schließlich, »ich werde es machen.«

Lehua wandte sich zu den Frauen und erklärte, dass die *haole* Frau sich um alles kümmern würde.
Eva wurde von lächelnden Frauen umringt, die plötzlich in ihr eine Heldin sahen, während sie doch in Wahrheit nur die neue Eigentümerin eines wertvollen Jadestückes war, das sie so schnell wie möglich verkaufen würde.
Aus Respekt vor den Toten bot sich eine alte Frau an, eine Weile neben dem Ertrunkenen zu bleiben. Sie öffnete ihr graues Haar, das nahezu bis zur Taille herunterfiel, dann flocht sie es wieder, mit den flinken Fingern eines jungen Mädchens. Sie glättete die Falten ihres Kleides und ließ sich im Sand neben dem Leichnam nieder.
Lehua und Eva radelten zurück durch die Zuckerrohrfelder, Angelruten und Fischnetz balancierten sie auf den Lenkstangen ihrer Fahrräder. Von weitem wirkten die Felder wie ein sanftes grünes Meer, doch kam man ihnen nahe, schnitten die Blätter wie Messer, die Frauen, die in den Feldern arbeiteten, trugen dicke Kleider, um ihre Haut zu schützen. Sie sahen wie Geister aus, die sich zwischen den scharfen Klingen des Zuckerrohrs bewegten.
In der Feuerbresche war der staubartige Sand beinahe zu weich, es war, als würde man durch Asche radeln. Der Staub legte sich in einer feinen roten Schicht über sie, und sogar Lehuas braunes Haar wurde *ehu*, in Rot getaucht. Eva meinte, sie sähen aus wie Zirkusclowns.
Lehua dagegen dachte an Krieger. »Was, wenn das ein politischer Mord ist? Er könnte Royalist sein«, überlegte Lehua, während ihr Fahrrad durch den Sand schlidderte.
»Vielleicht ist er einfach nur ertrunken?«, antwortete Eva, aber sie dachte an die Würgemale um seinen Hals.
Während sie radelten, dachte Eva, wie der tote Mann auf den ersten Blick einfach nach nichts aussah, nur ein Körper, den das Meer angespült hatte. Nun, dachte sie, sieht er aus wie wir alle.

Im Oktober des Jahres 1819 zeigten sich in New England Anzeichen, dass die Wiederkunft Christi unmittelbar bevorstand. Die Menschen litten an unbekannten Krankheiten, ihre Zungen waren so geschwollen, dass sie sich nur mit Gesten verständlich machen konnten. Vogelschwärme verdeckten die Sonne, und in diesem Schatten machten sich sechs unverheiratete Missionare hastig auf die Suche nach einer Braut.

Wie schwer ist es, ganz rasch eine Frau zu finden? Vielleicht hängt es davon ab, wo diese Suche stattfindet. So vieles im Leben wird von der Geographie bestimmt.

Keinen Monat später, ausgestattet mit jungen Bräuten und neuen Bibeln, verließen sie Boston in Richtung Hawaii, eine Reise von 28 000 Kilometern und 157 Tagen.

Was für eine Art von Frau war wohl bereit, einen völlig Fremden zu heiraten, um dann eine lange Reise auf einem Schiff anzutreten, das überfüllt war von Calvinisten, Hühnern, Schweinen, Vorräten und Familienbibeln, in denen ihr Name gerade erst mit dem Namen ihres Ehemannes verbunden worden war? Die jungen Frauen wurden schnell erwachsen, unter dem schwankenden Deck, das nur drei Besenlängen breit war.

Laken wurden zwischen den engen Kojen aufgehängt, um wenigstens die Illusion von Abgeschiedenheit zu erwecken, und der Seekrankheit folgte rasch die Morgenübelkeit.

3. Kapitel

Der tote Mann wurde von einigen Fischern entdeckt, die nervös im Kreis um ihn herum saßen. War dies ein guter oder ein schlechter Tod? Einer der Männer knöpfte das Hemd des Toten auf und entdeckte die Würgemale.

Danach sagte keiner mehr ein Wort.

Hände entfernten den Sand von seinem Körper, Finger kämmten das feuchte Haar aus seinem Gesicht, drückten das Salzwasser aus seinen Kleidern und schlossen ihm die Augen. Er sah mehr schlafend als tot aus, sein Fleisch fest, die Farben kräftig. Sie trugen ihn durch die dornigen *kiawe*-Bäume, die am Rand der Bucht wuchsen, und die Schatten der Äste strichen wie Seegras über sein Gesicht.

Sie hoben ihn auf einen Wagen und machten sich auf den Weg nach Honolulu. Auf der Fahrt stritten sie darüber, ob sie ihn zur Polizei bringen sollten, die seinen Tod in ihre Akten aufnehmen und ihn dann prompt vergessen würden, oder ob sie ihn zu jemandem bringen sollten, der vielleicht herausfinden könnte, warum er umgebracht worden war.

Entlang der Küsten ging es vorbei an Fischern, die wie Störche auf einem Bein standen und dem vorbeifahrenden Karren kaum einen Blick zuwarfen. Ihre Augen starrten auf das Wasser, ihre Wurfnetze wie ein Mantel über der Schulter.

Der Wagen rumpelte hinunter zu den Zuckerrohrfeldern, wo

einst Sandelholzwälder gestanden hatten, und an Bewässerungskanälen vorbei, einst Flüsse voll mit *opai*. Alles Land war heute im Besitz der Fremden, die nur Zuckerrohr anbauten. Noch vor einiger Zeit hatte es nur wenige Zuckerplantagen gegeben, aber innerhalb von wenigen Jahren waren es sechzig an der Zahl, und man musste stundenlang durch das Meer von grünen Zuckerpflanzen fahren, die sich bis an den Rand der Klippen zogen.

Die Zuckerrohrfelder gingen in Bananen- und Papayafarmen über. Hier war das Gras länger, das Pferd ging langsamer, die aufgescheuchten weißen *pipi*-Vögel ließen sich wieder nieder und begleiteten den Wagen bergauf.

Am Rand des Wasserfalls wurde die Straße weicher, die Männer stiegen vom Wagen, um nebenher zu gehen, ihre Füße sanken bis an die Waden in den Schlamm.

Der Wagen fuhr am Hafen vorbei, dort, wo damals, als König Kalakaua seine Reise in die Vereinigten Staaten ankündigte, kleine rote Fische wie Blut unter dem Pier schwammen. Als das königliche Schiff in Trauerfahnen zurückkehrte, war niemand erstaunt. Betroffen, aber nicht erstaunt.

Heute war kein roter Fisch im klaren Wasser zu sehen. Doch wer brauchte schon ein besonderes Zeichen des Unglücks, wenn ein Kriegsschiff der amerikanischen Marine in der Bucht lag?

Die Straßen waren überfüllt. Gemüseverkäufer lenkten mit einer Hand ihr Fahrrad, mit der anderen balancierten sie den schweren Korb mit Waren. Boten auf schwarzen Fahrrädern bahnten sich ihren Weg durch die Menge, rasch wie Insekten auf der Wasseroberfläche.

Der Wagen wurde von einer Gruppe republikanischer Soldaten angehalten. Die Fischerleute standen nervös da, während die Soldaten im Gemüse herumstocherten.

»Was ist denn das?«, fragte ein junger Soldat aufgeregt und lüftete die Decke.

Die Männer rannten davon.
Die Soldaten machten sich nicht die Mühe, den Flüchtenden zu folgen. Man hatte ihnen gesagt, sie sollten nach einem bestimmten Mann Ausschau halten, und sollten sie ihn finden, so gebe es eine Belohnung. Unter keinen Umständen dürften sie den Toten zur Polizei bringen.
Vielleicht war dies der Mann. Der junge Soldat starrte auf den Leichnam und fragte sich, ob wohl alle Toten so verletzlich wirkende Füße hätten.
Der Wagen wurde unter einen hohen *'ulu*-Baum geschoben, der am Ende eines kleinen schmutzigen Weges wuchs. Über ihnen, in den Wipfeln des Baumes, verharrte ein alter Mann, der ein paar Brotfrüchte pflücken wollte, völlig regungslos. Es war nicht sein Baum und er wollte keinen Ärger wegen Diebstahls haben.
Er hatte eine Frucht aufgeschnitten, deren milchiger Saft auf den Boden tropfte. Niemand bemerkte ihn. Während er sich auf ein langes Warten einstellte, dachte er, dass es für den toten Mann vielleicht ganz gut war, unter einem *'ulu*-Baum zu stehen. Brotfrüchte trugen die Gunst der Götter in sich.
Die Soldaten beschlossen endlich, zurück in ihr Quartier zu gehen, um herauszufinden, wohin sie den toten Mann bringen sollten.
Als sie verschwunden waren, ließ sich der alte Mann den dicken Stamm des Baumes hinuntergleiten. Er legte eine runde grüne *'ulu* in die Hand des toten Mannes. Er zog die Decke über den Körper, nahm seine Machete und verschwand in der Dunkelheit.

Auf den Druck der Missionare hin schaffte König Liholiho das alte kapu-*System ab, jene komplexen Regelungen von Tabus, die das tägliche Leben der Hawaiianer bestimmten.*
Die Missionare ersetzten das kapu-*System des Königs rasch durch ihr eigenes, das sie die Zehn Gebote nannten.*
Alte hawaiische Glaubensvorstellungen wurden so porös wie Korallen. Zweifel verbreitete sich. Selbst der Sprache konnte man nicht mehr vertrauen. So lautete beispielsweise das hawaiische Wort für Ehebruch moe kolohe. *Schelmisch schlafen. Ein Begriff, der ohne jegliche Bösartigkeit gebraucht wurde, bis die Missionare auftauchten, die den Hawaiianern erklärten, dies sei* kapu.
Unter dem neuen kapu-*System durfte kein Mensch mehr* hula *tanzen, keine* leis *aus geflochtenen Blumen tragen, keine Kochfeuer am Tag des Herrn einschüren, keine Ausritte machen. Und kein* moe kolohe.

4. Kapitel

Lehuas und Evas Wege trennten sich unter dem *banyan*-Baum, der sich im Zentrum Honolulus über zwei Straßen breitete. Wer immer sich bewegte, suchte den Schatten des Baumes, Arbeiter in ihrer Mittagspause, halb verhungerte Hähne, die sich außerhalb der Reichweite der schnappenden Hunde hielten, *lei*-Händler, die ihre Blumen vor der Sonne schützten, kleine Kinder, die spielten, aber auch Kinder, die schon alt genug waren, in die Schule zu gehen.

»Sehen wir uns später noch einmal, Eva? Am Nachmittag ist ein Aufmarsch für die Königin. Komm und hör dir die Reden an.«

Eva schüttelte den Kopf. Das war nicht ihr Kampf und es war besser, sich da rauszuhalten. Für heute reichte es an Ärger, wenn sie zur Polizei ging.

»Viel Glück«, sagte sie, während sie ihr Rad bergab wendete, wobei sie mit den Füßen bremste und die Pedale sich wild drehten. Glück, dachte sie, glaube ich denn daran?

Als sie in die Beretania Straße bog, brauchte sie einen Augenblick, um zu begreifen, dass alles menschenleer war. In den Schaufenstern hingen Tafeln mit »geschlossen«. Ein verlassener Wasserwagen stand am Straßenrand, das Pferd schlief in der brütenden Sonne. Die Obststände waren leer und so war auch der vorbeifahrende Straßenbahnwagen. Alles hatte sich am Hafen versammelt.

Sie lehnte ihr Fahrrad an die Wand des Gefängnisses, und als sie die Tür aufstieß, fühlte sie sich immer kleiner werden. Das Gebäude selbst ist doch nicht böswillig, verwies sie sich selbst.
Der Raum war leer, bis auf zwei Polizisten in ernster Unterhaltung. Sie nahmen sie kaum zur Kenntnis.
»Das ist unmöglich«, sagte der eine Polizist und trocknete sich das Gesicht mit dem Ärmel. Seine dunklen Augen standen zu weit auseinander.
»Aber es stimmt«, antwortete der andere und schüttelte den Kopf. »Diese Stadt«, knurrte er, dann schaute er zu Eva auf.
»Kann ich Ihnen helfen?«, fragte der Polizist mit einer Stimme, die das Gegenteil versprach.
Noch einen Augenblick vorher hätte sie leicht verschwinden, Lehua berichten können, sie wäre bei der Polizei gewesen und hätte ihren Bericht abgegeben, alles wäre damit beendet gewesen.
Nervös begann sie ihre Erklärung über den toten Mann, der in die Bucht gespült worden war.
»Er hatte Würgemale am Hals. Er wurde erdrosselt.«
Sie betrachteten sie misstrauisch. Einer verließ den Raum, der andere starrte sie weiter an.
»Erdrosselt, sagen Sie.«
Vielleicht war es ein Fehler gewesen, es so genau zu sagen. »Ich kann mich auch geirrt haben«, sagte sie schnell.
Sie wechselten einen Blick.
»Aber da waren Male auf der Haut?«
»Eh, ganz sicher bin ich nicht. Der Schock …«
Jetzt hob der Polizist die Hand. »Genug geredet«, sagte er aufgeregt.
»Genug?«
»Schreiben Sie es auf.« Er gab ihr einen Papierbogen und ein Tintenfass, dessen Deckel fast zugerostet war.
Eva bemerkte eine Tätowierung an seinem Handgelenk, die wie

ein Frosch aussah, auch wenn sie sie nicht genau erkennen konnte. In Honolulu passierte es oft, dass man jemanden mit Alkohol abfüllte und ihn dann zu einem Tattoo-Künstler schleppte, obwohl dieses Schicksal eher Matrosen vorbehalten war als Polizisten.

Unter seinen Händen war das Papier feucht geworden, die Tinte floss ungleichmäßig, als sie schrieb. Auf die untere Seite des Bogens zeichnete sie einen kleinen Lageplan und zögerte einen Augenblick, bevor sie ein X einzeichnete, wo sie den Leichnam liegen gelassen hatten.

Ich zog den Mann über die Flutlinie, schrieb sie, so als wäre er etwas, das sie aus dem Meer gerettet hätte.

Plötzlich empfand sie eine Art Verbundenheit mit dem toten Mann. Für einen Moment strömte etwas von ihm zu ihr. Es verschwand, ehe sie es fassen konnte, doch das Gefühl blieb. Vielleicht hatte er sich auf der Polizeiwache ebenso ungemütlich gefühlt wie sie. Vielleicht war es nicht mehr als das.

Der Polizist nahm ihr das Papier aus der Hand und bedeutete ihr zu warten. Im hinteren Teil der Wachstube öffnete sich eine Tür. Er legte den Finger an die Lippen, obwohl sie gar nicht gesprochen hatte. Er lehnte sich vor, um zu hören. Durch den Raum klangen raue Stimmen zu ihnen. Eva konnte nicht verstehen, was gesagt wurde, doch allein der Ton wirkte bedrohlich.

Die Tür fiel ins Schloss, im Raum war es ruhig.

»Was ist los?«, fragte sie. »Was geht vor?«

»Nichts. Gar nichts.« Er verließ den Raum und kehrte mit einem anderen Polizisten zurück, der viel aufgeregter war, sein Gesicht zeigte das helle Rosa der Innenseite einer Guave.

»Was glauben Sie, wer diese tote Person war?«

Das war eine gefährliche Frage. Sie wollten wissen, ob sie ihn als einen Royalisten erkannt hatte, als einen, der die Königin unterstützte. Aber wenn es die Aussicht auf eine Belohnung für ihren

Fund gab, wollte Eva sicherstellen, dass sie auch etwas davon abbekam. Also musste sie vorsichtig sein. »Vielleicht war er ein Arbeiter«, sagte sie schließlich.

Der Polizist stellte fest, dass sie alle drei sich um den Toten kümmern und ihn in die Stadt bringen würden.

Eva erklärte ihnen, sie könnte das unmöglich tun, sie sei zu beschäftigt.

Der Polizist hob die Augenbrauen. »Sie werden hier nicht gefragt, Miss Hanson. Dies ist eine Polizeisache. Und ich glaube, Sie haben reichlich freie Zeit. Zeit genug, um fischen zu gehen, was?« Er stand auf und wies zur Tür.

Im nächsten Moment fand sie sich in einen kleinen schwarzen Wagen gepfercht, der die Aufschrift der Polizei von Honolulu trug. Ihre Hände waren plötzlich feucht, ihr Gesicht dampfte in der Hitze.

Schweigend fuhren sie durch die Stadt, dann hinaus in die Zuckerrohrfelder. Eva griff in ihrer Tasche nach dem Jadestück, das sie hierher gebracht hatte, eingezwängt zwischen zwei Polizisten. Sie überlegte, wie viel Geld sie dafür bekommen würde, und fragte sich, ob der Schmuck das Risiko wert war, das sie in diese Situation gebracht hatte. Aber hätte sie die Kette lieber dort lassen sollen, um das Handgelenk des Mannes gewunden? Jemand anderer hätte sie dann gestohlen, und das konnte Eva natürlich nicht zulassen.

Ein chinesischer Kräuterheiler in Honolulu hatte ihr einmal gesagt, dass bei Menschen, die mit einem Stück Jade auf der Brust begraben wurden, sich die Farbe der Jade mit der Verwesung des Körpers verändere, und Jade gälte deswegen als lebender Stein. Ihr Stück Jade war noch hellgrün.

Als sie den Strand erreichten, führte sie die Polizisten zu der Höhle hinunter und quer über den Sand zu dem Platz, an dem sie den Toten gelassen hatte.

Außer einigen Stücken Schwemmholz war der Strand leer. Über der Flutlinie verschwand der Sand in einer Gruppe dorniger *kiawe*-Bäume. Eva fuhr sich mit der Zunge über die Lippen, spürte ihre Hände feucht werden. Wo war der Tote? Kassierte da schon jemand anderer die Belohnung? Sie nahm eine Hand voll Sand auf und ließ ihn zwischen den Fingern herunterrieseln. »Genau hier. Ich habe ihn genau hier liegen gelassen.«

Sie zog ihre Jacke enger um sich. Das ist ein Fieber, entschied sie, ich bekomme Fieber.

»Sind Sie sicher, Miss Hanson, dass Sie sich das Ganze nicht nur eingebildet haben?«, fragte der große Polizist. »Tropische Hitze hat manchmal so eine Wirkung auf junge Frauen, besonders für eine zarte Rothaarige wie Sie, da kann man sich schon plötzlich etwas einbilden, das es gar nicht gibt.«

Sie schüttelte den Kopf. »Ich habe mir das nicht eingebildet.«

»Vielleicht sind Ihre geographischen Kenntnisse etwas verwirrt, na? Vielleicht sehen alle diese Buchten für Sie gleich aus?«, fragte er.

»Ich habe ihn hierher gezogen«, bestand Eva, »oberhalb der Flutlinie.«

»Schön, aber hier gibt es keine Spuren.« Er blickte den Strand auf und ab, dann wandte er sich zu ihr und öffnete die Arme. »Sie sagen die Zukunft voraus, das tun Sie doch?«, fragte er sarkastisch. »Sagen Sie uns, was passiert ist.«

Sie warf ihm einen Blick zu, von dem sie hoffte, er würde ihn in der Seele treffen. »Verschwundene Leichen sind nicht meine Spezialität.«

»Hier handelt es sich um eine ernste Angelegenheit, Miss Hanson.«

»Zweifellos.«

Er betrachtete die Distanz vom Wasser zu ihrem Standort. »Wie konnten Sie einen Körper so weit ziehen?«

Was wohl heißen sollte, wer war bei Ihnen, dachte sie.
Sie stand auf und rollte den Ärmel über den Ellenbogen. Sie streckte den Arm aus und ließ die Muskeln spielen. Sie war hoch gewachsen und schlank, aber so kräftig wie die meisten Männer ihrer Statur.
Die Polizisten blickten einander an.
Aus der Ferne war Hundegebell zu hören, der größere Polizist seufzte und nahm den Hut ab. Er setzte sich und fächelte sich Luft zu. In der Nähe der Küste kräuselte eine sanfte Brise das Wasser, doch um sie herum lag die Luft heiß und bewegungslos, Schweiß tropfte über sein Gesicht.
Der tätowierte Polizist sagte: »Na ja, ein ganzer Strand kann bei einem Sturm verschwinden. Aber ich frage mich immer, wo bleibt der Sand? Der muss doch irgendwo bleiben.«
Der große Polizist seufzte. »Also, Sie gehen in diese Richtung«, sagte er und wies mit seinem Hut nach links. Dann wandte er sich zum anderen Polizisten. »Du nimmst die andere Seite, versuch diesen Toten zu finden. Versuch, irgendwas zu finden, fehlenden Sand von mir aus. Ich bleibe hier sitzen und warte.«
Er schloss die Augen. »So, jetzt geht«, sagte er und winkte sie davon.
Eva suchte mit unruhigen Blicken den Strand ab. Wer auch immer den Toten weggebracht hatte, war nicht zur Polizei gegangen. Aber warum? Und wohin hatten sie ihn gebracht? Sie schloss die Augen und versuchte zu sehen, was geschehen war. Zuerst gab es nichts. Dann schwarze Segeltuchschuhe, wie Fischer sie trugen, wenn sie über die Riffe gingen. Ein Palmwedel, der über den Sand fegte, um Fußspuren zu verwischen.
Sie öffnete die Augen. Die Polizisten standen nebeneinander und beobachteten sie aufmerksam.
Eva stand auf. »Vielleicht war es wirklich eine andere Bucht«, sagte sie. »Oder die Leiche ist zurück ins Meer geschwemmt worden.«

»Dazu bräuchte es einen Sturm, und wir hatte keine Stürme, Miss Hanson.«
Ohne ein Wort zu wechseln, fuhren sie nach Honolulu zurück. Das Pferd bewegte sich langsam in der brütenden Hitze. Der Mann, der die Zügel hielt, schlief auf dem Weg durch die Zuckerrohrfelder, sein Kinn wackelte mit der Bewegung des Pferdes. Der tätowierte Frosch hockte auf seiner Hand wie in einer Pfütze schalen Wassers.
Eva beschloss, bei weiteren Fragen vorzugeben, sie hätte sich alles nur eingebildet, Hauptsache, es hielt ihr die Polizei vom Hals.

In der Stadt hatte sich vor der Polizeistation eine aufgeregte Menschenmenge versammelt. Die Polizei und die Republikanische Garde hatten die Menge am Hafen zerstreut und die Royalisten daran gehindert, für ihre Königin zu sprechen.
Ein Mann zerrte an den Zügeln des Polizeiwagens, sodass Eva und die Polizisten zu Boden gerissen wurden. Als Eva versuchte sich aufzurichten, klammerte sich eine erregte Frau an ihren Arm, fasste mehrere Haarsträhnen und zog sie an sich. Sie roch nach Rum. »Und, was passiert als Nächstes? Du bist *kilokilo*, nicht wahr?«
»Ja«, gab Eva zu, sie war Wahrsagerin, aber wer sollte jetzt wissen, was geschehen würde?
Sie wurden von der Menge mitgerissen. Eva hielt sich nur mühsam auf den Beinen, und die Frau hing an ihr, immer noch die Hand in ihre Haare verkrallt.
Ein Mann riss die Seitenbretter des Wagens ab. Die Sitzkissen waren schon gestohlen worden.
Ihr Nachbar Tomas war da in der Menge, ein Mann, der zu alt und zu gebrechlich war, um mitten in den drängelnden Mob zu geraten. Eva riss sich von der Frau los und bahnte sich einen Weg zu ihm.

»Ah, Eva«, rief er und schüttelte seinen Spazierstock gegen die Polizei. »Ich hätte Lust, den da für einen ihrer Köpfe zu verwenden.«
Ein Soldat schlug ihm den Stock aus der Hand. Eva bückte sich, um ihn aufzuheben. »Komm«, sagte sie, »lass uns hier verschwinden.«
Dann ergriff ein anderer Soldat plötzlich Evas Fahrrad und schwang es kreisend um sich, womit er die Menge zwang, vom Gefängnis zurückzuweichen.
»*Pupule*«, sagte der Mann neben ihr und drehte einen Kreis um sein Ohr, um damit zu sagen: »Der ist verrückt.« Seine Begleiterin weinte.
Der Soldat drückte das Fahrrad in die zurückweichende Menge. Dann warf er es auf das Pflaster vor sich, wieder und wieder, bis sich das Vorderrad aus dem Rahmen löste und das Lenkrad zusammengedrückt war.
Eva hatte schon einmal so etwas bei Soldaten gesehen. An dem Tag, als Vater ihr die Löwen zeigte. Löwen in Norwegen. Durch Eispfützen wateten sie zum Zelt des Wanderzirkus. Sie hielt die Hand des Vaters, und das Eis krachte unter den Schuhen, es klang, als würden die Knochen seiner Hand brechen. Der Vater wollte ihre Freude, ihre kindliche Angst oder Aufregung sehen, doch sie konnte ihm diesen Gefallen nicht tun. Im Zelt war es eiskalt, die Löwen brüllten und der Löwenbändiger schwang einen Stuhl, um sich die Tiere fern zu halten. Der Vater nahm seinen Schal ab und schlug ihn um Evas Hals. Sie dachte, die Löwen brüllten, weil ihnen so kalt war, weil sie wussten, dass sie am falschen Platz, im falschen Land waren. Während sie die Löwen beobachtete, wurde ihr klar, dass die Welt aus dem Gleichgewicht war. Was immer sie im weiteren Verlauf ihres Lebens gesehen hatte, hatte sie in dieser Meinung nur bestärkt.
Auf dem Weg nach Hause vergaß Tomas, in welcher Straße sie

wohnten, und Eva führte ihn sanft in die richtige Richtung. Für Tomas war Gedächtnis ein Meer, in dem er täglich fischte, seine Angel auswarf und wartete. Eva wusste niemals, was er an Land ziehen würde. An manchen Tagen nichts. An anderen Tagen die Ernte der Vergangenheit.

»Ich hätte mutiger sein sollen, Eva.«

»Was meinst du denn damit? Du warst doch sehr mutig.«

»Nein. Aber, ehrlich gesagt, bin ich nicht gern im Gefängnis. Mein Herz ist zu alt dafür«, sagte er und strich sich über die eingefallene Brust.

Am Ende der Straße schwangen Laternen in der Dunkelheit. Eva zog Tomas an den Straßenrand, um die marschierenden Soldaten vorbeizulassen. Das schwankende Licht ließ ihre Gestalten wie Schlangen erscheinen, bevor sie verschwanden.

König Liholihos Neugier auf die große weite Welt war unstillbar. Also beschloss er, nach England zu reisen. Die amerikanischen Missionare missbilligten diesen Plan, da sie fürchteten, England sei sittlich viel zu verdorben. Stattdessen sollte er in die Vereinigten Staaten reisen.

Liholiho schiffte sich im Jahre 1823 nach England ein, begleitet von seiner Lieblingsfrau Kamamalu.

In England wurde ihnen ein nicht sehr glanzvoller Empfang bereitet. König Liholiho wurde von König George IV. ignoriert. George nannte ihn einen »verdammten Wilden« und weigerte sich, ihm eine Audienz zu geben. Während Liholiho immer noch eine Begegnung mit dem englischen König erhoffte, fiel seine geliebte Königin den Masern zum Opfer, eine Krankheit, gegen die Hawaiianer keine Abwehrkräfte haben. König Liholiho folgte ihr rasch ins Grab, am 14. Juli 1824.

Ihre Leichen wurden nach Hawaii entsandt, und die hawaiische Flagge, die der englischen so ähnelte, wehte auf Halbmast, während das Land in Trauer verfiel.

5. Kapitel

Eva wühlte in ihrem Medizinschränkchen, öffnete Phiolen und roch an ihnen, bis sie das Jod fand. Ihr Atem ging schneller, als sie es auf die Schrammen an ihren Armen tupfte. Im Spiegel sah sie ihre beschmutzte Bluse und das Haar, das ihr in wilden Strähnen auf ihre Schultern fiel. Dann blickte sie schnell weg.

Irgendwo im Haus war ein Geräusch zu hören. Sie rief nach Lehua, bekam aber keine Antwort. Sie zündete eine Lampe an und ging die Treppen hinauf. Oben am Treppenabsatz war die Luft auf einmal kühler. Da stimmte etwas nicht. Sie hatte doch das Fenster erst vorhin geschlossen.

Sie horchte regungslos.

Zu ihrer Linken war ein Lagerraum. Rechts, ihr Schlafzimmer. Sie machte einen Schritt in Richtung des Lagerraums, entschloss sich dann jedoch anders und lief hastig zu ihrem Zimmer.

Eine Hand streckte sich aus der Dunkelheit und ergriff ihren Arm. Eine Männerstimme befahl ihr, nicht zu schreien. Er werde alles erklären, wenn sie ruhig bliebe.

Ihre Knie zitterten.

»Wer sind Sie?«, fragte sie schließlich.

»Das ist nicht wichtig.«

Sie holte tief Luft und fühlte, wie sich sein Griff warnend verstärkte. »Kennt Lehua Sie?«, fragte sie mit hoher, unnatürlicher Stimme.

»Ja.«
»Seit wann sind Sie hier?«
»Und Sie wollen Wahrsagerin sein?« Er schob sie in das Schlafzimmer und schloss die Tür hinter sich.
Sie presste sich gegen die Wand. »Fassen Sie mich nicht an.«
Er lachte. »Ach, Sie glauben, ich wolle diese Situation ausnützen, Miss Hanson?«
Sie bewegte sich an der Wand entlang, in Richtung Fenster. Wenn nötig, könnte sie schreien.
»Das hat hier nichts mit Ihnen zu tun.«
»Was bedeutet das dann? Warum sind Sie hier?« Vor wem versteckt er sich, dachte sie.
Keine Antwort.
»Sie sollten nicht hier sein. Ich habe schon Ärger mit der Polizei.«
»Davon habe ich gehört.« Er klang uninteressiert. Nacheinander ergriff er Gegenstände auf Evas Nachttisch, sah sie genau an und legte sie wieder hin.
»Ich werde das nicht dulden!«
»Und was wollen Sie dagegen machen?«, fragte er. »Lehua sagte mir, Sie hätten neuerdings ein Jadehalsband. Das Sie nicht verlieren wollen.«
Eva hielt die Luft an. Er hatte Recht. Sie wollte es nicht verlieren. Jetzt wurde ihr klarer, warum Lehua sie gedrängt hatte, zur Polizei zu gehen, sie und niemand sonst. Dieser Mann brauchte ein Versteck, und ihr Schweigen war mit dem Jadehalsband garantiert worden.
Eva wollte etwas sagen, aber er hob die Hand. »Und da ist noch diese Angelegenheit auf dem Schiff, mit dem Sie angekommen sind.«
Eva wusste, dass sie nun auf schwankendem Boden stand, wie damals auf dem Schiff, die Wellenbewegung unter sich. »Ich füh-

le mich nicht wohl«, sagte sie und klammerte sich ans Fensterbrett.
»Dann müssen Sie sich hinlegen«, sagte er ausdruckslos.
»Sie irren sich, wenn Sie glauben, dass ich es niemandem erzählen werde.« Ihre Stimme zitterte.
»Das würde ich Ihnen nicht empfehlen. Hawaiischen Männern Unterschlupf zu gewähren könnte Ihren Kunden womöglich nicht gut gefallen. Sie müssten sich eine neue Bleibe suchen. Und wahrscheinlich einen neuen Beruf.«
Er ging die Treppe hinunter. Als sie die Hintertür zufallen hörte, zerrte sie hastig den Nachttisch vor ihre Tür, ergriff die Decke auf ihrem Bett und schlang sie um sich. Auf dem Boden sitzend, lehnte sie gegen den Nachttisch und dachte zurück an ihre Reise nach Hawaii.

Es war eine lange Überfahrt gewesen, lang genug, um Eva zweifeln zu lassen, was sie denn dazu bewogen hatte, ans andere Ende der Welt zu fahren. Hätte es einen Zug gegeben, wäre sie an der nächsten Station ausgestiegen. Aber auf dem Schiff konnte man keine solchen Entscheidungen treffen. Nur warten.
Auf dem Schiff starb plötzlich eine Frau in der Kajüte neben Evas. Sie wurde vom Schiffsdoktor untersucht, der sie für tot erklärte. Todesursache: unbekannt.
Die tote Frau war allein, ohne Familie gereist. Um sie für das Begräbnis vorzubereiten, war der Körper der Frau wie eine Mumie in Tücher gehüllt und mit Bleigewichten beschwert worden. Der Kapitän las ein Kapitel aus der Bibel, die Stelle war mit einem schwarzen Band markiert. Er fragte, ob jemand etwas zu sagen hätte. Aber niemand hatte etwas zu sagen, niemand kannte sie. Als er die Bibel schloss, trat Eva vor und steckte eine Hand voll Möwenfedern in das Leichentuch. Mehrere Männer hoben die Planke, auf der sie lag, in die Höhe und kippten sie auf ein Zei-

chen des Kapitäns ins Wasser. Der Körper der Toten glitt rasch über die Schiffsreling ins Meer.
Ein windstiller Tag ist für ein Begräbnis auf See das schlimmste Wetter. Eva stand an der Reling und beobachtete den ins Wasser gleitenden Körper, so als sehe sie einem Sarg zu, der in die Erde gesenkt wurde, ohne dort zur Ruhe zu kommen, sondern immer weiter durch einen durchlässigen Boden bis ins Innerste der Erde fiel.
Als Eva der Leiche mit den Augen folgte, hatte sie das Gefühl, als würde ein Teil von ihr sich losreißen und der toten Frau wie ein Fisch folgen. In diesem Moment entstand in ihr die Idee, sich die Identität der Frau anzueignen.
Für eine beachtliche Summe war der Kapitän bereit, Evas Namen mit dem der Toten zu vertauschen. Eva hatte sich zuerst gegen den Preis gewehrt und versucht zu verhandeln, aber, wie der Kapitän erklärte, sich zu verlieren war immer teuer.
Rasch kam Eva in den Besitz ihrer Papiere. Es war Evas Name, der im Logbuch des Kapitäns als verstorben stand, ihr wahrer Name wanderte auf den Meeresgrund.
»Eva Hanson«, flüsterte sie zu sich selbst. Ein neuer Name, ein neuer Anfang? War das überhaupt möglich? Mit einem neuen Namen würde sie viel schwerer aufzufinden sein. Keine schlechte Sache angesichts ihrer Vergangenheit.
Nach dem Tod der Frau wurde der Kapitän zusehends liebenswürdiger, und der einzige Grund, der einen unangenehmen Menschen in einen angenehmen verwandeln konnte, war nach Evas Verständnis das Geld. Offenbar hatte sich der Kapitän nicht nur ihr Geld, sondern auch das der Verstorbenen unter den Nagel gerissen. Jeden Sonntag hielt der Kapitän eine Predigt für die Besatzung, und diesen Moment nutzte Eva, um in seine Kabine zu schleichen. Ihre Großmutter hatte sie gelehrt, wo Menschen ihr Geld versteckten. Unverheiratete Frauen zwischen den Seiten be-

sonders geliebter Bücher. Verheiratete Frauen in der Küche, im großen Zuckertopf oder an die Unterseite der Messerschublade geklebt. Männer versteckten Geld in Socken, Zigarrenetuis oder in den Taschen eines Mantels in der hintersten Schrankecke. Aber was tat ein Schiffskapitän? Ihre Finger suchten in einer Tabaksdose, untersuchten seine Rocktaschen, klopften den Boden nach losen Brettern ab, rollten seine Navigationskarten auf. Aber sie fand nur eine Daguerreotypie einer sauertöpfisch dreinblickenden Frau und eines ähnlich aussehenden kleinen Mädchens neben ihr, deren Gesichtsausdruck einen Mann leicht auf See flüchten lassen würde.

Einige Tage vor der Ankunft in Honolulu beobachtete Eva den Kapitän, wie er nach dem Abendessen aufstand und wartete, dass die Frauen vor ihm dem Raum verließen. Unwillkürlich ließ er seine Hand den Türrahmen entlang streichen und sie einen Augenblick am oberen Rand anhalten, wobei seine Finger ganz unmerklich ihre Haltung änderten.

Als Eva das nächste Mal in seine Kabine schlich, brachte sie einen kleinen Keil mit, um den Oberrand des Türrahmens von der Wand zu lösen. Die Nägel quietschten, als sie sich aus dem Holz lösten, und Schweiß lief ihr das Mieder hinunter. Sie horchte auf Schritte im Gang, Schritte, die nicht kamen. Hinter dem Türrahmen war ein kleiner Hohlraum. Eva reckte sich hoch und fühlte weichen Stoff. Ein seidener Beutel, in dem so viel Geld war, dass es ihr den Atem verschlug. Sie schob den Seidenbeutel wieder in den Hohlraum. Du bist genauso gierig wie die anderen, schalt sie sich.

Sie nähte das Geld der toten Frau in den weiten Saum ihres Kleides. Dann beschwerte sie den Seidenbeutel mit Fischhaken und warf ihn ins Meer.

Wenn beim ersten Blick ein Ort ein für alle Male in bestimmte Farben getaucht erscheint, so war es Evas Blick auf Oahu: eine Insel, die sich wie eine grüne Eidechse ins Wasser streckte. Als das Schiff näher kam, teilte sich das Grün in Klippen und tiefe Täler, die Täler wiederum waren Bäume und Flüsse, die sich von den Berggipfeln ins Meer ergossen, und die Eidechse gab noch ein grünes Augenzwinkern und verschwand. Eva spürte, wie sich ihr Leben veränderte, alles wegen eines grünen Augenzwinkerns.

Als sie in die Bucht von Honolulu kamen, wurde das Schiff von dunkelhäutigen Männern in Einbäumen und kleinen Ruderbooten umzingelt. Eva spürte, wie sich über Arme und Beine ein Prickeln ausbreitete. Niemals hatte sie so dunkle, niemals so schöne Männer gesehen. Aus ihren Booten starrten die Männer sie an, vollkommen ausdruckslos.

Während sie darauf wartete, dass die Passagiere der ersten Klasse von Bord gingen, konnte sie ihre Nervosität kaum im Zaum halten. Jedes Mal, wenn der Kapitän in seine Kajüte ging, durchfuhr sie ein kalter Schreck, und im Stillen flehte sie alle an, sich zu beeilen.

Eva fasste es nicht, wie viel Zeit das alles in Anspruch nahm. Da mussten zuerst Koffer und Kisten ausgeladen werden, und ein Mann, der am Kai stand und eine lange Liste in den Händen hielt, verzeichnete die Gegenstände, die den Landungssteg hinuntergetragen wurden.

Als sie endlich von Bord gehen durfte, betrat sie das Land als reichere Frau und mit neuem Namen. Es war der August des Jahres 1894, achtzehn Monate nachdem man Königin Lili'uokalani abgesetzt hatte und einen Monat nachdem die Männer, die sie vom Thron gestoßen hatten, sich selbst in alle hohen Ämter gewählt hatten, bis hin zum Präsidenten der neuen Republik von Hawaii.

Das war eine Warnung, aber sie hatte nicht darauf gehört. Aber jetzt lauschte sie in der Dunkelheit. Ein Knarren, eine leichte Bewegung sagte ihr, dass der Mann jetzt wieder oben war, sich vielleicht auf den Futon im Lagerraum legte.
Sie weigerte sich zu akzeptieren, dass er da war, er und all die Schwierigkeiten, die er in das Haus hineintragen mochte. Vom Ärger angetrieben, zerrte sie den Wäscheschrank von der Wand und rannte die Treppe hinunter. Lehua war immer noch nicht zu Hause. Es gab nur einen Ort, an dem sie mitten in der Nacht sein konnte. Eva warf sich einen Mantel über und eilte in die Stadt.

Nachts legte Honolulu ein anderes Gewand an. Die Tamburin schwingenden Religionsbekehrer wichen privaten Clubs, lärmenden Saloons und einer unübersehbaren Menschenmenge, die durch die Straßen flutete.
Da gab es Straßenverkäufer, Taschendiebe, betrunkene Matrosen und die beunruhigende Präsenz der amerikanischen Flottenverbände. Prostituierte trugen Bänder im Haar. Rot, weiß und blau. Die Farben der hawaiische Flagge, aber auch die der USA.
Eva ignorierte das Interesse der Marines und Soldaten, die es ungewöhnlich fanden, eine *haole*-Frau so spät am Abend auf der Straße zu sehen. Irgendjemand packte sie am Handgelenk und fragte spöttisch, ob sie einer Begleitung bedürfe. Sie löste seine Finger, ohne dem Mann auch nur ins Gesicht zu sehen.
Die erste Opiumhöhle war verrammelt. Eva schlug gegen die Tür, bis jemand von der anderen Straßenseite ihr zurief, dass der Laden seit Wochen geschlossen sei.
»Versuchen Sie es bei Chang«, sagte er und deutete die Straße hinunter. »Das kleine Haus mit der roten Tür.«
Die Luft war erfüllt vom Duft garenden Fleisches, von Weihrauch, Schlamm, verblühenden Blumen und *pikake leis* zum hal-

ben Preis. Menschen standen in Gruppen zusammen, in ihrem Geflüster war immer wieder der Name von Lili'uokalani zu hören.
Eva sprang über eine trocknende Schlammpfütze und hob die Hand, um an Changs Tür zu klopfen. Die Tür schwang von selbst auf. Ein magerer Chinese sah sie kurz an und schlug rasch die Tür zu.
Sie hämmerte gegen das Holz. Hoffnungslos.
Ein Straßenhändler, der nebenan Fleischspieße über einem heißen Feuer briet, sah sie misstrauisch an. Sie blickte unfreundlich zurück. Ein Junge mit Schürze trug ein Blech mit saftigen *manapua*-Brötchen. Sie konnte sich nicht erinnern, wann sie das letzte Mal etwas gegessen hatte.
Ein paar Minuten später klopfte ein großer Mann in einem langen Mantel an Changs Tür. Sie öffnete sich schnell, und er verschwand in dem Haus. Eva wartete. Andere Leute würden kommen oder gehen.
Schließlich kam eine ältere Frau heraus, die die Tür gerade so lange offen hielt, dass Eva den Fuß über die Schwelle schieben konnte. Sie stand dem Mann von vorhin gegenüber.
»Ich suche Lehua«, sagte sie.
Er hob abwehrend die Hände. »Nicht hier.«
»Ich gehe nicht weg, bis ich sie sehe.«
Seufzend ließ er sie ein.
Sofort überwältigte sie der Geruch von Opium, Weihrauch und weiteren, unbekannten Gerüchen. Sie folgte ihm durch einen Gang mit Türen zu beiden Seiten. Es war bedrückend eng, wie im Bauch eines schmalen Bootes, nur dass an den Wänden keine Striche die Zeit markierten.
Am Ende des Ganges lag ein kleiner Haufen Stoff, der sich als ein am Boden liegender Mann erwies. Der Chinese trat über ihn hinweg und deutete auf eine Tür. Sie kam in einen kleinen Ver-

schlag. Als sich ihre Augen dem Halbdunkel angepasst hatten, erkannte sie zwei Strohmatten auf dem Boden.
Sie kniete nieder. »Lehua«, flüsterte sie.
Ein alter Mann sah zu ihr auf und deutete auf die andere Matte. Eva atmete einmal tief durch und wandte sich der anderen Gestalt zu.
Sie strich über das lange dunkle Haar, das schwer und feucht über den Rand der Matte hing. Lehua sah Eva an, stöhnte auf und schloss die Augen.
Eva hockte sich neben sie. »Lehua, wir müssen miteinander sprechen.«
Lehua gähnte.
»Warum hast du mir nichts von dem Mann erzählt, der sich in unserem Haus versteckt?«
Lehua hob die Schultern und wandte sich zur Wand.
Eva nahm Lehuas Gesicht in ihre Hände. »Ich habe damit nichts zu tun. Du bringst mich durch ihn in Gefahr.« Eva schüttelte sie. »Antworte mir, Lehua.«
»Man hört hier alle Stimmen«, sagte sie.
»Warum hast du mir nichts von ihm gesagt?«
Lehua seufzte. »Du hast selbst gesagt, dass dir Politik egal ist.« Sie zupfte sich träge Hautfetzen vom Arm.
Also geht es um Politik, dachte Eva. »Und die Polizei?«
»Die Polizei wird dich nie verdächtigen. Kein Mensch würde glauben, dass eine *haole*-Frau einen hawaiischen Mann versteckt.«
»Lehua, ich bin bereits verdächtig.«
»Nein, bist du nicht. Du bist *haole*.«
»Bei dieser Sache geht es nicht um die Abstammung.«
Lehua richtete sich auf einem Arm halb auf und sah Eva zum ersten Mal direkt an. »Du hast doch keine Ahnung. Es geht immer um die Abstammung.«

Zorn stieg in Eva auf. »Hast du mir vielleicht deswegen das Zimmer vermietet? Damit du Leute verstecken kannst, ohne dass die Polizei etwas davon erfährt?«
»Du kannst glauben, was du willst.« Lehua zog eine dünne Decke hoch und schloss die Augen.
Eva ließ sie dort auf der Matte liegen. Ob Lehua sich morgen noch an irgendetwas aus ihrem Gespräch erinnern würde?

Am Anfang war das Wort, aber in Hawaii war das Wort der Zucker. Der Weg vom Missionar zum Plantagenbesitzer ging sich leichter als von manchen erwartet.
Kamehameha der Große hatte sein Volk gewarnt, kein Land an Fremde zu verkaufen, die wie ein Vogelschwarm herniederstoßen und die letzten Samen auffressen würden. Und doch gelang es 1848 einem Missionar namens Judd, Kamehameha III. zu überreden, den Landverkauf an Fremde zuzulassen, indem er dem König drohte, andernfalls seien die Vereinigten Staaten sicher nicht mehr gewillt, Hawaii gegen die Angriffe anderer Mächte zu schützen.
Landbesitz war traditionell Sache des Königshauses und der ali'i*. Diese Fürsten überließen das Land wiederum dem Volk zum Gebrauch. Landbesitz für einfache Untertanen war auf Hawaii bis dahin völlig unbekannt, aber König Kamehameha III. glaubte schließlich selbst, dass dieser Wandel zum Wohle des Landes sei.*
Judds nächster Gesetzgebungsentwurf ermöglichte es den Missionaren, Land zu einem extrem günstigen Preis zu erwerben. Die meisten Einheimischen von Hawaii waren zu arm, um Land zu kaufen, aber die Missionare waren es nicht. Tausende von Morgen wurden von ihnen erworben, zu niedrigen Preisen, die den Einheimischen nicht offen standen. Als die Große Mahele Landaufteilung abgeschlossen war, gehörten den Einheimischen von Hawaii nur noch weniger als fünf Prozent ihres Landes.

6. Kapitel

Unruhige Zeiten schaffen unruhige Menschen. Hier konnte man Geld verdienen, und Eva machte sich an die Arbeit, ihre Allheilmittel herzustellen. Sie kaufte leere Pillenfläschchen und Etiketten und Klebstoff, und während Malia die Zuckerpillen rollte, beschriftete Eva sorgfältig die Fläschchen. Es gab Pillen für Liebeskranke. Für Wohlstand. Um die Gicht zu kurieren. Sie dachte daran, eine Pille anzubieten, die die Amerikaner veranlassen würde wegzugehen. Aber dafür wäre die Nachfrage wahrscheinlich zu groß gewesen.

Malia lehrte sie die hawaiischen Namen der Farben. *»Melemele«,* sagte sie, während sie den warmen Sirup zu kleinen Pillen rollte. *‚Oma'oma'o* war ein fast ins Gelbe spielendes Grün.

Blau gegen schwache Nerven. Gelb gegen böse Wünsche. Grün für Glück und Wohlstand und Rot als Liebestrank.

Malia nannte die roten Pillen *hana aloha.* Liebeszauber. »Nimm ein paar«, sagte sie und hielt Eva eine Hand voll entgegen.

Eva lachte und schluckte eine Pille. »Mehr als eine«, riet Malia, denn Evas rotes Haar und ihre merkwürdigen blauen Augen erschreckten selbst die Kinder in der Nachbarschaft. Sie brauchte mehr Unterstützung als die meisten *haole waihines.*

Die Türklingel schrillte, und Eva warf Malia einen warnenden Blick zu. Ihr erster Gedanke war, dass es mit dem Mann oben zu tun haben musste. Zwei Männer standen an der Tür, und sie erkannte den tätowierten Polizisten vom Tag zuvor. Der zweite Mann war ein Politiker, ein schwarz gekleidetes Mitglied der Regierung. Einer jener Männer, die sich von Gott der Politik zugewandt hatten, da es dort inzwischen mehr zu verdienen gab. Auch wenn sie nicht mehr Missionare waren, so haftete ihnen immer noch ein Aroma der Kirche an, den langen schwarzen Röcken, die streng am Hals zugeknöpft waren, und den dünnen Bärten, die wie trockener Seetang herunterhingen.

Eva wollte Malia noch wegschicken, aber das Mädchen war bereits verschwunden. Sie lernten schnell im Waisenhaus.

Nach Sitte der Insel zog der Polizist an der Tür die Schuhe aus, doch der Mann von der Missionarspartei hinterließ die Abdrücke seiner lehmigen Schuhe auf dem Holzboden.

Missbilligend betrachtete er ihren purpurfarbenen Rock und runzelte kaum merklich die Stirn. Es war derselbe Rock, in den sie vor Verlassen des Schiffes das gestohlene Geld genäht hatte. Wie leicht, hatte sie damals geglaubt, war es doch gewesen, diese neue Persönlichkeit anzunehmen, diese Eva Hanson, die Frau, deren Rock vom Gewicht des Geldes heruntergezogen wurde.

Ohne Aufforderung nahm der Politiker Platz. Er trug eine enge Krawatte und ein genau passendes Jackett, eine Kleidung, mit der sich manche Menschen in den Tropen selbst straften. Sein Gesicht wirkte aufgedunsen, wie gehender Brotteig.

»Mein Name«, sagte er, »ist Mister Cornelius Rhodes.« Er machte eine Pause und schaute auf Eva in der Erwartung, dass sie seinen Namen erkannte.

Eva hatte noch niemals von diesem Mann gehört.

»Ich möchte wissen«, sagte er, dann wandte er sich um und gestikulierte in Richtung des Polizisten. »Das heißt, wir wollen wissen, welche Beziehung besteht zwischen Ihnen und dem Ertrunkenen, den Sie am Strand gefunden haben.«

Eva zögerte. Ertrinken war eine ungewöhnliche Todesart, die

meist betrunkenen Matrosen vorbehalten war, die von vertäuten Schiffen stürzten und nur wenige Meter vom Dock entfernt starben. Aber sie hatte nicht von Ertrinken gesprochen. Sie hatte »erwürgt« gesagt.

Eine Bodendiele knarrte über ihr. »Ich bin mir nicht sicher, was ich gesehen habe«, sagte sie schnell.

Rhodes sah sie unwirsch an. »Sie behaupten doch, Hellseherin zu sein, oder? Vielleicht können Sie erklären, was der armen Seele widerfahren ist.«

»Waren Sie allein?«, fragte der Polizist. Das hatte er sie gestern schon gefragt. »Ganz allein?«

»Ja, ich war allein.«

Er lehnte sich vor. »War irgendetwas Ungewöhnliches an ihm?«

»Ja«, sagte sie, »er war tot.«

Rhodes' Gesicht rötete sich. »Miss Hanson. Waren irgendwelche auffallenden Merkmale an dem Körper?«

»Mister Rhodes. Ich habe ihn nicht ausgezogen«, sagte sie, und er wurde noch röter.

»Antworten Sie nur auf das, was Sie gefragt werden, Miss Hanson«, knurrte der Polizist, doch war er von Rhodes' Unbehagen sichtlich befriedigt.

»Irgendwelche Papiere, Identifizierung?«

Er war zu gierig nach einer Information und sichtlich auf irgendeine Weise mit dem Toten verbunden.

»Identifizierung?«, wiederholte er.

Nur ein Halsband aus Jade, eng wie eine Weinrebe um seine aufgedunsene Haut gewunden.

»Nein, nichts.« Sie schwenkte die Hand, wie es ungeduldige Menschen in diesem Land taten, eine Bewegung, die nicht vorhandene Fliegen verscheuchte.

»War er Royalist?«

Sie hoffte, dass der Mann über ihr lauschte. Da oben ist der, den ihr sucht, könnte sie sagen und einfach zur Decke hinauf deuten. Und warum nicht? Weil es noch mehr Ärger einbringen würde, kam ihr als Antwort. Außerdem hatte sie noch nie jemanden an die Polizei verpfiffen und hatte nicht vor, damit jetzt anzufangen.

»Beantworten Sie die Frage, Miss Hanson. Glauben Sie, dass er ein Royalist war?«

Eva zuckte die Achseln. »Gibt es eine Möglichkeit, die Loyalität eines Toten festzustellen?«

»Hüten Sie Ihre Zunge«, warnte der Polizist, doch sah er Eva nicht an.

Antipathie verkleinert einen Raum. Zwischen den dreien schrumpfte das Zimmer zu einem Nichts.

Rhodes nahm eine Flasche von roten *hana aloha*-Pillen und zog seine Brille heraus. Argwöhnisch betrachtete er das Etikett, dann schüttelte er den Kopf. »Das sind falsche Versprechungen.«

Eva hob die Schultern. War es wichtig? Ein Mann mit amputiertem Bein spürte immer noch Schmerzen in seinem fehlenden Fuß.

»Das ist Häresie«, sagte Rhodes jetzt.

Eva zuckte die Achseln. »Nur wenn man dran glaubt.«

Der Polizist grinste. Dann erinnerte er sich rasch daran, die Stirn zu runzeln.

»Das ist gegen das Gesetz, Miss Hanson. Magie und Zaubertrank. Leute wie Sie scheinen die Absicht zu haben, uns ins finstere Mittelalter zurückzuführen.«

Und was heißt das, dachte Eva. Dir könnte es auch nicht schaden, ein paar *hana aloha*-Pillen zu schlucken.

Plötzlich wurde Rhodes' Gesichtsausdruck hart. »Sie sind ehrgeizig?«

Sollte das eine Anschuldigung sein? Natürlich war sie ehrgeizig.

»Wir müssen alle für uns selbst sorgen«, sagte sie. Ihre Großmutter, Mormor, sagte immer, Frauen könnten sich Unabhängigkeit nicht leisten. Langsam begriff Eva, was sie damit gemeint haben könnte. Seine manikürten Hände, bei denen unter jedem Nagel der Halbmond zu sehen war, trommelten auf den Tisch. Eitle Hände, dachte Eva.

Niemand sprach.

Rhodes blickte hinaus. Durch das Fenster sah Eva, wie Tomas sich beeilte, seine Wäsche ins Trockene zu bringen, die nasse Unterwäsche wehte wie eine weiße Fahne.

»Wie gut haben Sie den Toten gekannt?«, fragte Rhodes plötzlich.

»Ich habe ihn nicht gekannt«, sagte sie so langsam, als spräche sie zu einem Kind, damit es jedes Wort behalten könnte. »Ich habe ihn noch nie im Leben gesehen.«

Er legte den Kopf schief. »Also, kommen Sie. Jeder in dieser Stadt glaubt, den Verstorbenen zu kennen. Gibt es einen Toten in Honolulu, so sind Hunderte da, um ihn zu identifizieren.« Er sah den Polizisten an. »Stimmt's?«

Der Polizist blickte unsicher drein.

Eva wandte sich an ihn. »Sie haben also die Leiche gefunden?«

»Ja«, sagte er endlich, sah aber Rhodes dabei nicht an. Er lügt, dachte Eva, aber warum?

Sie fühlte, wie sich die Wände immer näher schoben, um die drei Menschen in ein Unheil bringendes Muster zu pressen, dessen Sinn sie noch nicht begreifen konnte. Gutes würde daraus nicht erwachsen.

Cornelius Rhodes' Finger trommelten lauter. Über ihnen war ein Schlurfgeräusch zu hören, das Eva mit Husten zu übertönen suchte. »Ein wenig merkwürdig, dass Sie die Einzige sein sollten, die über ihn gestolpert ist, nicht wahr?«

»Tote können nicht bestimmen, wer sie findet.«

»Sind Sie ganz sicher, dass Sie ihn nicht gekannt haben? Vielleicht kannten Sie ihn sogar sehr gut?«
»Das ist lächerlich«, sagte Eva.
Der Polizist mischte sich ein. »Hat Ihnen der Verstorbene Versprechungen gemacht? Vielleicht sogar, Sie zu heiraten?«
Eva seufzte. Die beiden waren armselige Verbündete. Keiner von ihnen glaubte, dass irgendjemand eine Frau wie sie, eine rothaarige Wahrsagerin mit schlechtem Ruf, heiraten wollte.
»Und als er Sie sitzen ließ, da passierte ihm etwas?«
»Oh, ja«, sagte sie, »es war die Liebesgeschichte des Jahrhunderts. Und er brach mir natürlich das Herz.«
Rhodes sah den Polizisten kurz an. Zwischen ihnen herrschte ein wortloses Einvernehmen, und Eva bereute sofort ihre Impulsivität. Sie musste genau überlegen, bevor sie diesem Mann Antworten gab, sie musste genauer aufpassen.
»Nun, Sie waren allein mit der Leiche, das stimmt doch?«
»Ich war allein.«
Trotz ihrer Fragen wussten sie sehr wohl, dass Eva den toten Mann nicht kannte. Worum ging es also dann? Die beiden, das wurde Eva plötzlich klar, waren besorgt, dass sie ihn erkannt hatte oder etwas über seinen Tod wusste. Wer also war er wirklich? Ein Royalist? Ein hochrangiger Politiker mit einer Geliebten, die ein Jadehalsband um sein Handgelenk befestigte, eine Schlinge um den Hals legte und ihn dann ins Wasser warf?
»Haben Sie einen Grund, allein an einen verlassenen Strand zu gehen?«
»Ja, ich fische.«
Beide blickten sie misstrauisch an. Rhodes blickte zur Zimmerdecke hinauf, und Eva hielt den Atem an, bis er sie wieder ansah.
»Ist Ihnen klar, dass wir Zeugen haben, die aussagen, Sie hätten den Toten gekannt?«

»Und wer sollte das sein? Eure betrunkenen amerikanischen Soldaten?«
Die Sehnen an seinem Hals traten plötzlich hervor. »Glaubhafte Zeugen«, sagte er und versuchte, seine Stimme unter Kontrolle zu halten. Er schob seinen Stuhl zurück und stand auf. »Irgendjemand muss verantwortlich sein.«
Warnend hob der Polizist die Hand. »Nehmen Sie sich zusammen«, flüsterte er.
Rhodes wischte sich mit einem feuchten Taschentuch über das Gesicht.
»Ich fand ihn«, sagte Eva leise. »Doch das allein heißt nicht, dass ich ihn kenne. Sie sollten zur Kenntnis nehmen, dass ich freiwillig zum Polizeiposten kam.« Beinahe. Vergangene Nacht hatte sie die Jadekette einem Juwelier gezeigt, der mit gestohlenem Gut handelte. Er hatte ihr versichert, er würde innerhalb eines Monats einen Käufer finden, es sei denn, es handle sich um ein bekanntes Stück. In diesem Fall würden sie es zum Kauf nach Amerika schicken. Er hatte angeboten, die Kette für sie aufzubewahren, aber sie wollte es nicht aus den Augen lassen.
»Würde ich zur Polizei gehen, wenn ich in irgendeiner Verbindung zu diesem Mann stünde?«
»Nein, Miss Hanson«, sagte der Polizist schnell. »Es war richtig von Ihnen zu kommen.«
»Nun, danke«, antwortete Eva. »Es ist genau das, was ein verantwortungsvoller Bürger zu tun hat.« Eva dachte, wie sehr sich doch das Englische für jede Art Täuschung eignete. Es war wie Wasser, es nahm die Form dessen an, was hineingeschüttet wurde.
Doch gerade als sie glaubte, gewonnen zu haben, änderten die beiden ihre Taktik.
»Sie hatten Grund, Norwegen schnell zu verlassen?«, fragte Rhodes mit einer Stimme, die ihr das Gefühl gab, wieder sechs Jahre alt zu sein und mit einem gestohlenen Ei in der Tasche ein

Geschäft zu verlassen, wo doch alle Kaufleute des Ortes ein Auge auf das rothaarige Kind mit den langen Fingern hatten.
»Nein, ich hatte keinen Grund«, sagte sie, obwohl es natürlich einen gegeben hatte. Es war das alte Spiel von heiß und kalt. Die Frage nach dem toten Mann war kalt. Doch die Frage nach dem Verlassen von Norwegen war heiß. Und die Antwort lag dort in den handgemalten Tarotkarten, wenn man nur hinzusehen wusste.
Die beiden verließen das Zimmer, um ungestört sprechen zu können.
Eva stand auf und schlich an die Tür, um zu lauschen. Ihr Spiegelbild schwankte in dem kleinen Spiegel, der an der gegenüberliegenden Wand hing. Ihr Mund war rot von den *hana aloha*-Pillen. Der Mund eines Clowns, dachte sie und rieb sich mit der Hand über die Lippen.
Doch was war Eva Hanson? Sie erinnerte sich, einen kleinen Koffer der Toten durchgesehen zu haben, um über ihr Woher und Wohin Aufschluss zu finden. Doch es gab nichts außer alten Fahrkarten, die sich über ganz Europa erstreckten, und einem Liebesbrief, in dem so viele Zeilen unleserlich durchgestrichen waren, dass sich Eva fragte, warum ihn die Frau überhaupt behalten hatte. Das Ganze sah nach dem ziellosen Umherirren einer Frau mit viel Geld und gebrochenem Herzen aus.
Nun fürchtete Eva, der Brief könne gar kein Liebesbrief, sondern eine Art Geheimcode gewesen sein, und die Frau wäre vor etwas davongelaufen. Menschen beginnen erst dann zu laufen, wenn sie sehen, wie groß der Hund ist, der sie jagt.
Sie staunte über ihre Naivität, sich einfach den Namen einer völlig Unbekannten anzueignen. Träume können einen zum Mond und wieder zurückbringen, doch von jenem Ich, das man so gerne ablegen möchte, können sie einen in der Wirklichkeit nur ein paar Schritte entfernen.

»Miss Hanson, ich spreche mit Ihnen.«
Überrascht sah Eva auf.
»Wir haben den Namen des Schiffes, mit dem Sie gekommen sind. Wir sind überzeugt, der Kapitän wird uns einige Auskünfte über Sie geben können.«
Eva antwortete nicht. Sie hatte das Gefühl, als liefe Wasser durch ihre Hände. Sie blickte auf ihren Glück bringenden Rock, doch der war nicht mehr schwer von dem verborgenen Geld, Geld, das nicht einmal mehr zur Bestechung reichte.
»Besorgt Sie irgendetwas, Miss Hanson?«
»Durchaus nicht.«
»Sie haben uns ganz sicher nichts mehr zu sagen?«
Eva fiel ein, wie sie einmal einige Kinder gesehen hatte, die einen Betrunkenen umlagerten. Einer der Jungen hatte sich mit Streichhölzern hingehockt und die Schuhsohlen des Mannes angezündet. Wahrscheinlich war Rhodes als Kind so gewesen.
»Wir ersuchen Sie, in Honolulu zu bleiben, zumindest so lange, bis die Angelegenheit erledigt ist«, sagte der Polizist.
»Selbstverständlich«, stimmte sie zu. Hätte sie das Geld, sie verließe die Stadt mit dem nächsten Schiff.
Rhodes warf ein paar Münzen auf den Tisch. »Für mein Glück«, sagte er.
»Behalten Sie Ihr Geld«, antwortete sie, doch da hatte er bereits das Zimmer verlassen.
Sie nahm eine der Münzen, ließ sie über den Tisch und den Rand rollen und beobachtete, wie sie zu Boden fiel. Zahl.

Alte Walfänger, deren Tattoos in die weichen Falten ihres Fleisches sanken, fand man überall in Honolulu. Ihre Tattoos erzählten von Eroberungen, realen und eingebildeten; Meereswesen und Frauen und verblassende Flaggen von Ländern, die sie seit Jahren nicht mehr gesehen hatten. Am Ende der vierziger Jahre des 19. Jahrhunderts steuerten etwa sechshundert Walfangschiffe regelmäßig den Hafen von Hawaii an. Aber 1859 wurde in Pennsylvania eine neue Art von Öllampe erfunden, die Öl aus der Erde, nicht von Walen brannte. Diese Entdeckung vernichtete rasch die Walfangindustrie, und seit dieser Zeit sahen sich die Walfänger den Klippen unsicherer Untätigkeit ausgesetzt und der Aussicht auf ein Leben, das an Land enden konnte.

7. Kapitel

Eva befühlte die Münze des Politikers, legte sie dann auf das Fensterbrett. Sie spürte eine Bewegung hinter sich und drehte sich um, in Erwartung von Malia.
Es war jedoch der Mann, der im Lagerraum geschlafen hatte. Im Tageslicht sah sie sich einem Mann gegenüber, der jünger war als sie. Verwirrte Haare und ein altes *palaka*-Hemd mit Knöpfen aus Kokosnussschale.
Er trat in die Küche, während Eva ein Stück süßes Brot abschnitt. Ohne darüber nachzudenken, gab sie es ihm.
Er dankte mit einem Nicken und aß hastig das Brot.
Sie bot ihm ein zweites Stück an, was er ablehnte, obwohl sein Hunger deutlich erkennbar war.
Sie nannte ihren Namen. Er zögerte einen Moment, dann stellte er sich als Jonathan vor.
Eva brauchte diese Münze nicht zu prüfen, um sie als falsch zu erkennen. »Jonathan. Warum haben Sie einen *haole*-Namen gewählt?«
»Er ist leicht auszusprechen«, sagte er verärgert. »Leute, die hierher kommen, machen sich normalerweise nicht die Mühe, unsere Sprache zu lernen.«
»Nun, es macht sich auch keiner die Mühe, die Sprache meines Landes zu lernen.«
»Wir sind aber nicht in Ihrem Land, Miss Hanson.«

Eva wurde rot.
»Wer waren diese Männer?«, fragte er.
»Was weiß ich? Vielleicht Freunde von Ihnen?«
»Nein, da irren Sie sich.«
Wenigstens arbeitet er nicht für die Polizei, dachte Eva. »Sie haben Glück, dass ich denen nichts von Ihnen gesagt habe.«
»Und was hätten Sie gesagt?« Er klang amüsiert.
Sie beachtete seine Frage nicht. »Was wollen Sie?«
»Ich möchte, dass Sie ganz normal weiterleben«, sagte er. »Machen Sie alles so wie immer.«
Sie hätte beinahe gelacht. Was war wohl für ihn normal? Die Polizei, die sie beobachtete, ein Politiker namens Rhodes und jetzt ein Mann mit falschem Namen, der sich in Lehuas Lagerraum versteckte?
»Warum glauben Sie mir trauen zu können?«, fragte sie.
»Sie missverstehen mich, Miss Hanson«, sagte er förmlich. »Es ist keine Frage des Vertrauens. Keiner von uns will Schwierigkeiten mit den Leuten, die momentan dieses Land regieren. Aus unterschiedlichen Gründen natürlich«, fügte er hinzu.
Er spielte auf das Jadestück an. »Nun gut.« Sie konnte den Ärger in ihrer Stimme nicht verbergen. »Solange die Abmachung klar ist.«
»Ja, das ist sie. Ein Kompromiss. Und ich werde nur sehr kurz hier sein.«

Eva zog die neuen Schnürsenkel durch die Ösen ihrer Stiefel, zog sie an und machte einen festen Knoten. Ein Kompromiss? Nein. Sie hatte genug. Diese Insel war kein Rettungshafen mehr für sie. Stattdessen Fehler und Komplikationen. Eine kluge Person setzte sich auf dem nächsten Boot ab. Es war an der Zeit, Edward aufzusuchen und genügend Geld für eine Passage zu borgen. Und sie konnte das Jadestück mitnehmen, ohne dem Hehler Kommission zahlen zu müssen.

Aber auf der Straße erinnerte sie sich daran, was sie bei ihrer Ankunft hier empfunden hatte.
In ihren ersten Tage in Honolulu lernte sie, was sie alles ablegen konnte. Vor allem einmal die Krinoline. Jacke, Fischbeine, Korsett, alles ließ sie hinter sich wie eine Zikade ihre Hülle. Sie hatte eine solche innere Unruhe in sich, dass sie sozusagen gleichzeitig in alle vier Richtungen blickte, was ihre Sehnsucht nach Süßem weckte, sobald sie auf ihrer Zunge sauren Geschmack spürte.
Eva verbrachte ihre Tage damit, durch eine Stadt zu streifen. Ihr kam das alles wie ein Traum vor. Sie hatte so lange die Schiffsplanken unter den Füßen gespürt, dass die Insel immer noch unter ihr schwankte. Honolulu war von einem Spinnennetz schmutziger Straßen und hölzerner Gehsteige durchzogen. Ein Rudel Kinder, von der Farbe der Erde und poliertem Holz, rannte barfüßig durch die Menge, damit beschäftigt, Essen und Botschaften auszuliefern. Blasse Amerikaner sahen aus, als wanderten sie durch die falsche Landschaft. Ein Mann mit einem Brett voll Brötchen pries die Freuden der *sarsaparilla* auf Hawaiisch an. Frauen saßen auf dem Boden, umgeben von gefiederten Blumen, beschäftigt, endlose Schnüre aufzuwickeln.
Über allem lag der Geruch nach frischem Holz. Sägemehl bedeckte die feuchten Körper der Tischler, wie Asche auf der Stirn den Tod bezeichnete. Endlos wurden Särge gezimmert für alle, die rasch an Lepra, Pocken, Masern oder Geschlechtskrankheiten starben.
Jeder in Honolulu spielte, ob um Seelen oder Lotteriezahlen oder wie viele Tage es noch dauern mochte, bis die Mangobäume blühten, oder die Ankunft der Eisbrecher.
Es war eine Stadt, in der das Auftauchen des Moskitos genau zurückgeführt werden konnte auf jenes Schiff vor einigen Jahren, von dem aus man verseuchtes Wasser über Bord in einen kleinen

Fluss schüttete, der die Ansteckung sofort verbreitete. Niemand aber konnte den Augenblick voraussagen, als eine Hand voll Männer die Königin beiseite schob, um sie durch fremde Handelsleute und Missionare zu ersetzen. Das reichte aus, um den Menschen zu verwirren, um jedermann sein Gleichgewicht verlieren zu lassen.

Schreiende Männer, die das Evangelium verkündeten, schlugen Zinntrommeln und zündeten Feuer in kleinen schwarzen Kesseln an, um so die Hölle darzustellen. Kinder hockten herum und warfen Geckos und Tausendfüßler in die Flammen. Erwartungsvoll beobachteten sie, wie die Tiere sich in einem Rauchfähnchen auflösten, während die Rufer über ihnen, deren Sehnen am Hals heraustraten, blind waren gegenüber der wahren Hölle zu ihren Füßen.

Eva war von der Schönheit der Frauen begeistert und erstaunt, wie viele von ihnen Prostituierte waren. Niemals zuvor hatte sie Erlösung und Prostitution so nahe beisammen gesehen.

Was fühlte sie? Freiheit. Der Klang ihrer Schuhe auf den hölzernen Gehsteigen war der Klang einer Fremden, die fremde Straßen beschritt in einer Stadt, in der sie niemand finden konnte. Es war wie ein frischer Wind. Sie war sich sicher, dass sie alles, das sie verletzen konnte, auf der anderen Seite der Welt hinter sich gelassen hatte.

Sie hatte eine Zeitung mit Anzeigen für Mietzimmer bei sich. Durch einen Irrtum gelangte sie zu einem Heim für alte Seeleute, ein heruntergekommenes Haus mit Blechdach und Farnen, die aus der Regenabflussrinne wuchsen.

Ein alter Mann namens Tomas saß auf der *lanai*, einen Hahn auf seinem Schoß. Er sagte ihr den Namen des Hahnes, bevor er seinen eigenen nannte. »Lucky«, sagte er und hielt den Vogel in die Höhe, der ruhig in seinen Händen lag. »Weil ihn noch keiner gegessen hat«, fügte er mit zahnlosem Grinsen hinzu.

Eva zeigte ihm die Zeitung und wies auf das umrandete Inserat.
Er räusperte sich. »Hab nie lesen gelernt. Sagen Sie mir, was da steht.«
Eine allein stehende Frau vermiete Zimmer an Frauen.
»Ah, das ist Lehua. Nächste Tür. Nur für Frauen und keine Amerikanerinnen.«
»Ich bin keine Amerikanerin«, sagte Eva. »Ich bin Norwegerin.«
Sie fand den Pfad durch die Hecke und traf Lehua, eine Hawaiianerin mit ungewöhnlichem Lächeln, das ihre Mundwinkel hob wie Aladins Wunderlampe.
Auf der gegenüberliegenden Straßenseite war ein Waisenhaus für hawaiische Mädchen, nebenan gab es die alten Seeleute mit ihrem Liebling, dem Hahn. Dann war da noch eine Witwe, stadtbekannt dafür, dass sie vier Ehemänner überlebt hatte und die die letzten zwanzig Jahre jedes Jahr die Orchideenschau gewann. Außerdem wohnte ein *shamisen*-Spieler in unmittelbarer Nähe, der so ein Getöse machte, dass er Lebende wie Tote verrückt machte. Und dann wohnte Lehua dort, halb von Sinnen vor Trauer und von Opium, und zum ersten Mal in ihrem Leben passte Eva richtig in ihre Umgebung hinein.

So war es ihr jedenfalls damals vorgekommen. Nun hatte sich alles verändert, als ob sie in einem Land eingeschlafen und in einem anderen aufgewacht sei.
An den Fassaden der Bordelle waren achtlos Bambuskäfige an die Wand gehängt. Die Käfige waren mit Vögeln und kleinen Tieren voll gepfropft, einige lärmend vor Angst, andere teilnahmslos, sei es aus Faulheit oder Krankheit. Ein Vogel im Käfig über dem eines Mungos gebärdete sich halb wahnsinnig. Die schmale Hand eines Schimpansen schnellte zwischen den Käfigstäben hervor

und hob Evas Rocksaum hoch. Der Bordellbesitzer genoss ihre Aufregung und schob den Käfig ein wenig weiter in die Straße.

Das Ganze erinnerte Eva an Tomas' Geschichte von dem Wal, dessen Rücken aus dem Meer ragte. Matrosen vertäuten ihr Schiff auf dem Walrücken, den sie irrtümlich für eine Insel hielten. Er hatte den Mädchen aus dem Waisenhaus aber nicht die weitere Geschichte erzählt. Die Seeleute senkten die Anker wie Angelhaken in die Haut des Wals, und dann zündeten sie ein Feuer an, um Essen zu kochen. Doch als der Wal die Hitze der Flammen spürte, tauchte er unter und zog die Matrosen und das vertäute Schiff mit sich in die Tiefe.

Entlang der Straße waren überall Feuer entzündet worden.

Sie ging an der Straßenecke an einem Missionar vorbei, einem dünnen Mann in einem fadenscheinigen Rock und viel zu großen Schuhen. »Es ist die Luft«, predigte er, »Honolulu ist erfüllt von Verderbtheit.«

Er deutete zornig auf ihren purpurfarbenen Rock, die offenen Haare, und Eva spürte, dass das Böse, das er bisher nur in der Luft von Honolulu gefunden hatte, einen neuen Ausdruck gefunden hatte.

Kam man in die Nähe von Edwards Büro, so verbreiterte sich die Straße. Am Straßenrand waren in genauen Abständen Bäume gepflanzt, hölzerne Gehsteige und schmucke Lattenzäune begrenzten die säuberlichen Rasen der Missionare.

Als Kind hatte Eva davon geträumt, eines Tages in so einem großen Haus zu leben. Das war, bevor sie wusste, wie gesellschaftlich unpassend ihre Familie war, mit ihren verwahrlosten Kleidern, mit einem Ruf, der ihnen allen wie ein Geruch anhaftete, den man nicht abwaschen kann.

Und welchen Preis hatte ein solcher Luxus, die Luster, bei denen die Glasbehänge rund um das Kap Hoorn klirrten, das Holz, das auf dem Rücken eines alten Mannes aus den philippinischen

Wäldern getragen wurde, das Tischtuch, das die Spitzenklöpplerin das Augenlicht gekostet hatte. Eva lehnte eine solche Welt ab, doch Edward wollte daran teilhaben.

Als sie noch neu in Honolulu war, hatte sie Edward eines Abends in einer Bar bemerkt. Sie sah, wie er beim Kartenspiel betrog und nicht erwischt wurde. Er blickte auf, sah Evas forschende Augen, zwinkerte ihr zu und ließ ihr einen Drink bringen.

Damals arbeitete er als Barkeeper und ein wenig als Zuhälter. Er besorgte für seine Kunden alles, wofür sie zahlen konnten. Opium, Prostituierte, Poker. Seitdem hatte er sich der Politik zugewendet und meinte, dass es das gleiche Spiel sei, nur in feineren Kleidern.

Sein Büro lag am Ende einer Reihe bescheidener Holzhäuser. Eine ältere Frau saß an der Wand auf einer kleinen *lauhala*-Matte. Eva wusste, dass sie mit ihren Waren immer an den verschiedenen Schattenplätzen der Straße zu finden war.

Heute bot sie vier *lilikois* an. Warum so wenige? Eva wählte die gelblichste Frucht aus und bezahlte die Frau.

Edwards Eingangszimmer war, außer einigen Bänken entlang der Wand, leer. Sie klopfte an die Tür seines Büros, und ohne zu fragen, wer sie sei, befahl er ihr zu warten.

Sie setzte sich auf eine Bank und zwang sich, entspannt auszusehen. Schwierigkeiten verströmten den gleichen Geruch wie Armut, und mit beidem wollte Edward nichts zu tun haben.

Nach langem Warten verließ eine Frau mit hochrotem Gesicht und zerzaustem Haar das Büro, die so tat, als sähe sie Eva nicht.

Edward saß an seinem Schreibtisch und schrieb konzentriert Zahlen in sein Hauptbuch. Als er Eva sah, legte er die Feder nieder und sah sie freundlich an.

»Edward«, sagte sie. »Du wirst dich niemals ändern.«

»Ich hoffe nicht«, sagte er zufrieden.

»Wer ist sie?«
Er legte die Finger an die Lippen, und beide lachten.
»Eva, ich vermisse dich«, sagte er plötzlich.
Eva lächelte. »Ja, das kann ich genau sehen. Du scheinst todtraurig.«
Sie legte die *lilikoi* auf den Tisch. »Hier, die ist für dich.«
Er nahm die Frucht. »Wie aufmerksam von dir. Was ist das?«
»Das ist eine *lilikoi*, Edward. Eine Frucht mit vielen Kernen. Man kann wunderbaren Saft daraus machen.«
»Aha. Es ist dir doch klar, dass du damit die Frau unterstützt, die vor meinem Büro bettelt.«
»Sie bettelt nicht, Edward. Sie verkauft Früchte.«
»Na klar. Und, wie geht es dir? Was macht Lehua? Raucht sie immer noch Opium?«
»Überhaupt nicht mehr«, log sie.
»Wirklich?«
»Hat es seit Wochen nicht angerührt. Und du, Edward? Was macht die Politik?«
»Wunderbar, aber auch sehr merkwürdig. Die Politiker hier – sie glauben, dieses Land könnte ein Paradies sein, wenn sie nur irgendwie die Hawaiianer loswerden könnten.«
»Das ist ja widerlich.«
»Allerdings. Ich habe so was noch nie erlebt.« Er hob die Schultern. »Hast du irgendeine Vorstellung davon, Eva, wie viele Töchter diese Missionarpolitiker haben? Und alle auf der Suche nach Ehemännern. Weißen Ehemännern natürlich. Nur *haoles*. Hawaiianer unerwünscht.«
»Und du machst dich bei ihnen beliebt?«
»Das habe ich in der Tat vor. Du magst sie widerlich finden, Eva, aber denk daran, wie mächtig sie sind. Denk an ihr Geld.«
Eva nickte. Sie hatte daran gedacht.
»Sie haben mehr von diesem Land in der Hand, als du denkst.«

Er schüttelte den Kopf. »Sie nennen sich jetzt sogar Hawaiianer. Es ist heimtückisch.« Er lachte und zog eine Zigarre aus der Tasche.

Ihr war er als Spieler lieber gewesen, als Kartenhai, als Barbesitzer, der einem bewusstlos Betrunkenen seelenruhig die Brieftasche abnahm und dem Haus eine Runde spendierte. Das war immer noch ehrlicher als Politik.

Eva seufzte. »Ich bin nicht nur zu Besuch gekommen, Edward.«

Er gab vor, erstaunt zu sein. »Nein? Eva, ich erwähne alte Sachen ja nur sehr ungern, aber du hast mir deine Schulden vom letzten Mal noch nicht zurückgezahlt.«

»Nun gut, ja. Aber du weißt doch, dass mein Geschäft saisonabhängig ist.«

Edward lächelte, spielte genussvoll mit ihrem Unbehagen. »Ist jetzt Saison?«

»Du hast mein Wort, dass ich es zurückzahle.«

»Ja, das genau macht mir Sorgen. Ich habe dein Wort. Und sonst nicht viel.«

»Wie läuft denn dein Geschäft, Edward?«

»Unglücklicherweise gibt es auch bei mir sehr ruhige Zeiten.«

Eva seufzte. »Du hältst immer deinen Hals komisch, wenn du schwindelst, Edward. Wusstest du das? Ich kann es nicht mal genau beschreiben. Dein Adamsapfel bewegt sich zu sehr.«

»Ach ja?« Er lachte und hielt die Hand vor den Hals. »Darauf werde ich achten müssen.«

»Lehua hat versprochen, mich bei den wöchentlichen Kartenabenden der Königin einzuführen. Das wird mir sehr helfen. Ich werde bestimmt haufenweise Kunden bekommen.«

»Die Königin braucht keine Kartenspiele oder Hellseherinnen. Sie braucht eine Armee. Die Regierung hat ihr die Hände gebunden, aber sie fürchten sie immer noch.«

»Das sollten sie auch«, sagte Eva.
»Sie verbreiten übelste Gerüchte über Lili'uokalani. Sie behaupten sogar …«
Eva wehrte ab. »Ich will keine Gerüchte hören. Sie sagen alles, was ihren Plänen hilft. Dadurch erscheinen sie nur noch dümmer.«
»Unterschätze sie nicht, Eva.« Er legte seine Zigarre in den Aschenbecher. »Du siehst doch, dass sich etwas zusammenbraut. Überlege dir, auf welcher Seite du stehst.«
»Ich stehe auf keiner Seite, Edward, und du auch nicht.«
»Wohl wahr. Wir sind vielleicht die einzigen Leute in Honolulu, die nicht glauben, dass uns dieses Land gehört. Aber genug davon. Was ist los?«
»Edward, wir haben uns schon öfter gegenseitig aus der Patsche geholfen«, fing Eva an.
»Nicht immer erfolgreich«, sagte er, aber lächelte dabei.
»Nein«, gab sie zu. »Nicht immer.«
»Sie haben dich erwischt, nicht wahr? Was ist passiert, Eva?«
»Eigentlich nichts. Ich habe nichts getan. Aber es gibt ein Problem.«
»Ein Problem.«
»Es gibt Listen der Toten, oder nicht?«
»Doch, die Polizei muss diese Art von Information haben.«
Eva winkte ab. »Ich will die Polizei nicht einschalten.«
»Das ist immer eine gute Strategie.«
»Neulich war ich fischen, unten an der Küste. Und ich fand eine Leiche.«
»Eine Leiche?«
»Einen Mann. Vom Meer angespült.« Eva zögerte. Wenn sie Edward sagte, dass er erdrosselt worden war, würde er ihr nicht helfen. Nicht bei Mord. »Er war ein junger Mann«, fuhr sie fort, »oder vielleicht in mittleren Jahren. Mehr hawaiisch, vielleicht

eine Spur chinesisch. Er hatte lange schwarze Haare. Er sah gut aus«, fügte sie hinzu, über sich selbst erstaunt.
»Ein gut aussehender toter Mann also.« Er lehnte sich voller Interesse vor. »Wenn es ein Chinese war, so kannst du seine Rechte vergessen. Wenn du in dieser Stadt einen toten Mann findest, so solltest du seine Herkunft genau ansehen.«
»Edward, du klingst wie einer ihnen!«
»Doch, das stimmt, nicht wahr? Es färbt anscheinend ab. Doch abgesehen davon, warum bist du über einen toten Chinesen so betroffen?«
»Ich weiß nicht«, antwortete sie, »es ist einfach so.« Sie konnte Edward nicht sagen, dass es vielleicht eine Belohnung gab, denn dann würde er sie selbst beanspruchen.
»War irgendetwas an dem Leichnam? Irgendetwas in seinen Taschen?«
»Ich habe nicht geschaut.«
Bei ihren Worten hob er die Brauen. Er wusste, sie würde niemals eine solche Gelegenheit ungenützt vorübergehen lassen.
»Nun, wieder einmal ein Ertrunkener«, er zuckte die Achseln. »Vermutlich hat er zu viel getrunken und ist ins Meer gefallen.«
»Ja, so schien es zuerst. Aber als ich die Polizei zu der Leiche bringen sollte, war sie verschwunden.«
»Wer schert sich dann darum, wenn der Leichnam verschwunden ist?«
»Normalerweise niemand, besonders nicht in dieser Stadt.«
»Und warum vergisst du die Sache nicht einfach? Ist da noch was anderes?«
»Ja, allerdings. Der Polizist kam am nächsten Tag zu mir. Eine Art Folgebesuch. Aber es war jemand bei ihm.«
»Eva, erzähl mir einfach, was passiert ist.«
»Der andere Mann war ein Politiker.« Sie erzählte ihm, wie die

beiden zu ihr nach Hause gekommen waren. Sie erzählte ihm alles, bis auf das Jadehalsband.
»Warum sollte ein Politiker an einer solchen Geschichte interessiert sein?«
Sie zuckte die Achseln.
Edward stand auf und trat ans Fenster. »Außer«, sagte er schließlich, »der tote Mann war ein Royalist. In diesem Fall könnte es sich um Mord handeln. Kein Wunder, dass sie dir nachstellen. Wer war der Politiker?« Seine Stimme klang beunruhigt. Er würde ihr nicht helfen, wenn es seine Karriere beeinträchtigen konnte.
»Ich weiß nicht, wer er war, er hat sich nicht vorgestellt«, log sie.
»Wie hat er ausgesehen?«
»Ein *haole*-Mann mit der Haut wie eine Qualle.« Das wenigstens war wahr.
»Klingt hinreißend. Erinnerst du dich, welcher Partei er angehörte?«
Eva schüttelte den Kopf. Es gab so viele Parteien, dass sie sich keine richtig merken konnte.
»Wenn du da deine Nase hineinsteckst, wirst du dir nur Unannehmlichkeiten einwirtschaften.«
Eva war auf einmal wütend. »Ich habe den Mann nicht getötet, Edward, ich habe ihn nur gefunden.«
Er lehnte sich in dem Stuhl zurück und spannte seine Hand über den Schreibtisch. »Spielt das eine Rolle? Du bist in diese Geschichte verwickelt.«
»Nein, ich bin nicht verwickelt. Sie wollen aber, dass ich etwas damit zu tun habe, und das ist es, was ich nicht verstehe.« Sie wartete. Jetzt müsste Edward seine Hilfe anbieten. Aber warum sollte er? »Edward, könntest du nicht ein paar diskrete Fragen stellen, versuchen, etwas herauszufinden?«
Er wies auf seine Papierstapel. »Wie du siehst, bin ich ziemlich beschäftigt. Aber wenn ich Zeit dazu habe, kümmere ich mich.«

Sie seufzte. Der vorsichtige Edward hatte die Oberhand. Sicher nicht der geeignete Moment, nach Schiffspassagen zu fragen. Das musste warten.
»In der Stadt braut sich etwas zusammen«, sagte er, während er sie zur Tür begleitete.
»Du wiederholst dich, Edward. Du solltest dir nicht so viele Sorgen machen.«
»Und du solltest dir mehr Sorgen machen.«

Auf der Straße traf Eva eine Prostituierte, die sie gut kannte, eine Frau, die zu ihren Stammkundinnen gezählt hatte, bis sie einen Sohn bekommen hatte. Du weißt, was deine Zukunft ab jetzt ist, hatte Eva ihr beim letzten Besuch gesagt. Die Frau hatte Eva versichert, sie würde nicht mehr lange im Geschäft bleiben, das, was alle Prostituierten sagten. Aber oft mussten sie Familien ernähren und konnten nicht aufhören.
Heute hielt sie stolz ihre Hände auseinander, um zu zeigen, wie ihr Baby gewachsen war. Als sie sich zum Abschied umarmten, fühlte Eva ihren knochigen Rücken und wusste, dass die Geschlechtskrankheit, die schon so vielen hawaiianischen Frauen das Leben kostete, jetzt auch sie befallen hatte.
Ein unbehagliches Gefühl überkam Eva. Sie wandte sich um und warf einen Blick zurück auf Edwards Büro.
Er stand in der Tür und beobachtete sie. Als sich ihre Augen trafen, nickte er leicht. Mit Schrecken erkannte Eva, dass er nicht um sich, sondern um sie Angst hatte.

Jeder gibt den anderen die Schuld an der Misere des Landes. Die Seeleute beschuldigen die Missionare, die Missionare beschuldigen die Opiumhändler, Zuckerplantagenbesitzer beschuldigen die Gesetzgebung, und die Gesetzgeber beschuldigen das Ende des amerikanischen Bürgerkriegs, durch das wieder Zucker aus dem Süden auf den Markt kam. Die Prostituierten beschuldigen die Fremden, den Kuss des Todes gebracht zu haben, und alle anderen beschuldigen die Chinesen.

8. Kapitel

Der Iolani Palast lag im Zentrum von Honolulu mit Blick über das Meer.
Der Palast war halb europäisch, halb tropisch. Einerseits gab es Säulen und ein imposantes Entree, andererseits zeigten die um die ganze Länge des Hauses laufende Veranda und die hohen Fenster mit ihren Jalousien, die Wind und Licht Zutritt gaben, dass es nur ein hawaiischer Palast sein konnte.
Lili'uokalani durfte den Palast nach ihrer erzwungenen Abdankung nicht mehr bewohnen. Die neue Republik von Hawaii hatte die Räume des Palastes in Büros für Regierungsmitglieder umgewandelt.
Als Eva an den Palasttoren vorbeiging, erinnerte sie sich an das erste Mal, da Lili'uokalani sie hierher eingeladen hatte, im August des vergangenen Jahres. Eva war erst seit ein paar Wochen auf der Insel, als Lehua sie Königin Lili'uokalani vorstellte. Lili'uokalani war im Januar 1893 abgesetzt worden, und trotz der Spione, die sie umgaben, verfügte sie noch über ein gewisses Maß an Freiheit.
Es war an einem strahlenden Tag, an dem die Sonne den Ozean in einen Spiegel verwandelte. Die Königin befand sich am Strand von Waikiki und stand inmitten von großen schwarzen Steinen. Als Lehua und Eva näher kamen, bewegten sich die Steine, es waren Frauen in *muumuus*, die im Sand saßen, und Missionars-

frauen auf ihren tragbaren Stühlen. Einige Frauen leerten den Sand aus ihren Schuhen, und es schien, als beherrschten sie die Zeit, als zeige mit dem Verrieseln des Sandes jeder Schuh eine weitere vergehende Stunde.
Eva trat vor Lili'uokalani und versank nervös in einen Knicks, den sie vorher bei Lehua geübt hatte, doch jetzt war ihr langer purpurfarbener Rock von der Meeresluft durchfeuchtet und der Stoff wand sich um ihre Beine wie Weinlaub, Hitze stieg ihr ins Gesicht.
Lili'uokalani nickte und lächelte über Evas Mühen, dann streckte sie die Arme nach Lehua aus, die sie bereits als Kind im Waisenhaus gekannt hatte. Die Königin war, wie Eva erwartet hatte, königlich, doch ihr Gesicht war offen und sie hatte Hände, denen Eva auf den ersten Blick vertraute. Hände, die sich wie Tänzer bewegten.
»Sie kommen von weit her, Miss Hanson«, sagte die Königin.
»Norwegen, Ihre Hoheit.«
»Und danach?«
»England, Frankreich, viele Orte in Europa.« Orte, die in einem Nebel von gestohlenen Börsen und Taschenuhren vorüberzogen.
»Ich bewundere Sie. Es ist nicht leicht für eine Frau zu reisen.« Der Blick der Königin zeigte plötzlich Interesse.
»Warum sich die Mühe machen, um zu reisen?«, fragte eine der Frauen um die Königin gelangweilt.
»Ich würde gern reisen«, sagte die Königin. »Aber ich kann mein Land weder regieren noch verlassen.«
Eine unbehagliche Stille entstand. Eva und Lehua ließen sich am Rand der Gruppe nieder. Evas Schuhe füllten sich mit Sand und sie lächelte den Frauen zu, die ihr Lächeln nicht erwiderten. Der Ozean rauschte in ihrem Rücken, doch nicht lauter als die Gedanken der Missionarsfrauen um sie. Bekanntheit ist für Wahrsa-

ger immer schlecht. Sogar der streunende Hund kennt das Bein, in das er beißen darf.
Während die Hawaiianerinnen ihren fremden Akzent und das dunkelrote Haar neugierig betrachteten, zeigten die Missionarsfrauen nicht das geringste Interesse. Mehrere von ihnen rückten ostentativ von Eva ab. Der Sand war feucht, und sie zogen ihre Stühle hinter sich wie einer, der verkehrt pflügt. Sie ließen eine breite Spur zurück, wie die Spuren großer Schildkröten.
Sie überlegte, was sie mit ihrer Wahrsagerei an diesen Frauen verdienen könnte, und lächelte sie an, besonders jene, die ihren Stuhl am weitesten weggeschoben hatten. In Norwegen sagte man, der größte Bär spritzt am meisten mit Wasser um sich.
Einige der Hawaiianerinnen trugen *ukulelen* im Arm und sie begannen ein Lied zu singen, dessen Text Lili'uokalani verfasst hatte. Die hawaiische Sprache hatte einen runden, weichen Klang, während das Norwegische Ecken und Kanten besaß, es war wie ein harter Tritt gegen das Schienbein. Die Sprache in Norwegen stieß ein Messer in die Brust, um es dort noch umzudrehen. Das Hawaiische kannte dieses Geräusch nicht.
Immer wieder fühlte Eva die Augen Lili'uokalanis auf sich, und wenn sie wagte, zur Königin zu schauen, lächelte diese ihr zu.
Sollte Lili'uokalani ihr Anerkennung zeigen, so würde Evas Geschäft blühen.
Eine der Damen der Mission namens Betty lehnte sich vor. »Sie sind gut darin, die Zukunft zu erraten?«
»Ich rate niemals«, log Eva. »Entweder ich weiß sie oder ich weiß sie nicht.«
»Nun, was hat die Zukunft für Margaret bereit?« Die Dame zeigte auf ein gut gekleidetes junges Mädchen, das unter der allgemeinen Aufmerksamkeit errötete.
Evas erster Gedanke war die Ehe, doch das lag zu sehr auf der Hand, war zu simpel. Sie wusste, das Mädchen konnte sich seine

Zukunft nicht selbst aussuchen. Welche Zukunft konnte es für ein Mädchen dieser Klasse geben? Je mehr Geld, desto weniger Möglichkeiten.
»Die Missionarsschule«, riet sie und aus der fassungslosen Stille erkannte sie, dass sie richtig geraten hatte.
Nur ein Mensch lachte, die Königin. »*Maika'i loa*. Sehr gut«, lobte sie. Wenn Lili'uokalani sprach, änderte sich die Atmosphäre, alles schien näher zu rücken.
»So, und nun müssen Sie einen Blick in meine Zukunft werfen«, sagte sie.
Die Zukunft der Königin sah so trostlos aus wie die unmittelbare Vergangenheit. Eva spürte, wie sich ihre Kehle zusammenzog. Sie wagte nicht, über eine so trostlose Zukunft zu sprechen.
Lehuda kam Eva zur Hilfe, indem sie sagte: »Eva braucht Zeit, um über eine so wichtige Zukunft nachzudenken.« Sie wandte sich zur Königin. »Vielleicht könnte sie ihre Weissagungen an jemand anderem versuchen.«
Die Königin nickte, die Dame neben ihr hob den Fächer.
»Ihre Zukunft ist gesichert«, sagte Eva.
»Und woher wollen Sie das wissen?«, fragte die Dame.
»Weil Sie neben der Königin sitzen«, war die Antwort.
Lili'uokalani lachte wieder.
Bald darauf verabschiedeten sie sich. Eva fühlte die Blicke der Zurückbleibenden, als sie und Lehua über den Sand gingen. Sie wandte sich um und schaute noch einmal zurück, sie sah, dass ihrer beider Schuhe Spuren wie ein Schiffsrumpf hinterlassen hatten.
»Warum wolltest du der Königin nicht die Zukunft voraussagen?«, fragte Lehua.
»Ach, Lehua. Ich konnte nicht viel sehen, um ehrlich zu sein. Aber ich fürchte, die politische Lage wird sich für die Königin verschlechtern.«

Lehua seufzte. »Das glaube ich auch.«
Sie gingen zur Straße hinauf, die parallel zum Meer führte, und sobald sie nicht mehr in Sichtweite der Frauen waren, sprangen sie auf und nieder, um den Sand aus ihren Kleidern zu schütteln.
»Die Königin mag dich, verstehst du? Lili'uokalani mag jeden, der das Glück zu packen versteht. Und glaube ja nicht, dass die Damen der Mission das Interesse der Königin nicht genau bemerkt haben.«
Aber Eva addierte bereits zukünftige Einkünfte und hörte nicht hin.
Beinahe zwei Jahre waren vergangen, seit die Königin ihren Thron verloren hatte. Eva schlang die Finger um die leeren Gitterstäbe der Palasttore. Einst hatte hier das hawaiische Wappen gehangen. Auf dem Wappen war zu lesen gewesen: *Ua Mau Ke Ea O Ka Aina I Ka Pono*. Das Leben des Landes wird im Recht fortbestehen.
Lehua hatte ihr erklärt, dass das Wort *Iolani* königlicher Adler bedeutete. *Io* war der Adler, der von den Inseln verschwunden war. *Lani* bedeutete königlich oder himmlisch. *Iolani*, Palast des königlichen Adlers. Das Hawaiische wurde immer mehr zu einer von Verlusten gezeichneten Sprache.
Plötzlich erklang ein Hornsignal, gefolgt von Flötentönen. Und dann viele Instrumente, eine Kapelle, die sich einstimmte. Eva folgte der Musik, und als sie um die Ecke kam, sah sie zu ihrem Erstaunen die Königlich Hawaiische Kapelle, die sich auf dem Rasen an der Palastseite versammelt hatte.
Schnell lief eine Menschenmenge zusammen, denn die Königliche Kapelle an einem Ort, der nun der neuen Regierung gehörte, war etwas Ungewöhnliches.
Der Kapellmeister stand vor dem Krönungspavillon hinter einem Podium. Er war ein großer Deutscher mit der Liebe zu Epauletten, Schnüren und Orden.

Die Musiker spielten ein Stück, und der Kapellmeister, einer der nächsten Freunde von Lili'uokalani, erklärte der Menge, er spiele die Lieder der Königin als Protest gegen ihre Behandlung durch die neue Regierung. Eine Solidaritätskundgebung jener, die eine Wiedereinsetzung der Monarchie und der Königin wollten.
»Wer sind diese Leute«, fragte er, »die sich selbst als die Republik Hawaii bezeichnen?«
»*Haoles* aus den Vereinigten Staaten«, schrie ein Mann in der Menge.
Eva blickte nervös um sich. Das war nicht gemeint gewesen, als man sie warnte, sich aus Unannehmlichkeiten herauszuhalten.
Ein trockener Wind erhob sich und in den Palmblättern rauschte es. Als die Kapelle das nächste Lied begann, schwangen die Türen des Palastes auf und republikanische Soldaten strömten über die Treppen. Die Menge wurde nervös.
Die Soldaten erklärten den Musikern, niemand dürfe ohne Erlaubnis spielen. Die Musiker traten von einem Fuß auf den anderen und schauten einander unsicher an, doch der Kapellmeister schüttelte den Kopf und sagte, er nähme Befehle nur von der Königin an.
Die Soldaten erklärten, der Palast sei nun Eigentum der Republik Hawaii, und das hier sei unbefugtes Betreten.
Ein junger Mann aus den Vereinigten Staaten, so rief der Kapellmeister aus, erkläre dem hawaiischen Volk, es betrete diesen Grund unbefugt.
Eva behielt den Soldaten im Auge. Er sollte sich schämen, dachte sie, aber sobald man einen Mann in Uniform steckt, ist es, als ob er auf einem Auge blind wird.
Als das Musikstück beendet war, kletterte ein Mann in zerschlissenen Kleidern auf eine Mauer. Er balancierte mit ausgebreiteten Armen, und für einen Augenblick sah Eva die schwarzen Krähen

ihrer Kindheit, die länger als ein Menschenleben auf Zäunen hockten.
Der Mann stimmte ein Hurra auf Lili'uokalani an und die Menge fiel ein. Eine Frau, die eine hawaiische Fahne trug, wurde von den Menschen auf die Schultern gehoben, Hurrarufe ertönten, und auf einmal fiel auch Eva mit ein.
Ein Soldat trat vor, hielt dem Kapellmeister das Gewehr vor das Gesicht und schrie, er würde ins Gefängnis kommen, sollte er nicht augenblicklich aufhören zu spielen. Der Kapellmeister drängte ihn zur Seite, und die Musiker begannen ein neues Lied. Ein Handgemenge entstand. Die Menge ballte sich zusammen, drängte vorwärts wie bei einem Hahnenkampf, der Kapellmeister schrie etwas auf Deutsch, als ihn zwei Soldaten von der Menge wegdrängten.
Auf der anderen Seite des Krönungspavillons erhaschte Eva einen kurzen Blick auf Jonathan. Als sie genauer hinsah, war er verschwunden.
Plötzlich waren alle mitten in einem Kampf, stürmten gegen die Soldaten an. Drei Schüsse fielen, und unter der Menge entstand Panik. Frauen hoben kleine Kinder auf, irgendjemandes Kinder, mit denen sie davonliefen. Die Frau neben Eva blickte auf ihre aufgeschürften Handflächen und schrie.
Sie stürzte, riss Eva mit sich und mehrere Leute trampelten über sie hinweg. Ein Fuß presste sich gegen ihren Knöchel, und sie fühlte, wie er unter dem Gewicht nachgab, dann war alles schwarz um sie.
Sie wurde vom Boden aufgehoben. Sobald sie stand, spürte sie einen stechenden Schmerz, der durch ihr Bein schoss. Ein hoch gewachsener Mann sagte ihr, sie müsste laufen, aber sie konnte nicht. Er legte ihr den Arm um die Taille, um sie zu stützen.
Die Soldaten drängten die Leute in Richtung Gefängnis, also rannten sie in die entgegengesetzte Richtung über den Rasen vor

dem Palast. Als sie die Straße erreichten, hockte sie sich nieder, um ihre Schuhbänder zu lösen, fast ohnmächtig vor Schmerzen.
Zertrampelte Blumen lagen verstreut auf der Straße. Ein hölzerner Verkaufsstand lag in Trümmern. Orchideen, ein tiefrotes Blumenblatt, das in Pflanzenfarbe gelegen hatte. Im Dämmerlicht erschien die Straße wie eine Wasseroberfläche, und die Blumen sahen aus wie die von den auslaufenden Schiffen an den Strand gespülten Blüten.
Eva schloss die Augen und versuchte tief durchzuatmen.
»Hier«, sagte der Mann, und sie erkannte an seinem Akzent, dass er Schotte war. »Bitte.« Er beugte sich mit einem Beutel Früchten von einem der Karren zu ihr nieder. Als er ihr den Beutel reichte, bemerkte sie seine rauen Hände und sah ihm ins Gesicht.
Er war groß, hatte helles Haar und besaß die sanften Farben der Jugend, Farben, die mit dem Erwachsenwerden üblicherweise verschwanden. Doch er hatte das scharfe Profil eines Raubvogels. Ihr gefiel, dass Teile seines Gesichtes sozusagen im Krieg miteinander lagen. Doch diese Sympathie brachte so plötzlich eine Saite in ihr zum Schwingen, dass sie nur verwirrt den Blick auf das Obst senken konnte.
Er setzte sich neben sie. Beide waren schmutzbedeckt, und der Saum ihres Rockes schleifte wie ein Band über den Boden. Plötzlich war sie hungrig, beide aßen gierig die Beeren, Hände und Mund voll Saft.
Ein junger Soldat, das Gewehr wie eine Schultrophäe tragend, kam auf sie zu, und der Mann erstarrte.
Der Soldat sagte ihnen, das Ausgehverbot würde in fünf Minuten beginnen. »Sie sollten Ihre Frau nach Hause bringen, Sir«, fügte er hinzu.
Eva lachte.

»Welche Ausgangssperre?«, fragte der Mann und versuchte, seinen Ärger nicht in der Stimme durchklingen zu lassen.
Der Soldat warf ihm einen erstaunten Blick zu. »Das Kriegsrecht ist gerade ausgerufen worden. Wer nach dem Ausgehverbot auf der Straße ist, muss ins Gefängnis.«
»Wie lange wird es das Ausgehverbot geben?«, wollte Eva wissen und versuchte die Aufmerksamkeit des Soldaten von dem Mann abzulenken.
»So lange es notwendig ist«, antwortete der Soldat. »Es gibt Gerüchte, dass die Royalisten etwas planen. Halten Sie sich von den Straßen fern.«
Der Schotte wandte sich zu ihr, in der heißen Luft beschrieb seine große Hand einen Kreis. »Immer gibt es Gerüchte über die Royalisten«, sagte er, sichtlich für den Soldaten gemeint.
Der Soldat trat unbehaglich hin und her. »Gut, dann gehe ich also jetzt.«
Keiner antwortete ihm.
Der Schotte stand auf und bot ihr die Hand.
»Wer sind Sie?«, fragte sie, sobald der Soldat außer Hörweite war.
Er schüttelte ihr die Hand und machte eine komische kleine Verbeugung. »Ich heiße McClelland, Madame, und ich bin entzückt, Ihre Bekanntschaft zu machen.«
Mc-Clel-land, sagte sie zu sich, zerlegte den Namen in einzelne Silben und setzte ihn wieder zusammen.
Als sie aufstand, gab ihr Bein vor Schmerz nach, und sie nahm seinen Arm als Stütze.
Er hatte einen grünen Geruch, nach zertretenen Blättern. Es gab unsinnigere Gründe, sich von jemandem auf der Straße helfen zu lassen. Sie hatte einmal einem erschrockenen Kind, dem das Eis unter den Schlittschuhen zu brechen begann, die Hand hingestreckt. Vertraue mir, sagte ihre Hand. Deinen eigenen Füßen traue nicht.

»Wir sollten von der Hauptstraße weg.«
»Glauben Sie, was er über die Ausgangssperre sagt?« Um sie herum bewegten sich Schatten, rasch und flüchtig wie verschüttete Tinte.
»Offenbar glauben alle anderen dran. Die Stadt ist fast ausgestorben.«
Eine Frau lief ihnen entgegen, ihr *muumuu* klebte infolge der Hitze an ihrem Körper.
»Meine *keiki*«, sagte sie im Vorbeilaufen.
McClelland blieb stehen. »Was ist mit deiner Tochter?«
»Sie hat sich verlaufen. Wir leben nicht in Honolulu, sie wird niemals mehr den Weg nach Hause finden.«
»Wir helfen beim Suchen«, sagte McClelland.
Ohne mich, dachte Eva, ich hatte heute schon genug Schwierigkeiten.
»Wir gehen in verschiedene Richtungen und treffen uns am Fischmarkt. Weißt du, wo das ist?«
Die Frau gab ihnen den Namen des Kindes, dann rannte sie weiter und rief nach ihrer Tochter.
Eva und McClelland gingen weiter. Er hielt nach dem Kind Ausschau, Eva nach einem Stock, den sie als Krücke benutzen konnte.
Entlang der Straße schwankten erleuchtete Papierlaternen im heißen Wind, so als würden rund um die Erde farbige Punkte tanzen, eine Reihe von Planeten, die außer Kontrolle geraten waren. Die Laternen gehörten zu Bordellen, jedes Bordell hatte seine eigene Farbe, sodass Seeleute oder Missionarssöhne selbst im tiefsten Dunkel ihren Weg finden konnten.
Doch in dieser Nacht war sogar das Bordell, das die Amerikaner bediente, ruhig. Üblicherweise war die Straße überfüllt von betrunkenen *haoles*, die mit Hawaiianerinnen tanzten. Es waren Frauen von ungeahnter Schönheit, die von den Ausländern ein

kleines Trinkgeld bekamen, eine kleine Infektion. Die Frauen tanzten mit dem nächsten Matrosen und mit dem nächsten Missionarssohn, bis den Männern klar wurde, dass sie mit einem Geist tanzten, und die Frauen wurden von anderen Schönheiten ersetzt.
Staub und Rauch bedeckte die Straßen, und McClelland rief immer noch nach der Tochter. Die leere Straße warf den Namen wie ein Echo zurück.
Eine schmale Gestalt schoss über die Straße und rannte auf einige *hau*-Bäume zu.
McClelland rief leise ihren Namen. Ein schwaches Wimmern war zu hören.
»Sie hat Angst herauszukommen.« Er hockte sich auf den Boden.
In der Nebenstraße waren Laufschritte zu hören. Noch mehr Soldaten, dachte Eva.
Ein kleines Gesicht kam zwischen den Blättern des *hau*-Baumes zum Vorschein.
»Deine Mutter hat uns gesagt, dass wir nach dir suchen sollen«, sagte McClelland sanft. Das Mädchen bewegte sich nicht.
Eva hockte sich neben ihn. »Ho'olu. Bitte.«
Das kleine Mädchen trat vor und starrte sie an. Sie mochte vier Jahre alt sein. McClelland hielt ihr seine Hand hin, und das Mädchen betrachtete sein Gesicht für einen Moment, bevor sie ihre Hand vorsichtig in seine legte.
Wie entscheidet man, wem man traut, dachte Eva. Es war nicht Instinkt, es war eine Art Blindheit.
Eine Patrouille kam aus einem Laden. Ohne zu überlegen, kauerte sich Eva unter die *hau*-Bäume. McClelland und das kleine Mädchen folgten einige Sekunden später.
Die Soldaten trieben einen alten Hawaiianer vor sich her. Sie begannen miteinander zu streiten, einer stieß den anderen und sie

umkreisten einander wie zwei junge Stiere. Diesen Moment nützte der Hawaiianer, um sich loszureißen und die Straße hinunterzulaufen.
»Bravo«, flüsterte McClelland, und Eva sah rasch zu ihm hinüber.
Die Soldaten verfolgten ihn halbherzig, gaben die Jagd aber bald wieder auf. In der Mitte der Straße machten sie Halt und zündeten sich eine Zigarette an, ihr Streit war vergessen. Der kleinere von ihnen sagte etwas mit leiser Stimme, und Eva vernahm Fetzen eines Witzes.
Der Soldat warf sein Gewehr nur einen Meter von ihrem Versteck auf den Boden. Der Witz hatte etwas mit einer Frau mit großen Brüsten zu tun, und seine weißen Hände beschrieben in der Luft die Umrisse. Der andere Soldat lachte und beugte sich so nahe der Büsche nieder, dass Eva überzeugt war, er blicke ihr direkt in die Augen, doch er nahm nur das Gewehr auf, und gleich darauf gingen die beiden weiter.
»Was hat das alles zu bedeuten?«, fragte McClelland.
»Ein Witz«, sagte Eva und schnappte nach Luft. »Er hat einen Witz erzählt.«
McClelland zuckte die Achseln. »Amateure.«
Wenn die beide Amateure waren, was war dann er?
Als sie den Markt erreichten, wartete die Mutter vor dem verriegelten Eingang. »Mahalo«, sagte sie und schloss das Kind in ihre Arme.
Rund um sie wurden Türen und Fenster geschlossen, Riegel wurden vorgeschoben. In all der Unruhe empfand Eva eine seltsame Hochstimmung. Der Wind fegte über sie, und Eva fühlte, wie sich Teile ihres Körpers ausdehnten, wie ein Segel, das der Wind aufbläht und das sich in alle Richtungen entfaltet.

Aufgrund von schwer wiegenden Fehlern in der Finanzverwaltung wurde König Kalakaua 1887 durch die hauptsächlich von Amerikanern beherrschte gesetzgebende Versammlung gezwungen, eine neue Verfassung zu unterschreiben. Dieses Dokument entzog den meisten Hawaiianern das Wahlrecht, indem es dies auf Menschen mit Einkommen und Besitz beschränkte. Im Ausland geborene Einwohner konnten, wenn sie Amerikaner oder Europäer waren, auch ohne Einkommen und Besitz wählen. Alle Erträge des Kronbesitzes wurden von der gesetzgebenden Versammlung eingezogen. Da König Kalakaua mit vorgehaltener Waffe zur Unterzeichnung der Verfassung gezwungen wurde, nannten sie die Hawaiianer die Bajonett-Verfassung.

9. Kapitel

Rund um den toten Mann war alles in Bewegung. Die Blätter des *'ulu*-Baums klatschten im Wind aneinander, im Hafen blähten sich die Segel der Boote, die Erde neigte sich, die Hunde heulten, die Brotfrucht in seiner Hand wurde langsam weich. Ein *mynah*-Vogel beobachtete mit scharfen Augen die Umrisse seines Körpers, ließ sich auf seiner Brust nieder und pickte an den schimmernden Knöpfen seines Hemdes.

Die Soldaten hatte stundenlang nach Cornelius Rhodes gesucht, aber nach dem Ärger am Krönungspavillon waren sie am Nachmittag damit beschäftigt, Leute ins Gefängnis abzuführen. Jetzt standen sie wieder um den toten Mann herum und fragten sich, wo wohl der sicherste Platz in Honolulu wäre, um eine Leiche zu verstecken, bis sie Rhodes aufgestöbert hatten.

Wohin gingen sie, wenn sie ungestört ein paar Gläser trinken und Poker spielen wollten?

In den Keller des Iolani Palastes.

Der tote Mann wurde wieder auf den Wagen geladen, in Decken verpackt und zur Hinterseite des Palastes gebracht. Auf der Fahrt wirbelte Staub auf wie dünner Rauch, bedeckte das Gras und ihre Schuhe, dann die Wagenräder und die Äste der Bäume, bis er hoch über ihnen das Blau des Himmels verhüllte.

Zwei Soldaten schafften ihn über die dunkle Dienerstiege in den Keller. Dort wurde er auf einen Tisch gelegt.

Der tote Mann war ihnen unheimlich und sie überdeckten ihr Unbehagen mit Witzen. Einer von ihnen zog eine Socke über seinen nackten Fuß, ein anderer steckte dem Toten eine Zigarette in den Mund und tat so, als würde er sie anzünden.
Sie überlegten, wer der Tote wohl sein mochte, weil so ein Gewese um ihn gemacht wurde, und fragten sich, wie hoch die Belohnung sein mochte. Ob Rhodes sie überhaupt bezahlen würde? Vielleicht würde er aber auch nur irgendetwas über Pflicht und Vaterland daherreden und die Belohnung selbst einstecken.
Ein Wagen fuhr zum Hafen, um Eis zu holen. Spät in der Nacht kamen die Soldaten zum Palast, das Eis trugen sie in Jutesäcken. Sie zerkleinerten die Blöcke mit Hämmern und schleppten die Säcke mit dem zerhackten Eis in den Keller.
Der tote Mann wurde in ein längliches Becken gelegt und das Eis auf ihn geschichtet. Der Keller war mit Gegenständen aus dem Besitz der königlichen Familie überfüllt. *Kahili*-Federn waren in die Ecken gestopft, Federmäntel lagen von Feuchtigkeit durchtränkt auf dem schmutzigen Boden.
Ein Soldat, der die königlichen Schätze durchstöberte, hielt plötzlich eine Krone hoch und setzte sie sich auf den Kopf. Die anderen lachten, und der Soldat löste mit einem Messer die Juwelen aus der Krone, überzeugt, dass sie nicht echt sein konnten.
Neben dem toten Mann unter der Eisdecke spielten die Soldaten Poker. Smaragde und Rubine füllten die Taschen junger amerikanischer Soldaten, während der tote Mann unter dem Eis langsam starr wurde.
Als Rhodes den Keller des Iolani Palastes betrat, fiel es ihm schwer, seine Aufregung zu verbergen. Er kratzte das Eis von dem Gesicht des toten Mannes und blickte mit Erleichterung darauf. Endlich, er hatte Kalama!
Er hatte befohlen, ihn zu töten, aber es war ein Fehler gewesen,

ihn einfach in einen Fluss zu werfen. Er war erstaunt, wie frisch Kalama aussah. Auch die Würgemale des Seils waren fast verschwunden. Er musste nur noch einige Tage verborgen werden.
Rhodes zog die Zigarette aus Kalamas Mund und zertrat sie auf dem Boden. Er zog einen Kamm aus der Tasche und kämmte Kalamas langes Haar aus dem Gesicht. Die Soldaten beobachteten ihn misstrauisch.
Er sah ihren Gesichtsausdruck und steckte hastig den Kamm weg.
Rhodes zeigte sich großzügig gegenüber den Soldaten, er gab ihnen sogar mehr Geld, als er versprochen hatte. Nachdem er den Palast verlassen hatte, feierten die Soldaten mit Flaschen europäischen Weins, den sie in der königlichen Vorratskammer gefunden hatten, und prosteten dem toten Mann zu, der ihnen plötzlich so viel Glück gebracht hatte.

Wie viel kann ein Land ertragen? Nach 1890 war Hawaii wie eine Schale, bis zum Rand gefüllt mit Krankheit, Fremden, Waffen, amerikanischen Soldaten, religiösem Wahn. Die Zuckerindustrie lag darnieder. Verzweifelt suchte man nach neuen Einnahmequellen für das Königreich. Politische Clubs schossen rascher aus dem Boden als Flechten nach dem Regen. Loyalitäten wurden schneller gewechselt als die Schalen des Einsiedlerkrebses. Der heimlich gegründete Annexions-Club wollte Hawaii zu einem Territorium der Vereinigten Staaten machen. Die Söhne von Hawaii traten für eine Auflösung der gesetzgebenden Versammlung ein und forderten die vollständige Rückkehr zur Monarchie. In diesen Wirren bestieg Lili'uokalani 1891 den Thron, nach dem Tod ihres Bruders Kalakaua. Angesichts der Lage blieb ihr nichts anderes übrig, als die Bajonett-Verfassung anzuerkennen, jene Verfassung, die ihrer Überzeugung nach ihren Bruder das Leben gekostet hatte.

10. Kapitel

In der Dunkelheit folgte Eva McClelland durch einen Tunnel von verschlungenen *hau*-Bäumen. Am Ende des Pfades waren schwache Lichter zu sehen.

Er drängte sich durch wild wachsende Bananenpalmen und deutete ihr, ihm zu folgen.

Auf der anderen Seite der Bananenpalmen war ein Teich.

»Achtung, heiß. Eine Thermalwasserquelle. Es wäre gut, wenn Sie Ihren Fuß eintauchen würden. Und mein Handgelenk.«

»Was ist mit Ihrem Handgelenk?«

»Ich denke, Sie sind draufgetreten«, sagte er, und sie hörte das Lächeln in seiner Stimme.

Sie setzte sich auf einen Stein am Rand des Teichs und schnürte die Schuhe auf. Es war ruhig, und im Moment hatte man das Gefühl, als sei dies der einzig ruhige Platz in Honolulu.

Der Mond verschwand so schnell hinter den Wolken, als hätte man eine Tür gegen das Licht geschlossen. Wo versteckten sich alle heute Nacht? Wenn die Soldaten hinter jedem Royalisten herjagten und hinter allen, die loyal gegenüber Lili'uokalani waren, so mussten sie fast das gesamte Land ins Gefängnis werfen.

Als McClelland in den Teich ging, war leises Plätschern zu hören. Bei einem so stillen Mann war Vorsicht geboten. Als der Mond einen Augenblick später wieder auftauchte, war der Dampf, der über der Wasserfläche lag, zu sehen. Eva tauchte ihren Fuß ins

Wasser, zog ihn jedoch sofort wieder heraus, erstaunt über die Hitze des Wassers. Sie dachte an Wasser, das durch die glühende Lava brodelt und einen schmalen Spalt findet, um an die Erdoberfläche zu gelangen.
Er wandte sich um und ließ sich auf dem Rücken liegend treiben. Evas Gedanken kehrten zu dem toten Mann zurück.
»Wohin sind Sie gerade entschwunden?«, fragte er und schwamm an den Teichrand. Er hob die Hand und ergriff ganz vorsichtig ihren Fuß.
Sie war erstaunt und wagte nicht zu atmen, während er sanft den Knöchel im Wasser drehte. Hitze breitete sich vom Hals über die Arme aus. Sie hätte nicht sagen können, ob es Schmerz oder Glück war, das sie plötzlich überkam. Er ließ ihren Fuß los, und das Gefühl verschwand. Sie spürte, wie sie rot wurde, und war dankbar, dass er in der Dunkelheit ihr Gesicht nicht erkennen konnte.
»Ich glaube nicht, dass etwas gebrochen ist«, sagte er. »Sonst hätten Sie geschrien.«
»Hätte ich?«
»Nein«, sagte er und lachte leise. »Nein, ich glaube nicht.«
Er erzählte Eva, er habe sie gestern beim Gefängnis gesehen. »Sie sahen etwas mitgenommen aus.«
»Sie haben mir mein Fahrrad zertrümmert.«
»Ah, Ihres war das?« Er klang nicht überrascht. »Sie sind doch Seherin, nicht wahr? Wollen Sie mir mein Schicksal voraussagen?«
Eva war bekannt, zumindest so bekannt wie der chinesische Kräuterkundige oder der portugiesische Metzger. Sie war die norwegische Wahrsagerin. Es gab keinen Grund zum Misstrauen.
»Also«, sagte er. »Mein Schicksal?«
Sie schüttelte den Kopf. Es war unnötig, ihm sein Schicksal vorauszusagen. Er sah aus wie einer, dem das Glück hold ist, dem

die Welt entgegenkommt. Und doch war da etwas um ihn, etwas, das sie nicht beschreiben konnte. Das war wahrscheinlich ganz gut so.

Im nächsten Moment schwang ein Licht durch die Bäume. In den Büschen raschelte es, und eine alte Frau trat auf die Lichtung. Sie hielt die Laterne und ein Gewehr auf die beiden gerichtet, um ihre Augen lagen tiefe Schatten.

Er flüsterte ihr zu, sie solle keine Angst haben, das Gewehr sehe so alt aus wie die Frau.

»Sie halten sich hier unbefugt auf«, sagte sie mit zitternder Stimme, die eher nach einer Frage klang.

»Entschuldigen Sie, Madame, mir war nicht klar, dass wir uns hier auf Privatbesitz befinden«, erklärte er in sanftem, entschuldigendem Ton.

Ein Mann, der genauso sanft und glatt log wie sie selbst. Es war beunruhigend, etwas an sich in jemand anderem wiederzuerkennen.

»Da sind Sie ja schon wieder! Sie gehören nicht hierher. Ich habe Sie bereits gewarnt.« Die Frau stellte die Laterne nieder, und das Licht fiel in einen hohen grünen Baumdom. Sie hob das Gewehr und gab genau über ihren Köpfen einen Schuss ab.

Eva kroch auf Händen und Füßen durch das Buschwerk, ziellos, nur auf Flucht bedacht. Dann knackte es neben ihr laut, und McClelland zog sie mit nassen Händen hoch.

Hinter ihnen schrie die Frau etwas von Staatsbürgerschaft, von den Vereinigten Staaten, darüber, wie die Insel von hawaiischen Royalisten überschwemmt würde, die man alle erschießen sollte einschließlich der Königin Lili'uokalani. Besonders Lili'uokalani, kreischte sie, und Gott sei gedankt, dass die Amerikaner endlich gekommen seien. Die würden dem Land schon zeigen, wer hier das Sagen habe.

Sie rannten durch die Bäume, Zweige und Blätter rissen an Evas

Rock und Haar. Als sie zu einer ungepflasterten Straße kamen, blieb sie stehen und versuchte, wieder zu Atem zu kommen.
Sie fühlte den Schmutz unter ihren Füssen. Sie hatte ihre Schuhe beim Teich gelassen, und in ihrem Fußgelenk pulsierte der Schmerz.
»Die Amerikaner«, sagte er kopfschüttelnd. »Sie sind noch schlimmer als die Engländer.«
»Das kann ich nicht beurteilen«, sagte sie und streifte sich Blätter aus den Haaren. »Ich war nie in England.«
»Aber ich«, antwortete er nur.
Er führte sie auf einem überwachsenen Pfad an einigen Häusern vorbei zu einem kleinen Bungalow, der ein wenig von der Straße zurückgesetzt war.
Sie stand auf der leeren *lanai*, während er im Hause nach einer Lampe suchte. Ein Stimme aus ihrer Vergangenheit sagte ihr, wenn man dich sieht, wie du das Haus eines Mannes betrittst, ist dein Ruf dahin.
Dafür ist es zu spät, antwortete sie lautlos.
Er brachte einen Stuhl heraus, und sie setzte sich. Er gab ihr ein Tuch und eine kleine Messingschale mit Wasser.
Sie nahm die Schale, und Wasser spritzte auf den Boden. »Für Ihr Gesicht«, sagte er. »Ich dachte, Sie wären so sonnenverbrannt. Mir war nicht klar, dass es nur einfach Staub war.« Seine Stimme klang belustigt. »Ich vergesse immer, wie rot der Staub hier ist. Er passt zu Ihren Haaren.«
Ihre Hände waren immer noch von den Beeren fleckig, und auf dem Tuch zeichneten sich ihre dunklen Fingerabdrücke ab.
»Ich war fischen«, sagte sie, plötzlich verwirrt. Sie dachte an das verängstigte Mädchen, das den Strand hinuntergelaufen war.
Eva tauchte das Tuch in das kühle Wasser und rieb ihr Gesicht.
»Ah«, nickte er beifällig. »So also sehen Sie aus.«
Ihm schien einfach alles zu gefallen, selbst eine Frau, die sich den

Staub vom Gesicht schrubbte. Warum nahm sie ihm das übel? Sie tat es eben. Ihr Jähzorn flammte auf und verlosch ebenso schnell wieder.
Er sah sie fragend an.
Eva stand auf und schüttete das Wasser in die Büsche. Wenn ich jemandem etwas übel nehme, dachte sie, dann mir selbst.
Sie folgte ihm in den spärlich möblierten Raum. Der Boden war sandig, und sie fand das, so weit vom Meer entfernt, eher merkwürdig. Er ging zu den Fenstern, zog die Vorhänge vor, entzündete dann eine weitere Lampe und entschuldigte sich.
Die Flamme loderte auf, und sie warf rasch einen Blick um sich, unfähig, ihre Neugier zu verbergen. An der Wand hingen Bilder, sie zeigten eine jüngere Version von McClelland, die gleichen Augen, das Haar dunkler, irgendwie seltsam rund um den Kiefer.
Er kehrte mit einem kleinen Bambustisch zurück. Er hatte die Kleider gewechselt und sein nasses Haar aus dem Gesicht gekämmt. Im Licht der Lampe sah sie eine kleine Narbe unter dem linken Auge. Plötzlich fühlte sie eine Scheu, als hätte sie etwas gesehen, das nicht für sie bestimmt war.
»Ich trage die Möbel von Zimmer zu Zimmer«, lachte er. »Das gibt mir das Gefühl, als besäße ich ein ganzes Haus voll Möbel.«
Auf dem Tisch lag eine große Papaya. Er schnitt die Frucht auseinander, entfernte die schwarzen Kerne, warf sie über den Rand der *lanai* und reichte sie ihr.
»Hier«, sagte er. »Bitte.« Es war die gleiche unsichere Stimme, mit der er ihr die Beeren angeboten hatte, und sie wünschte, sie könnte sein Gesicht in ihre Hände nehmen. Im nächsten Augenblick wünschte sie, sie könnte gehen. Warum du, dachte sie verwirrt. Warum du und nicht irgendjemand anderer?
Er war in der Küche, als sie aufstand und leise zur Tür ging. Ihre

Hand tastete nach dem Türriegel, als sie ihn hinter sich hörte. Sie drehte sich um. Er trug ein Tablett mit süßem portugiesischem Brot und Kaffee.

»Bleiben Sie?«, fragte er, und sie nickte verlegen.

Der Kaffee war stark, so wie sie ihn mochte.

Sie blickte auf und sah ihn lächeln.

»Sie essen wie ein Waisenkind«, stellte er fest, »so als würde Ihnen jeden Augenblick jemand ihr Essen wegnehmen.«

Ich sehe nicht nur so aus, dachte sie, voller Zorn über ihre Verletzlichkeit. Das bin ich. In Gedanken war sie wieder bei der Wohlfahrtseinrichtung, wo sie ihre Mutter hinbrachte, wann immer kein Geld mehr da war. Dort, in Gesellschaft anderer unerzogener Rangen, wurde sie unentwegt daran erinnert, wie arm sie war, welch schlechten Ruf ihre Mutter hatte. Dort hatte sie gelernt, Dankbarkeit vorzutäuschen, wenn sie in Wahrheit das Gefühl hatte, als schrumpfe ihr Herz zur Größe einer Nuss zusammen.

Er kennt meine Vergangenheit nicht, beruhigte sie sich selbst. Er ist nur ein guter Menschenkenner.

Er hielt das Licht über ihren Fuß, wo ihr Knöchel unter der Schwellung verschwunden war. Er schüttelte den Kopf, im nächsten Moment brachte er eine Flasche und zwei Gläser.

Es erinnerte sie an Zaubertricks, die sie als Kind gelernt hatte. Der Hut mit doppeltem Boden, das kleine Tuch, das nie zusammengelegt wurde. Das schiefe Lächeln, mit dem man zu etwas ja zu sagen hatte, das man nicht verstand.

Warum gerade du, wunderte sie sich von neuem.

Er schenkte guten Whiskey ein, viel teurer als der, den Lehua und sie spät nachts tranken, wenn sie ganz Honolulu vergessen wollten, die Leprösen, die betrunkenen Matrosen, die *'iwa*-Vögel, die ihre unheimlichen Rufe erschallen ließen.

Die Gläser, in denen er den Whiskey servierte, waren zerbrechlich und mit eingraviertem Muster. Gläser, die eine Frau kaufen würde, dachte sie.

Bedächtig fing er an von seiner Kindheit zu erzählen, und nach einiger Zeit entspannte sich Eva so weit, dass sie ihm zuhören konnte.

»Zu Hause gab es nie genug Arbeit. Keine Arbeit, keine Zukunft. Ich hörte von diesen Jobs in den Zuckerrohrfeldern und so kam ich her, und vom ersten Tag an verdiente ich mehr als die Chinesen und Japaner, mit denen ich arbeitete. Ich hatte auch keinen Mietarbeitsvertrag wie die meisten von ihnen. Ich weiß nicht genau, woran es liegt«, sagte er, das Glas in der Hand, »aber der Zucker bringt das Schlimmste an Menschen zum Vorschein. Also habe ich so schnell wie möglich aufgehört und ein kleines Importgeschäft aufgemacht.«

Er lächelte und stellte das Glas ab. »Die Geschichte meines Lebens, unter zwei Minuten.«

Eine ordentliche Geschichte, dachte Eva. Aber nicht seine.

Nach einer kurzen Pause imitierte er die alte Frau mit dem Gewehr. »Ich bin schließlich Staatsbürgerin der Vereinigten Staaten …«

Während er sprach, zog sie die Lampe ein Stück von der Wand, und mit den Händen zeigte sie in einem Schattenspiel einen Missionar, dessen Kinn im gestärkten Kragen schwabbelte. Ein zweiter Schatten, ein Frauengesicht, dessen Mund sich bei seinen Worten bewegte. »Mein Besitz«, ließ er die Frau reden. »Mein, mein, mein.«

Er rückte näher zu ihr. Sein Haar fiel nach vorne, sodass sein langer Hals sichtbar war. Eva starrte einen Moment seinen Nacken an, dann wandte sie sich wieder der Wand zu. Seine Hand formte im Schattenbild einen Schwanenleib, die andere die Flügel. Er hatte lange, schlanke Finger, die wunderbare Flügel darstellen konnten. Der Schwan glitt zur Zimmerecke und verschwand.

Sie hielten sich nicht mit der Darstellung von Bäumen auf, das war zu uninteressant.
Für einen Augenblick glitt der Schatten des toten Mannes über die Wand. Eva bannte ihn schnell mit einer Giraffe. Er stand hinter ihr und hielt seine Hand so, dass die Form eines zweiten Halses erschien, und an der Wand entstand der Eindruck, als ob die beiden Hälse einander berührten. Sie spürte seinen Atem auf ihrem Arm. Die kleine Lampe flackerte, an der Wand erschienen Tiere und verschwanden wieder, einmal scharf, einmal verschwommen. Eine Antilope mit langen Hörnern zeigte gegen die Decke. Kaninchen schlüpften durch seine Finger, Fische schwammen, eine kleine Krabbe huschte über die Wand.
Bald war es schwer zu unterscheiden, wer welche Schatten herzauberte, und in den Kniekehlen machte sich ein Gefühl breit, dort, wo Tomas schwor, es schmerze immer vor einem Sturm.
Beide lachten, bis er plötzlich einen Affen zeigte, und da fand sie es nicht mehr lustig.
»Was ist los?«, fragte er.
Sie schüttelte den Kopf, versuchte das Bild, das vor ihr aufstieg, abzuschütteln. Es war das Bild ihrer Mutter, die sich im Angesicht der ganzen Kleinstadt zum Narren machte. Ganz gleich, wie oft du versuchst, deine Vergangenheit in die Flammen zu werfen, du wirst sie nicht los.
Eva sprach mit niemandem über ihre Vergangenheit, aber auf einmal begann sie McClelland eine Geschichte zu erzählen, die Geschichte des sechsjährigen Mädchens, das sie einmal war, ein rothaariges Mädchen in einem rotsamtenen Kleid, das ihr bereits beim ersten Tragen eine Größe zu klein gewesen war. Eine rote Schleife im Haar. Sie fand sich großartig, wie eine wandelnde Flamme, auch wenn ihr niemand die geringste Aufmerksamkeit schenkte. Alle waren viel zu beschäftigt, ihre Mutter anzusehen. Sie hörte bei den Worten der Mutter nicht zu, sie wusste bereits

jedes Wort, das die Mutter wahrsagen würde. Es war der Ton der Stimme, auf den sie hörte, das sanfte Ausatmen, das bedeutete, es sei Zeit für sie, mit dem handförmigen Korb durch die Menge zu gehen, damit die Mutter für das bezahlt würde, was sie da tat, ihr Innerstes nach außen zu kehren.

Neben der Mutter spielte ein Mann Akkordeon, neben sich hatte er einen Affen, der am Fuß mit einer langen Leine an seinen Besitzer gekettet war. Das Tier hüpfte mit einer Schale in der Hand durch die Menge. Der Affe hatte ein rotes Samtjackett, eine schicke rote Kappe, die mit einem Band eng unter dem Kinn festgebunden war. Er rannte zu Eva und ergriff den Saum ihres Kleides. Ihr Kleid war aus dem gleichen Samt wie sein Jackett, und sobald er es berührt hatte, sprang er quiekend an ihre Brust und versuchte, ihr das Kleid herunterzureißen. Sie schrie mindestens so laut wie der Affe, sie drehten sich im Kreis, seine Hände tief in ihrem Fleisch, ihre Hände um seinen Hals.

Der Akkordeonspieler rannte herbei und zog den Affen weg, ihre Mutter aber starrte sie an, denn die Menge hatte sich inzwischen zerstreut.

Vorsichtig nahm der Akkordeonspieler dem Affen die Kleider ab, faltete das Jackett ordentlich und legte die Kappe darauf. Dann schubste er den Affen in eine enge Kiste, die oben mit Löchern versehen war. Die kleinen Finger des Tieres zwängten sich durch die Löcher und griffen nach dem Holz.

Auf dem Weg nach Hause gab sich Eva hunderte glühende Schwüre, für die sie alle außer einem einzigen zu jung war, um sie zu halten. Sie zog das Kleid niemals wieder an. Sie trug es in den Hinterhof und verbrannte es mit anderem Abfall, und ihr waren die Prügel egal, von denen sie wusste, dass sie auf sie warteten.

Der Akkordeonspieler hatte ihr erklärt, es seien nicht die Kleider, die der Affe erkannt hatte. Es war sie, ihre Person.

Eva stand auf, verlegen darüber, dass sie so viel von sich preisgegeben hatte.
»Danke Ihnen«, sagte er und sah auf seine Hände.
Danke Ihnen. Als ob sie ihm etwas geschenkt hätte.
Er griff nach einer Glaskugel, rollte sie auf dem Tisch hin und her. »Wissen Sie, bevor ich hierher kam, hatte ich immer das Gefühl, meinem Leben hinterherzulaufen. Mein Leben bewegte sich ohne mein Zutun vorwärts. Jetzt ist das anders. Vielleicht weil es so ein unruhegeschütteltes Land ist, aber zum ersten Mal habe ich den Eindruck, ich habe aufgeholt.« Er sah auf und lächelte. »Ich bewege mich im gleichen Rhythmus.«
Ja, dachte Eva. Genau das ist es, wonach die Menschen streben.
»Tja«, sagte McClelland. Er warf die Glaskugel in die Luft und fing sie. »Auf der Reise hierher habe ich zum ersten Mal Glaskugeln gesehen. Sie trieben auf dem Wasser vorbei, und zuerst dachte ich, es seien Quallen oder andere seltsame Wesen.«
Eva nickte.
»Merkwürdig sich vorzustellen, dass sie von japanischen Fischernetzen abreißen und bis hierher treiben. Diese kleine Glaskugel birgt den Atem eines japanischen Glasbläsers in sich. Das finde ich überwältigend.«
Eva fühlte, wie seine Idee sie in den Bann schlug.
Er reichte ihr die Kugel. »Behalten Sie sie.« Und dann berührte er ihr Gesicht so sanft, dass sie im nächsten Augenblick glaubte, sie habe geträumt.
Sie nahm seine Hand und ging langsam mit ihm in sein Schlafzimmer.
Er war größer und magerer als sie, und sie lernte schnell die Wölbung seiner Knochen unter dem Fleisch kennen. Sie stürzte und kam wieder an die Oberfläche, sie tauchte bis an den Grund des Meeres und dann wieder hinauf in das Wasser, dessen Hitze durch ihren Leib drang.

Nachdem er eingeschlafen war, zündete sie die Lampe wieder an und schaute sich im Haus um. Es gab Regale voll mit alten Glasflaschen, Schwemmholz und Stücken alter Muscheln. Wieder fühlte sie den Sand unter den Füßen, so als hätte er die Tür geöffnet und das Meer wäre hereingeschwemmt.
Warum du?, dachte sie. Warum jetzt? Ich verliebe mich, wurde ihr mit plötzlichem Erschrecken klar. Doch nein, es war schneller als das, mehr, als wäre ein Messer durch sie gefahren. So schnell und so schmerzhaft. Sie war schon da.
Sie ging im Zimmer umher und hielt die Lampe gegen die Bilder, die sie bereits früher bemerkt hatte. Sie waren außergewöhnlich. Porträts eines Jungen an der Grenze zum Erwachsenwerden, seine Zartheit noch sichtbar, Augen, die denen McClellands glichen, aber in einem runderen Gesicht standen.
Im nächsten Zimmer gab es andere Bilder. Ein Vogel, den sie nicht erkannte, vielleicht ein schottischer Vogel, der sich gerade vom Boden erhob. Eine Schale mit Guaven, so reif, dass sie den Geschmack im Mund fühlte.
Die scheppernde Glocke des Milchmanns verblüffte sie. Sie ging wieder in das Schlafzimmer und sah McClelland an, der immer noch schlief, das Gesicht in der Hand, die Handfläche nicht sichtbar. Vielleicht, dachte sie, ist das die größte Vertrautheit, die es gibt, jemanden im Schlaf zu betrachten.
Sie ließ die Glaskugel in ihre Tasche gleiten, blies die Lampe aus und öffnete leise die Tür.
Draußen wirkte das Tageslicht, als hätte der Milchmann selbst Milch darüber gegossen, ein weißer Nebel, der alle Farben ausblich. Eine neue Welt. Dieselbe Hochstimmung, die sie bei ihrem ersten Blick auf die Insel empfunden hatte, überwältigte sie jetzt. Alles schien möglich.
Der Milchmann war bei ihrem Anblick erstaunt. »Oh, hallo, Eva. Ein schlechter Morgen, um draußen zu sein. Dreimal haben die

Soldaten bereits meinen Wagen durchsucht. Dreimal habe ich ihnen gesagt, ich habe da nur Milch drauf. Und weißt du, was sie tun? Sie nehmen einfach meine Milch und schütten sie auf die Straße.«

Als sie ihn bat, sie in die Stadt mitzunehmen, sah er auf ihr wirres Haar und ihren zerrissenen Rock. Er klopfte auf den Sitz neben sich, und sie kletterte auf den Karren. Sie unterlag nicht den Regeln der *haole*-Frauen in Honolulu.

Eva half ihm, die Milch auszutragen, eine Flasche zu jeder Tür. Als Kind hatte sie Milch gestohlen, nicht ausgeliefert. Ihr schien es, als verstecke sich hinter jedem Baum, jedem Busch ein hungriges Kind. »Eine Wahrsagerin lenkt den Milchwagen«, sagte er. »Na, was werden da die Leute denken?«

»Vermutlich, dass ihre Milch sauer ist«, antwortete sie, und er lachte.

»Ach, Eva, was geschieht jetzt? Viele Männer sind bereit, für die Königin zu kämpfen. Und ich überlege, ob ich auch gehen soll ...« Seine Stimme brach.

»Ich weiß es nicht«, antwortete sie. Das ist nicht der rechte Augenblick für dich, ein Held zu werden, dachte sie. »Du hast drei kleine Kinder, und bald kommt ein neues.«

Er sah sie sichtlich enttäuscht an.

Früher hätte sie einfach gesagt, was ihr gerade einfiel. Menschen wollten die Verantwortung für ihr Leben gern an andere abgeben, und es ließ sich mehr Geld mit Zustimmung verdienen als mit Wahrheiten, die die Leute nicht hören wollten.

Und trotzdem. Ein schöne Wahrsagerin war sie! Sie hätte ihm sagen können, dass man einfach ein anderer Mensch war, wenn man in eine Familie von Wahrsagern hineingeboren wurde. Bevor du noch lernst, einen Löffel zu halten, wanderst du über ein schmales Brett, das einige Zentimeter über der Wahrheit liegt. Du strecktest deine Hände aus wie ein Vogel seine Flügel, doch deine Windel war voll. Die Gesichter, die du liebtest, waren am Ende des Brettes, ihre Hände waren dir entgegengestreckt, sie riefen: komm, komm. Sie prüften bereits die Grenzen deines Kinderglaubens.

Eva erzählte ihm von den Musikern, die auf dem Rasen vor dem Iolani Palast gespielt hatten, und er warnte sie, dass die neue Regierung alles daransetzte, um die Leute ins Gefängnis zu bringen.

»Vermutlich allein, weil einer Royalist ist, nicht?«

Eva nickte und sagte, sie würde versuchen, vorsichtiger zu sein. Doch wäre sie vorsichtiger gewesen, sagte sie sich selbst, hätte sie McClelland nicht getroffen. Sie griff in die Tasche und tastete nach der Glaskugel. Alles um sie herum nahm sie wahr: die glänzend nasse Strasse, die rauschenden Bäume, den Morgen selbst, die melodiöse Stimme des Mannes, den sie schlafend verlassen hatte.

»Das Haus da, wo du mich aufgelesen hast«, sagte sie und versuchte, unbeteiligt zu klingen, »was weißt du über den Mann, der da wohnt?«

Er zuckte die Achseln. »Zwei Flaschen Milch.« Die Hufe der Pferde warfen auf der leeren Straße den Klang zurück, ein fast flüssiger Klang.

»Zwei Flaschen Milch«, wiederholte sie. »Was bedeutet das?«

»Viel Milch für einen Mann allein.«

Was sollte das heißen? Gab es noch jemanden in seinem Leben?

Als der Milchmann sie absteigen ließ, stellte sie eine Flasche kalte Milch auf die Treppe ihres Hauses.

Sie schlich leise ins Haus und hinauf in ihr Bett.

Später würde Lehua zur Eingangstür kommen und die Milch holen. Und nur an der Glasflasche würde die morgendliche Kühle noch zu spüren sein.

Im Jahre 1893, zwei Jahre nachdem Königin Lili'uokalani den Thron bestiegen hatte, versuchte sie, die Bajonett-Verfassung durch eine eigene zu ersetzen, in der die Rechte der eingeborenen Hawaiianer wiederhergestellt werden sollten. Der Annexions-Club mit seinen haole-*Politikern, Einwanderern und Missionarsabkömmlingen fasste Lili'uokalanis Verfassung als Hochverrat auf. Sie nannten sich rasch in Sicherheitsausschuss um, und mit Hilfe von einigen amerikanischen Kriegsschiffen besetzten sie die Regierungsgebäude und lösten die hawaiianische Armee auf. Die Königin trat widerstrebend zurück, da sie ein Blutvergießen vermeiden wollte und hoffte, dass die Vereinigten Staaten ihr bald wieder zu Amt und Würden verhelfen würden. Währenddessen richtete sich der Sicherheitsausschuss im Iolani Palast ein. Es wurde befohlen, alle Gemälde der hawaiianische Könige und Königinnen abzunehmen, die* kahili-*Federn, die die Königswürde symbolisierten, in den Keller zu werfen. Die Mitglieder des Sicherheitsausschusses, die vor ihrer Ankunft in Hawaii weniger besessen hatten, als ein Fischer Muscheln am Schiffsrumpf hatte, schritten nun durch die leeren Gemächer und freuten sich ihres Lebens. Sie sahen sich als den Gipfel westlichen Erorberungsgeistes, wie die letzten Walfänger, die ihre Harpunen auf das Land lenkten, das sich da aus dem Meer zu erheben wagte. Ein ganzes Land, das sie einfach einkassieren konnten.*

11. Kapitel

Als die Sonne auf der Windseite der Insel aufstieg und Honolulu noch im Dunkel lag, träumte Eva von der Frau, die auf dem Schiff gestorben war. In ihrem Traum war es der Tag der Bestattung, und Eva sah, wie sie in das Meer stürzte, aber Eva war bei ihr in den Fluten, sie sanken synchron in die Tiefe, schwebten umeinander herum, die Finger wie Seesterne gespreizt. Die tote Frau packte Evas Handgelenk und zog sie mit sich auf den Meeresgrund.

Lehua schüttelte sie wach. *»I hea 'oe i hele maewa aku nei?«*, fragte sie. »Wo bist du gewandert?«

Eva schloss nochmals die Augen. Träumte man einen Albtraum nicht zu Ende, wurde man ihn niemals los.

Sie fühlte Lehuas leise Berührung am Inneren ihres Arms wie zarte Wassertropfen. »Wach auf, Eva.«

Eva stöhnte und setzte sich in zerwühlten Laken auf.

»Du hast so seltsame Geräusche gemacht. Was hast du geträumt?«

»Vom Wasser«, antwortete sie und stieß das Laken mit den Beinen weg. »Vom Meer.«

Lehua reichte ihr eine Tasse grünen Tee, der wie zertretenes Gras roch. Sie entfaltete die Zeitung und legte sie Eva in den Schoß.

»Lies das«, sagte sie. Sie zeigte auf einen Artikel auf der zweiten Seite.

Ein toter Mann war in einem Kanal, der hinter Waikiki vorbei-

führte, gefunden worden. Sein ungefähres Alter und seine Haarfarbe waren angegeben. Sonst wurde kaum etwas erwähnt, auch nicht seine Rasse. Das heißt, vor allem nicht seine Rasse.
»Glaubst du, es ist derselbe Mann?«
»Nein, sie wissen nicht einmal, wo seine Leiche ist.«
Lehua nickte. »Weißt du, was ich denke? Niemand wurde im Kanal bei Waikiki gefunden. Sie lügen.«
»Warum sagst du das?«, fragte Eva.
»Weil sie *haole* sind.«
»Aber ich bin *haole*.«
Lehua lachte. »Wenigstens bist du keine Amerikanerin, auch wenn du immer lügst.«
»Das ist etwas anderes. Auf diese Weise verdiene ich mein Leben. Das ist nicht die gleiche Art von Lügen.«
Eva las am Ende des Artikels, dass jeder, der etwas dazu beitragen konnte, den Toten zu identifizieren, sich bei der Polizei melden sollte. Sie schüttelte den Kopf. »Und sich Ärger einhandeln.«
An der Tür klingelte es, und Lehua ging nach unten.
Eva bauschte das Laken wie ein Segel über ihrem Körper und ließ es fallen. Zuerst berührte es ihr Gesicht, ihre Schultern, dann die Brüste, Knie, Zehen. McClelland, dachte sie, als sich der kühle Stoff über ihre Haut breitete.
Gerne hätte sie Lehua von ihm erzählt, aber sie hatte Angst, ihr Glück zu versuchen, indem sie es in Worte fasste.
Unten hörte Eva die Stimmen amerikanischer Touristen, die Lehua dafür bezahlten, dass sie ihnen Unterricht in Hawaiianisch gab. Je nach Laune lehrte Lehua sie die notwendigsten Begriffe, wie Guten Morgen oder Was kostet das. Aber es gab auch Zeiten, da brachte sie ihnen Ausdrücke bei, die bedeuteten: Sie sehen aus wie der Tod oder Ich würde nicht einmal mein Schwein diesen Hut tragen lassen.

Die Touristen wunderten sich, dass sie trotz der vielen Stunden, die sie nahmen, nie so recht Erfolg bei den Straßenhändlern hatten.
Eva nahm die Zeitung und riss den Artikel über den toten Mann heraus. Sie glättete die Ränder des Papiers und konzentrierte sich auf den Mann, darauf, was mit ihm an jenem Tag am Strand geschehen war. Das einzige Bild, das sie sah, war ein Muster fliegender Kraniche über goldenen Ärmeln. Ein Kimono, wurde ihr klar. Der Kimono einer Frau.
Konzentrierte sich Eva auf Königin Lili'uokalani, so sah sie sie von Holzkisten umgeben. Das ergab für sie keinen Sinn. Was sollte die Königin verpacken? Wohin sollte sie gehen? Königin Lili'uokalani würde ihr Land nie verlassen.
Als sie sich anzog, fielen ihr all jene Zeichen ein, die sie falsch gedeutet hatte. Du wirst auf dem Schiff sicher sein, hatte Eva mehr als einem jungen Matrosen gesagt, der nun ertrunken war. Sie hatte Bilder von blutigen Messern in den Händen von Schuljungen gesehen, ohne zu ahnen, dass sie diese hinter der Theke eines Metzgers verwenden würden und nicht, um zu morden.
Sie schaute in den Spiegel und sah, wie weit ihr das Kleid um den Körper hing. Seit wann war sie so mager geworden? Ihre Hüftknochen standen vor, die Schlüsselbeine ebenfalls. Ihr fiel eine andere Frau ein, viel dünner als sie jetzt, die unten an der Treppe in Oslo gewartet hatte.
Sie wandte sich ab, zog ihre Farben und Pinsel hervor und griff nach einem Stapel festen, weißen Papiers, auf dem sie Tarotkarten malte. Eva und ihre Großmutter hatten immer diese Karten gemalt. Ihre Mutter fand, dass dies unter ihrer Würde wäre, und außerdem wolle sie ihre Albträume nicht auch noch im Wachen sehen. Aber für Eva waren die Karten keine Albträume, sie waren Erklärungen. Sie nahm eine leere Karte und drehte den Pinsel langsam. Diese Karte sollte für ihre Mutter sein.

Zuerst wollte sie die magere Frau malen, so als falle Schnee aus ihrem Mund.
Sie legte den Pinsel hin und rieb sich die Augen. Damals, als sie oben an der Treppe einer billigen Pension in Oslo stand, hatte sie nicht erwartet, dass der Liebhaber ihrer Mutter auch dort sein würde.
Er hielt einen kleinen seidenen Beutel in der Hand. Darin bewahrte ihre Mutter ihr Geld auf.
Sie stritten sich, und dann packte er sie heftig an der Schulter. Eva klammerte sich an das Geländer und versuchte, sich aus seinem schmerzhaften Griff zu winden.
Die Vermieterin trat an das untere Ende der langen Treppe und sah misstrauisch zu ihnen hinauf. Seine Finger bohrten sich in Evas Schulter, aber mit einer wilden Bewegung riss sie sich los. Beide verloren das Gleichgewicht, und dann fiel er auf einmal, langsam, die Arme ausgebreitet wie ein Trapezkünstler, kurz bevor er an den Seilen wieder hochschwang.
Er stürzte die Treppe hinunter. Auch danach erwartete Eva noch, dass er aufstand, die Hose glatt strich und eine kleine Verbeugung an sein Publikum machte. Aber er bewegte sich nicht. Die Vermieterin sah von ihm zu Eva. Eva starrte in ihr Gesicht, um nicht seine zusammengesunkene Gestalt sehen zu müssen.
Die Vermieterin hatte offenbar in der Küche Plätzchen gegessen, als der Streit anfing, und um ihren Mund klebte Puderzucker. »Verschwinde«, sagte sie. »Hau ab. Solange du noch kannst.« Während sie sprach, bröckelte der Zucker von ihren Lippen und fiel auf ihr Kleid. Als ob es aus ihrem Mund schneite.
»Aber ich habe doch nichts getan«, sagte Eva. Sie konnte kein Glied rühren, wollte nicht die Treppe hinuntersteigen, wollte nicht den Körper des Liebhabers ihrer Mutter berühren. »Ich habe ihn nicht gestoßen. Er fiel von selbst.«
»Das wird dir deine Mutter nie glauben.« Die Frau trat einen

Schritt näher. »Sie wird es dir auch nie verzeihen. Sie hat sich Hoffnungen auf ihn gemacht.«
»Er hat sie doch gerade bestohlen«, rief Eva.
Die Vermieterin seufzte. »Wer von denen hat das nicht? Nimm einen Zug«, sagte sie, »den erstbesten, der abfährt.«
Eine solche Katastrophe musste eintreten, damit Eva erkannte, wie sehr sie dieses Leben hasste. Sie lief zurück in das Zimmer ihrer Mutter, ergriff Mormors schwarzen Koffer und die selbst gemalten Tarotkarten.
Sie ging nicht zum Bahnhof. Die Vermieterin sagte das bestimmt ihrer Mutter, und die schickte ihr die Polizei auf den Hals. Nein, sie ging zum Hafen. Ein Zug war leicht herauszufinden, die Polizei musste nur am nächsten Bahnhof warten. Aber auf dem Wasser konnte man verschwinden.
Auf der langen Überfahrt nach Hawaii war er bei ihr gewesen, im Stampfen des Schiffes, an den heißen, windstillen Tagen, selbst im Geruch des Zwiebacks, den sie gegen die Seekrankheit aß. Sie sah ihn in der Geste eines Fremden, im Schatten eines Baumes, und für den Bruchteil einer Sekunde sah sie ihn in dem toten Mann, den sie an jenem Tag am Strand gefunden hatten.
Sie nahm einen dünneren Pinsel und malte den Schnee, der aus dem Mund der Frau fiel und einen Haufen um ihre Füße bildete. Zucker.

Nachmittags pochte es an der Tür, und Eva bemühte sich, nicht zu hoffen, es könnte McClelland sein. Sie dachte gar nicht an ihn.
Das Gesicht des Mannes an der Tür war ausdruckslos, und das machte Eva vorsichtiger, als wenn er ein Polizist gewesen wäre. Hinter ihm stand ein weiterer Mann.
Sie fragten nach Eva Hanson.
»Sie ist nicht hier«, sagte Eva.

»Wir möchten hereinkommen.«
»Da bin ich aber anderer Ansicht«, sagte Eva genau in dem Moment, als einer den Fuß zwischen die Tür stellte.
Sie stießen die Tür auf, traten in die Küche und sahen sich um.
Der Mann mit dem ausdruckslosen Gesicht erklärte Eva, sein Auftrag sei, die von ihr verkauften Pillenfläschchen zu konfiszieren.
»Warum?«, fragte sie erstaunt.
»Sie stellen falsche Behauptungen auf, und das ist verboten.«
»Und wer entscheidet das?«, fragte sie, obwohl sie bereits die Antwort wusste. Sie würden tun, was immer Cornelius Rhodes ihnen zu tun befahl.
»Leute landen momentan im Gefängnis, Miss Hanson. Ich denke, Sie werden sich fügen. Sie kommen ohnehin billig davon.«
Oh nein, dachte Eva, mich haben sie sich ausgesucht. Der Gedanke machte ihr Angst.
»Wir haben eine Liste der Leute, die sich bei der gestrigen Demonstration beim Palast aufgehalten haben.«
»Das war keine Demonstration, das war ein Konzert.«
Er trat auf sie zu. »Spielen Sie nicht die Ahnungslose, Miss Hanson. Das war eine Versammlung der Royalisten.«
Hier geht es nicht um Royalisten oder ihre Pillen, dachte Eva plötzlich, es ist wegen des toten Mannes. Auf einmal war sie verwirrt. Um welchen toten Mann ging es, um den auf der anderen Seite der Welt oder um den hier am Strand?
Der Mann zeigte auf die im Regal aufgereihten Fläschchen.
»Sehen Sie zu, dass Sie das Zeug loswerden.«
Mit einer einzigen Handbewegung fegte der andere Mann die Fläschchen vom Regal auf den Fußboden, dann zertrat er das Glas mit seinem Stiefelabsatz.
Eva drückte sich gegen die Wand mit dem festen Willen, nicht in Panik zu geraten.

Sie machten sich die Mühe, jedes einzelne Fläschchen zu zertreten, auch wenn es leer war. Der ausdruckslos blickende Mann stellte sich vor sie und wischte mit seiner Handfläche über ihre Brust. Sie starrten sich an, bis er schließlich zurücktrat.
»Sie haben aufzuräumen«, sagte er.
Eva hockte sich hin und fing an, das zerbrochene Glas und die in das Holz getretenen bunten Pillen wegzuputzen. Einige Glasscherben mussten mit dem Messer vom Boden gekratzt werden. Sie sah nicht auf, bis sie die Tür zuschlagen hörte. Während sie sich mit dem Reinigen des Bodens herumschlug, rannen ihr die Tränen herunter.
An diesem Nachmittag machte sie alles zweimal. Sie zog die Kleider aus, die sie getragen hatte, und zog sich frisch gewaschene Sachen an. Aber immer noch spürte sie den heißen Druck der Männerhand auf ihrer Brust, und so zog sie sich erneut um. Sie spülte das Frühstücksgeschirr zweimal ab, sie fegte den *lanai* zweimal. Um den Besenstiel war ein Bild geklebt, auf dem ein hawaiisches Mädchen im Hularock einen Besen in der Hand hielt. Sie löste das Bild ab und betrachtete es eingehend. Wo war es jetzt, dieses Mädchen, das für eine Illustration posiert hatte, die der Vorstellung der glücklichen Hawaiianerin entsprechen sollte?
Sie nahm den Artikel über den toten Mann zur Hand und las ihn nochmals. Sie fragte sich, warum man gerade sie mit dem Toten in Verbindung brachte. Sie ängstigte sich über den Kimono mit dem Muster der fliegenden Kraniche.
Schließlich stopfte sie den Artikel in die Schachtel, in der bereits das Jadehalsband lag. Ohne nachzudenken, legte sie das Bild des Hulamädchens dazu. Dann versteckte sie die Schachtel an einem neuen Platz. Sie spürte, dass alles, was sie ab jetzt machte, gegen sie verwendet werden würde.

Stechende Hitze strich um ihre Beine, ihr Gehirn arbeitete nur zur Hälfte, als sie die glühende Straße betrat. Laute *mynah*-Vögel marschierten über den Weg, ihre Federn schwarz wie ein Missionarsrock. Palmblätter kratzten scharf im Wind aneinander, und dunkelhäutige Frauen versprachen den vorübergehenden Männern das Blaue vom Himmel, ihre hellen Zungen schnellten hervor wie die eines Chamäleons.
Die Bäume warfen wie Tiere aussehende Schatten auf Eva, und sie dachte an McClellands Hände. Sie fühlte sich zu ihm hingezogen, als wäre sie ein Fisch an einer langen Angelschnur. Ein Fisch, der den Haken noch nicht gespürt hatte.
Wagen fuhren vorbei, und in der flimmernden Hitze wirkten die Pferde so, als würden sie schwimmen. Eine Gruppe von Frauen saß in einem Torweg und teilte sich einen Fächer. Auf der anderen Straßenseite spielte ein Mann auf der Ukulele ein Lied der Königin. Eva warf eine Münze in den Hut zu seinen Füßen. Dann spielte er eines der Lieblingsstücke der *haole*-Politiker, und Eva war nicht die Einzige, die wegging.
Sie nahm eine Abkürzung durch eine Gasse der Sargbauer. Ihre Großväter hatten noch schlanke Boote für Kamehameha den Großen gebaut, aber jetzt hämmerten sie Särge zusammen, denn mehr Hawaiianer starben als geboren wurden. Die Missionare nannten es Gottes Willen, aber es gab auch andere Namen dafür: Masern, Cholera, Syphilis, Lepra.
Sargbauer war ein einträglicher Beruf in Honolulu.
Frisch geschnittene Bretter lehnten gegen die Wand. Eva blieb stehen und fuhr mit der Hand über das Holz. Der Sarg ihrer Großmutter war aus billigem Kiefernholz gewesen. Zu ihrem Begräbnis waren andere Wahrsagerinnen gekommen, Zirkuskünstler, Musikanten und alle, denen nach einem Gratisdrink war.
Ein Schreiner trat mit einem kleinen Sarg aus seiner Werkstatt.

Er lehnte ihn gegen die Wand und schrieb mit Kreide einen Namen darauf. Eva wandte sich rasch ab.
An der Straßenecke ratterte ein Straßenbahnwagen vorbei. Cornelius Rhodes saß an einem Fensterplatz, sein Gesicht füllte das ganze Fenster. Schnell mischte sie sich unter die Menge, damit er sie nicht erkennen konnte. Im nächsten Moment war sie nicht sicher, ob sie ihn überhaupt gesehen hatte. Überall in der Stadt gab es Männer mit großen rosafarbenen Gesichtern, und die Hitze machte sie wahrscheinlich einfach nervös.
Vor ihr starrte eine lachende Menge auf ein kunstvoll geschnitztes Schild, das von den Dachbalken herunterhing. Es war mit schwarzer Farbe bespritzt, und einige schwarze Tropfen fielen auf den Bürgersteig.
»Immer wieder wird dieses Schild angemalt«, sagte jemand.
»Wem gehört dieser Laden?«, fragte Eva.
»Opiumhändlern.«
»Es ist sicher teuer, das Schild zu reparieren.«
»Nicht für Leute, die Opium verkaufen.«
Eva wandte sich zum Hafen und dem großen Holzbau, dem Warenhaus, in dem jede Art von Fischereizubehör erhältlich war. Es gab dort alles, von Baumwollhosen bis zur hölzernen *geta*, von Bambusfächern bis zu Fahrrädern.
Die Eingangstür wurde von einem Stück Koralle offen gehalten. Der salzige Wind strich über die Stoffballen, die Sextanten und die Teerfässer. Mit den Handflächen fuhr Eva über Seilrollen, dunkle Matrosenkappen, über Eimer mit Schrauben und Nägeln.
Die Verkaufstische waren mit Stoffballen überladen. Stoffe, die die Missionare schätzten, dickes Material, das auf der Haut kratzte. Die Missionarsfrauen lehrten die hawaiischen Frauen, aus dem Stoff lange Kleider zu nähen, die für die Tropen gänzlich ungeeignet waren. Frauen erhielten Scheren, und ihnen wurde *holo*

gesagt, was »fang an« bedeutete, und sie schnitten den Stoff, bis sie *ku* hörten, das »aufhören« hieß. Dann war der Stoff lang genug, um den Körper von Kopf bis Fuß zu bedecken. Die Kleider wurden *holoku* genannt. Die Einheimischen lachten, dass die Missionare mit diesem »Start-Stopp-Gewand« jetzt sogar der Kleidung vorschrieben, wie sie sich zu verhalten habe.
An die Wand gelehnt, saßen alte Männer, deren Tätowierungen sich in den Hautfalten verloren, und spielten Karten, als wären sie immer noch auf See: endlose Zeit auf engstem Raum. Ihre Bewegungen waren knapp und hielten sich am Körper, ihre vom Alter gichtigen Hände und das Spiel bewegten sich ohne Anfang und ohne Ende.
Ein Hawaiianer trat zurück, um Eva den Vortritt zu lassen. Sie schüttelte den Kopf und bedeutete ihm, er sei an der Reihe. *Haoles* wurden immer vor den Hawaiianern, Hawaiianer immer vor den Chinesen bedient.
Ein junger Angestellter erklärte ihr, es seien keine Fahrräder auf Lager, seine Stimme hob und senkte sich wie ein Vogel, der Fische im Meer fängt. Er war Schwede, und Eva wechselte vom Englischen ins Norwegische. Während sie sprachen, dachte Eva, klang es, als wären sie die Letzten ihrer Art, kurz vor dem Aussterben.
Hinter ihm war ein Schrank mit verschlossenen Glastüren. Die Regale waren mit Sextanten überfüllt, von denen jeder einzelne wie die Lenkstange eines Fahrrads glänzte.
»Ach, Sie wissen, wie das so mit den Schiffen ist«, sagte er. »Die nächste Lieferung kann Wochen, Monate dauern.« Er lachte. »Außer das Schiff geht unter. Dann kommt natürlich nichts.«
Während Eva ihren Namen niederschrieb auf das, was der Angestellte scherzend eher eine Wunsch- als eine Warteliste bezeichnete, entwarf sie ihre nächste Tarotkarte: Der Meeresboden bedeckt von untergegangenen Fahrrädern, kleine Fische zwischen

muschelüberkrusteten Speichen durchschwimmend. Was sollte das bedeuten? Du hast deinen Weg verloren, die Reise, die du gewählt hast, war nicht die deine.
Eva kaufte einen neuen Karton Glasfläschchen für ihre Pillen. Sie dachte nicht daran, sich von irgendjemand ihren Lebensunterhalt zerstören zu lassen.
Auf dem Weg nach Hause wandte sie sich kurz entschlossen zu der Staubstraße, in der McClelland wohnte.
Der *jacaranda*-Baum, der über seinem Dach blühte, war ihr gestern Abend nicht aufgefallen. Heute Morgen, verbesserte sie sich, aufgeregt und zufrieden zugleich, als ob Teile in ihr, die sich gar nicht kannten, auf einmal zusammenkämen.
Sie ging den mit Lavendelblättern bedeckten Pfad hinauf und atmete tief ein, als sie an der blauen Tür klopfte.
Keine Antwort.
Die Tür war nicht abgeschlossen. Sie strich sich über das Haar und schlüpfte hinein. Einen Moment dachte sie, es wäre das falsche Haus, doch die paar klapprigen Bambusmöbel standen immer noch an ihrem Platz. An die hintere Wand hatte seine Hand den Schatten eines Schwanenhalses gezaubert.
Doch das Haus wirkte verlassen, wie ein Zirkusplatz nach der Vorstellung, wenn außer dem platt gedrückten Gras, den Löchern der Holzpfähle keine Spur mehr verriet, dass hier noch am Abend vorher ein prächtiges Zelt gestanden hatte.
Er hatte ihr nicht gesagt, dass er fortwollte.
Sie schaute durch den leeren Raum. Ein Teil von ihr hatte früher jedes Verschwinden bewundert. Ein anderer Teil rechnete immer noch damit. Warum sollte es bei ihm anders sein? Sie legte die Stirn an die Wand, hörte ihren Atem irgendwo außerhalb ihres Körpers.
Sie musste sein Schlafzimmer nicht betreten oder den Schrank nach seinen Kleidern absuchen. Sie wusste bereits, dass alles leer

war. Sie dachte an die Glaskugel, die er ihr geschenkt hatte und die jetzt auf dem Nachtkästchen neben ihrem Bett lag. Sie fühlte die Röte ins Gesicht steigen. Sie gab dem Bambustisch einen Tritt, und er schlitterte über den Fußboden. Betrüge nie einen Betrüger. Nie.
Mormor sagte immer, Männer bestünden zu zwei Dritteln aus Wasser, sie flössen einem durch die Finger und nähmen dabei einen Teil mit. Was, dachte Eva, hatte sie sich eingebildet? Dass sie das Glück ihrer Mutter zerstören und sich trotzdem Hoffnung auf ihr eigenes machen könne?
Beinahe hätte sie versucht, das Haus zu finden, in dem die Frau mit dem Gewehr wohnte. Vielleicht kam er ja zurück zu der heißen Quelle, und sie nahm ihn aufs Korn. Aber wer an einem Abend über seinen Kopf schoss, würde ihn am nächsten Tag kaum ins Herz treffen.
Vor dem Haus riss Eva ein Blatt von einem Zweig und schwor sich, eines Tages einen Mann zu finden, der kein Scharlatan war. Jemand, der nicht so war wie sie.
Ein Mann starrte aus dem angrenzenden Garten durch die Hecke auf Eva, sein dunkles Gesicht bewegte sich durch die Blätter auf und ab.
Eva fragte, ob er McClelland gesehen habe. Ihre Stimme war hoch und dünn, sie hatte einen seltsamen Klang.
Der Mann sagte, der große *haole*-Mann sei fortgegangen. Er zeigte auf die Berge. »Gegangen *mauka*.«
»War jemand mit ihm?«, fragte sie, obwohl sie sich der Frage schämte. Es gab zumindest die Hoffnung, er könnte einfach in Schwierigkeiten sein. Ohne dass da eine andere Frau war.
»Nein, er war allein. Hat viel Zeug mit.«
»Was für Zeug?«
Er zuckte die Achseln. Sie hatte die falschen Fragen gestellt.
»Es ist doch McClelland, über den du redest?«

»Nennt sich MacEnulty.«
Als sie das Mac hörte, war sie sich sicher. Leute, die ihren Namen änderten, müssen immer einen Teil ihres alten Namens behalten, wie einen faulen Zahn, von dem sie sich nicht trennen wollen. Es war fast ebenso schwer, Schmerz wie Glück aufzugeben.
Eva ging die Straße hinunter, trat Blätter, Zweige vor sich her und was immer sonst noch am Weg war. Sie war nicht wütend, Wut wäre viel einfacher gewesen. Sie war niedergeschmettert.
Sie ermahnte sich selbst, dass sie vorsichtiger hätte sein sollen, dass er ein Fremder war. Aber sie waren doch alle Fremde hier, oder?

Nach Königin Lili'uokalanis erzwungender Abdankung 1893 tauchten überall in Honolulu Photographien des Sicherheitsausschusses auf, der sich jetzt Übergangsregierung nannte. Die Ladenfenster waren so voll gepfropft mit diesen weißen Gesichtern der neuen Regierung, dass man scherzte, die Photographien seien sicher vor dem Sturz der Monarchie gemacht worden, nicht danach.
Der Ausdruck der Gesichter war ernsthaft, aber was bedeutete das ganze Lametta auf ihrer Brust? Die Ordensbänder und Auszeichnungen, die wie Zuckerschleifen aussahen, woher waren sie so schnell gekommen? Diese Männer konnten nicht auf einen Orden weisen und sagen, den habe ich im Krieg erhalten. Keiner von ihnen hatte in einem Krieg gefochten. Kaum einen Kratzer hatte dieser Staatsstreich gekostet.
Sie verglichen sich mit den Kämpfern der Französischen Revolution, bis man sie darauf hinwies, dass Hawaii nun wahrlich nicht ihr eigenes Land sei. Dennoch wurden die Photographien als Geschenke und Souvenirs verkauft. So war es auch gewesen, als die Flagge von Hawaii eingezogen und in Stücke zerschnitten wurde. Während die Menge aus weißen Gesichtern zusah, wie die amerikanische Flagge am Mast aufstieg, wurden diese Stücke unter den Leuten verteilt.

12. Kapitel

Die Nacht kam, und Eva saß noch immer auf ihrem Stuhl. Sie wartete darauf, dass sich aus dem Sturm der letzten Tage ein Muster herauskristallisierte. Aber sie fand keine Antworten, nur die Wesen der Nacht: Käfer, Moskitos, Motten, deren Flügel an das Fenster schlugen.

Leichter Regen begann und hörte ebenso plötzlich auf, aber es zeigte sich kein Muster, nichts ergab einen Sinn. Ein Mann, der verschwunden war, ein aufgescheuchter Politiker und ein Polizist unter seiner Fuchtel. Und alle wollten etwas von ihr.

Sie hatte sich geirrt, sie war keine bessere Menschenkennerin als ihre Mutter. Ihre Lage war der beste Beweis. McClelland prahlte wahrscheinlich jetzt schon mit ihr, mit ihrer Eroberung, genau wie es die Liebhaber ihrer Mutter getan hatten.

Sie streckte die Hände vor sich aus. Seit wann sahen sie nicht mehr wie ihre Hände aus? Sie stand auf und hauchte das Fenster an. Wer war sie eigentlich?

Sie überlegte, ob es nicht klüger wäre, das Wahrsagen aufzugeben und sich den Lebensunterhalt auf eine für die Polizei weniger interessante Weise zu verdienen.

Näherin? Sie hasste Näharbeit. Erzieherin? Ihre Bildung war zu armselig, und das, was sie Kindern beibringen konnte, würde wohl kaum dem Wunsch der Eltern entsprechen. Prostituierte? Nein, danke. Wieder mal Taschendiebin? Immerhin eine Versuchung. Eva besaß geschickte, gleitende Finger, doch Honolulu war dafür ein zu enges Pflaster.

Wahrsagen war das, was sie gelernt hatte, was alle Frauen ihrer Familie immer getan hatten, egal, ob sie das zweite Gesicht besaßen oder nicht. Für Eva fiel die Entscheidung in einer Nacht, als sie sechs Jahre alt war.

Die Vorstellung ihrer Mutter von einer Gute-Nacht-Geschichte war es, Eva aus der Zeitung die Verbrechen vorzulesen, gefolgt von den Todesanzeigen. Für Eva waren diese Geschichten erschreckend und verfolgten sie in den Schlaf. An diesem Abend las ihre Mutter einen Artikel vor, in dem von einem Ehemann die Rede war, der bei einem Feuer im Haus verbrannt war und eine völlig verzweifelte Witwe zurückgelassen hatte.

Ihre Mutter faltete die Zeitung einmal, dann noch einmal und spekulierte, wie viel Geld die Witwe bekommen und ob der Betrag hoch genug sein würde, da die arme Frau gewiss ihrer Dienste bedurfte. Den Hinterbliebenen Trost zu spenden war nicht allein für Geistliche und Totengräber ein gutes Geschäft, Wahrsagerinnen versprachen den zusätzlichen Reiz, mit dem Toten in Verbindung treten zu können.

Eva setzte sich im Bett auf. »Der starb, bevor das Feuer ausbrach«, sagte sie.

Die Mutter beugte sich so nahe über das Bett, dass Eva die feinen Runzeln auf ihrer blassen Haut sehen konnte, leicht wie Vogelspuren im Schnee. »Was meinst du damit, der Mann sei vor dem Brand gestorben?«

»Nichts.« Eva traute dem Gesichtsausdruck der Mutter nicht. »Ich hab gar nichts gemeint.«

Aber Eva hatte immer schon sehen können, wer unglücklich war, wer etwas so Schlechtes getan hatte, dass er für immer gezeichnet war. Sie erkannte ein gebrochenes Herz, einen Riss in der Seele. Solche Menschen schienen ihr so deutlich gezeichnet, als wären ihre Gesichter grellgrün bemalt. Doch bis zu diesem Moment hatte sie niemals darüber gesprochen. Hatte ihr Mormor nicht gesagt, dass jedes Talent sich gegen seinen Besitzer kehrte, besonders in einer Familie wie der ihren?

»Sag mir, was du gesehen hast.«

Eva schloss die Augen.

Ihre Mutter tippte mit ihrem scharfen Fingernagel auf Evas Hand. »Sag's mir.«

»Jemand zündete ihn an, als er schon tot war, dann setzte er das Haus in Brand.«

»Wer entzündete das Feuer?«, fragte die Mutter mit einer Stimme, die eine Art von Kind vom Rand der Klippe zurückholt und eine andere erst recht in den Abgrund treibt. Sie konnte sich nicht leisten, dass ihr Kind den Mantel ihrer hart erarbeiteten Illusion des Sehen-Könnens lüftete.

Lange hatte Eva die Mutter bei ihrer vorgeblichen Begegnung mit den Geistern und der üblichen Trance beobachtet und begriffen, dass das Vorspiegeln dieser Tatsachen die Kunst selbst war. Sie waren das Augenzwinkern am Endes des Witzes.

Die Mutter fragte sie erneut, doch Eva zuckte die Achseln. Sie hatte nicht alles gesehen, nur dieses eine Bild. Der tote Mann lag auf dem Bett, dann wurde das Bett angezündet.

Einige Tage später berichtete die Zeitung, dass die junge Witwe zusammengebrochen sei und den Mord gestanden habe. Evas Mutter betrachtete das Kind gedankenvoll.

Und hier war sie nun, immer noch im gleichen Geschäft. Sie redete sich ein, es sei alles, was sie könnte, doch die Wahrheit war viel einfacher. Es ist schwer, sich von etwas zu trennen, was man gut kann.

Am Anfang, als sie sich in Honolulu niedergelassen hatte, gab Eva jede Woche Anzeigen in den Zeitungen auf, neben denen der an-

deren Wahrsagerinnen und Geisterbeschwörer der Stadt. Evas Preise waren bescheidener als die ihrer Konkurrentinnen. Sie deutete die Hoffnung auf Glück an. Auf Zufriedenheit. Da nur wenige in den ersten Wochen zu ihr kamen, erweiterte sie ihr Angebot auf den Kontakt zu den Toten, und ihr Geschäft kam in Gang.
Für manche war Wahrsagen wie die Beichte. Menschen gewährten einem Fremden einen Blick in ihr Inneres, um dann in dem Gefühl wegzugehen, von einer Last befreit zu sein. Evas Aufgabe war die des Fremden.
Sie empfing ihre Kunden in einem kleinen Zimmer, zu dem ein diskreter Eingang an der Hinterseite von Lehuas Haus führte. Schließlich war es ja eine etwas peinliche Sache, in das Innerste eines Menschen zu blicken. Warum kamen sie zu ihr? Den meisten ging es um die Bestätigung einer Liebesgeschichte, auch wenn Eva fand, dass die Chancen beim Poker erheblich größer waren als in der Liebe.
Das Zimmer war voll gestopft mit Kerzen und silbernen Kugeln, auf dem Tisch lag ein rotseidenes Tuch. Doch sie konnte ihre Weissagungen auch aus einer Korallenperle lesen, aus verstreutem Sand, der Spitze eines Palmenblattes. Oder aus einem Sperlingsauge. Requisiten gab es genug.
Ein *kona*-Wind erhob sich, der den Klang von Pferden, Männerstimmen und knarrenden Wagenrädern herbeitrug. Eva löschte hastig die Lampe und wartete in der Dunkelheit.
Ein leises Klopfen an ihrer Tür und ein Pfeifen, das Eva erkannte. Es war die Witwe.
Sie zog die Frau ins Zimmer und schloss die Tür hinter ihr ab.
»Hörst du die Wagen? Soldaten«, sagte die Witwe und zog ihren Schal enger um sich. »Hin und her mitten in der Nacht, das ist nicht gut.«
Eva tastete nach Streichhölzern und zündete die Lampe wieder an. »Was meinst du, geht da vor?«

»Ich weiß nicht. Eva, hör zu. Die Polizei kam vorbei und stellte Fragen.«
»Fragen über mich?«
Die Witwe beugte sich vor und tätschelte Eva die Wange. »Ich sag denen niemals was.«
Eva stand auf und setzte den Kessel auf, um ihre Nervosität zu überspielen, ihre Hände zu beschäftigen. Sie stellte Tassen und einen Laib süßes Brot auf den Tisch.
Schließlich sagte die Witwe: »Weißt du, jedes Jahr warte ich auf eine einzige gute Blüte für die Orchideenschau. Manche Orchideen brauchen viel Zeit. Manchmal Jahre.« Sie schlug mit der Hand auf den Tisch. Eva zuckte zusammen.
»Ich fühle mich wie diese Missionare, die darauf warten, dass ihr Gott sich zeigt. Was können sie tun, damit Er sich beeilt? Nichts. Nur warten. In dieser Stadt warten wir alle, nicht wahr?«

Königin Lili'uokalani bat in einer Petition die Regierung der Vereinigten Staaten um Hilfe, ihre Regentschaft wiederherzustellen. Einige Monate nach ihrer Abdankung schickte Präsident Cleveland einen Gesandten nach Hawaii, um die Hintergründe für den Umsturz der Monarchie herauszufinden.
Der Gesandte, James Blount, kam zu dem Ergebnis, dass die Behauptung der Übergangsregierung, Leben und Besitztümer amerikanischer Bürger seien in Gefahr gewesen, völlig aus der Luft gegriffen sei und dass die Soldaten der Vereinigten Staaten illegal gehandelt hätten. Die Mitglieder der Übergangsregierung waren nicht, wie sie selbst behaupteten, Revolutionäre, sondern miese Glücksritter. In aller Deutlichkeit forderte er die sofortige Wiedereinsetzung der Monarchie unter Königin Lili'uokalani.
Die Übergangsregierung verweigerte ihre Zustimmung und verbarrikadierte sogar den Palast mit Sandsäcken, falls die amerikanische Regierung Gewalt gegen sie anwenden sollte.
Die Angelegenheit wurde an den amerikanischen Kongress verwiesen, wo inzwischen die Expansionspolitik wieder hoch im Kurs stand. Da man nicht gegen amerikanische Bürger kriegerisch vorgehen wollte, entschied der Senat gegen die Monarchie.

13. Kapitel

Am nächsten Morgen hatte sich schon die Nachricht verbreitet, dass die Soldaten das Viertel in der Nacht durchsucht hatten, und Lehua beschloss, ihre Besitztümer unter dem Haus zu verstecken.

Sie hockte im langen Gras hinter dem Haus und reichte Malia verschnürte Pakete, die damit unter das Haus kroch. Rund um sie rannten die Hühner herum und verwandelten das hohe Gras in ein wild schwankendes Meer.

Eva schaute zu, so lange sie es ertragen konnte. »Was zum Teufel macht ihr da?«, fragte sie schließlich.

Beide sahen überrascht auf.

»Lehua versteckt alles«, erklärte Malia aufgeregt, »bevor es die Soldaten stehlen.«

Lehua nickte. »Die Polizei ist schon arg genug. Jetzt durchsuchen die Soldaten die Häuser nach Gewehren, und sie behalten, was immer sie finden. Silber, Geld. Heute Morgen sah die Witwe zwei Soldaten einen Schreibtisch aus einem Haus tragen.«

»Wie können sie das machen?«, fragte Malia.

Lehua zuckte die Achseln. »Sie machen, was sie wollen.«

Eva beobachtete Lehua genau, suchte nach den Anzeichen der Depression, die Lehua immer zur Opiumpfeife greifen ließ. Heute geht es ihr besser, beruhigte sich Eva. Hier geht es nur um die Soldaten, nichts weiter. Und für Malia ist es ein Spiel.

»Die Republikaner beobachten immer noch die Königin«, sagte Lehua. »Sie verstecken sich in einer Gardenienhecke und rauchen so viele Zigaretten, dass es aussieht, als stünde die Hecke in Flammen.«

Eva schüttelte den Kopf.

»Ich will das verstecken«, sagte Malia und zog einen kleinen rosa Stein aus ihrer Tasche.

»Sicher ist sicher«, stimmte Eva zu und dachte, dass die Kindheit eine Wanderung über eine gefährliche Brücke war und nicht jeder sie ohne Schaden überqueren konnte.

»Und das auch.« Malia hielt die Zeichnung eines großen Wals hoch, in Tomas' Stil gemalt. Er hatte ihr mit seinen unsicheren Händen das Zeichnen beigebracht, und nun malte Malia mit demselben schwankenden Strich.

»Sollen wir das auch verstecken?«, zog Eva sie auf und reichte Malia ein hellgelbes Seidenband.

Sie schlang das Band um die Taille des Kindes, und Malia drehte sich im Gras. Ihr Kopf roch süß und ein wenig verbrannt, wie mit Staub vermischte Sahnebonbons.

keiki o ka aina nannte sie Lehua. Ein Kind des Landes.

Malia entfernte die Blätter einer Hibiskusblüte und klebte sich den in der Mitte der Blume verborgenen Stempel auf die Nase.

»So sehen die Meeresungeheuer aus«, erklärte sie.

»Da bekommt man richtig Angst«, flüsterte Eva und umarmte sie schnell.

Lehua zeigte auf einen großen Stapel säuberlich eingepackter Bündel. Eines davon war zweifelsohne ein in Öl getränkte Fetzen gewickeltes Gewehr. »Hast du irgendetwas, das du verstecken willst?«

Eva dachte an das Jadehalsband. Oder vielleicht die Glaskugel, die McClelland ihr geschenkt hatte. »Mir fällt nichts ein«, sagte sie.

Lehua sah sie durchdringend an. »Nun gut. Aber wer weiß schon, was diese *pupule haoles* als Nächstes tun werden.«
Malia nickte zustimmend. Verrückte Weiße waren unberechenbar. Eva nahm an, dass sie ihnen auch so erschien.
Lehua sagte, der Neffe der Witwe sei immer noch verschwunden, obwohl jemand behauptete, er habe gesehen, wie er auf die Polizei geschleppt wurde. Als die Witwe das hörte, war sie zum Polizeirevier gestürmt und hatte die Polizisten mit der Machete bedroht. »Wie gut, dass sie keine schwarze Farbe bei sich hatte, sonst hätte sie das ganze Gebäude übergossen.«
»Was haben sie mit ihr gemacht?«
»Sie haben sie nach Hause gebracht. Die Machete haben sie ihr weggenommen. Sie ist immer noch wütend.«
»Ich werde ihr eine neue besorgen«, sagte Eva.
Sie hätte gerne gewusst, ob McClellands Name auf der Liste der vermissten Personen auftauchte. Aber es schien wahrscheinlicher, dass sie ihn treffen würde, wie er die Straße entlang schlenderte, eine Frau an seinem Arm. Gedächtnislücken waren auf der Insel alltäglich. Mit den Fingern drückte sie nervös Falten in ihren Rock.
»Was wird als Nächstes geschehen?«, fragte Lehua.
»Ich weiß es nicht«, antwortete Eva. »Ich versuche, etwas zu sehen, irgendetwas, aber es ist immer nur ein flüchtiger Blick.«
Lehua wischte mit dem Arm über ihr schweißnasses Gesicht, ihre dunkle Haut glänzte, und Eva musste an das denken, was die Witwe ihr erzählt hatte.
Weil Lehua *hapa-haole*, halb hawaiisch, halb weiß war, sahen die Missionare ihre Hautfarbe als die lebendige Sünde, die Rassenmischung, und sie wurde von ihnen abgelehnt. Sogar ihr *haole*-Vater unterrichtete in einer Schule, die sein Kind nicht besuchen durfte. Jeden Tag unterrichtete er die Kinder der Weißen, und jeden Abend kam er nach Hause und schmierte eine Bleichsalbe

auf ihre Haut. Er behauptete, es sei nur die Sonne, die ihre Haut braun werden lasse, nicht die Tatsache, dass er eine Hawaiianerin geheiratet hatte, und er gab ihr zu verstehen, dass seine Verbindung mit ihrer Mutter eine unglückliche, aus dem Moment geborene Schwäche war. Schließlich ließ er sie im Waisenhaus auf der gegenüberliegenden Straßenseite und kehrte nach Amerika zurück. Dort gründete er eine neue Familie. *Haole* diesmal.

Die Witwe hatte den Verdacht, Lehua warte wie Malia immer noch darauf, dass ihr Vater zu ihr zurückkäme. Sie selbst hoffte allerdings, der Mann möge in der Hölle verschmoren.

»Hier ist eine Nachricht, die wir heute Morgen bekommen haben«, sagte Lehua und zog einen kleinen Umschlag aus der Tasche. »Unter der Tür durchgeschoben, wie die anderen.«

Eva erhielt viele anonyme Briefe. Einen Augenblick sah Eva Rhodes aus dem Straßenbahnfenster starren. Er gehörte zu der Sorte Männer, die anonyme Briefe schrieben.

»Kostenlose Werbung«, sagte Eva, um ihre Besorgnis zu verbergen.

Die Stimmung in Honolulu änderte sich. Sogar die Witwe, das schwarz gekleidete Barometer, hatte nun ein Jagdmesser unter ihrem Bett. Genau hier, hatte sie Eva erklärt und auf ihre Kehle gezeigt. Das ist die Stelle, wo man jemanden tötet. Schnell.

Eva überlegte, nahm dann das Gewehr von dem Stoß und legte es beiseite.

Lehua beobachtete sie, sagte aber nichts.

Eva las den Brief noch einmal. Der vorige hatte darauf hingewiesen, dass sie niemals zur Kirche ging. Die sollten glücklich sein, dass sie der Kirche fernblieb. Ihre Mutter pflegte regelmäßig zur Kirche zu gehen, gekleidet als wohlhabende Witwe, und wenn die Kollekte zu ihr kam, lehnte sie sich mit ihren unter einem Schal verdeckten Händen vor, legte einen Schein hinein und nahm fünf Scheine heraus.

Dieser Brief war bösartiger. Es wurde vorgeschlagen, dass es für jedermann besser wäre, würde sie nicht länger hier auf der Insel bleiben. Als weiße Frau gab sie der Gemeinde ein schlechtes Beispiel. Wie die vorhergehenden Botschaften war auch diese in Blockbuchstaben geschrieben.

Lehua erinnerte Eva, dass heute der Kartennachmittag in Lili'uokalanis Haus stattfand. An der Hintertür stieg sie in einen Eimer mit Wasser und wusch ihre Füße. Sie schlang ihr langes dunkles Haar zu einem Knoten und befestigte ihn mit einem Essstäbchen.

In der Küche packte sie die Fleischvorräte aus. »Ich koche alles, was schlecht werden könnte, das andere verstecke ich.«

Bereiteten sich alle Leute auf so seltsame Weise auf einen Krieg vor, dachte Eva. Was sollten die alten Seeleute nebenan machen? Ihre farbigen Muscheln vergraben? Mehr Kartoffeln kaufen? Die Messerklingen schärfen, die so morsch wie ihre Knochen waren?

Eva starrte auf Lehuas feuchte Fußabdrücke und beschloss, das zu tun, was sie immer in Krisenzeiten tat. Sich zu überlegen, wie sie aus der Unruhe Geld herausschlagen konnte.

Lehuas nackte Füße bewegten sich über den Küchenboden, es klang, als würde etwas ausradiert. Eva beobachtete sie kurz, dann beugte sie sich nieder, schürte das Feuer im Ofen und warf den Brief hinein.

Am Nachmittag waren Eva und Lehua zum Kartenspiel im Privathaus der Königin geladen. Sie gingen unter Obstbäumen entlang, vorbei an Farnen in großen Porzellanschalen. Lehua erzählte ihr, das Haus habe einst Lili'uokalanis Schwiegermutter gehört, einer Frau, die ihrem Sohn nie vergab, dass er eine Hawaiianerin geheiratet hatte, ob sie nun königlichen Geblüts war oder nicht.

An der Eingangstür legte Lehua die Hand auf den Türklopfer, sah dann zu Eva hinüber. »Keine Tricks«, flüsterte sie.

Eva bemühte sich um einen beleidigten Gesichtsausdruck. »Ich doch nicht!«, sagte sie.
Lehua lachte, als sie den Türklopfer hob.
Im großen Salon standen mehrere Tische, Frauen zogen Stühle heran und schüttelten Kissen auf. Auf jedem Tisch lag ein unberührter Kartensatz.
Im Vorraum des Salons türmten sich Damenjacken, Umhängetücher und Retiküle. Im Salon wurde Tee serviert. Eva griff nach einem kleinen, gehäkelten Retikül und rieb die Finger über die Maschen. Sie legte es weg, nahm ein anderes und öffnete die Bänder. Ein Taschentuch, ein Pillenfläschchen und etwas Kleingeld.
Was war denn mit diesen Frauen los, überlegte Eva. Sie blickte zur Tür, ergriff ein weiteres Retikül, das eine kleine Bibel und gefaltete Geldscheine enthielt. Eva zog einen Schein heraus, schob ihn in ihre Tasche und drehte sich gerade um, als Lehua mit einer Tasse Tee hereinkam.
Sie warf einen Blick auf Eva, dann auf die herumliegenden Retiküle.
»Ist der Tee für mich?«, fragte Eva.
Lehua schüttelte den Kopf und ging zurück in den Salon. Eva folgte ihr.
Sie setzte sich, ein wenig unbehaglich in dem Kleid, das sie sich von Lehua geliehen hatte. Die Frauen um sie herum versuchten unbeholfen, die neuen Kartenspiele zu mischen, als ob sie Holzscheite aufschichten wollten. Eva musste sich bezähmen, sie ihnen nicht wegzunehmen und ordentlich zu mischen. Die Frauen spielten mit voller Konzentration und sehr schlecht.
Die Runden dauerten nicht lange, sodass die Frauen öfter den Tisch wechselten. Eva spielte zweimal am Tisch der Königin. Immer wieder ließ sie den Blick schweifen, um vielleicht die Frau zu erkennen, die ihr Drohbriefe schickte. Aber nach einer Weile sahen sie alle verdächtig aus.

Nach einigen weiteren Runden bemerkte die Königin, dass Eva an allen Tischen gewann, nur an ihrem nicht.
»Man weiß nie, wie der Zufall spielt, Eure Majestät.«
»Ah, aber ich bin der Überzeugung, dass jemand aus Ihrem Beruf ganz genau weiß, was der Zufall bringt«, antwortete Lili'uokalani lächelnd.

Die Übergangsregierung erklärte sich am 4. Juli 1894 zur Republik von Hawaii. Aus ihrer Mitte wählte sie Stanford Dole zum Präsidenten der Republik. Sie proklamierten eine neue Verfassung, die verlangte, dass alle zur Erlangung des Wahlrechts Englisch in Wort und Schrift beherrschen mussten. Damit hatte man erfolgreich die Mehrheit der Japaner, Chinesen und Hawaiianer von jeder Einflussnahme auf die Regierung ausgeschlossen.
Die Menschen fragten sich, wie dies hatte geschehen können. Einige sagten, das Unheil hätte mit der Bajonett-Verfassung begonnen. Andere sahen die Wurzeln des Unheils tief in der Vergangenheit, im Auftauchen der Missionare 1820. Damals hörten die Hawaiianer die Geschichten der Missionare mit Interesse, später auch mit Zuneigung, in jenem typischen Irrtum begriffen, wenn man Geschichten mit ihren Erzählern gleichsetzt und so beide lieb gewinnt.

14. Kapitel

Die Frauen in Evas Familie hatten immer die Sprache der Taschendiebe beherrscht, das Erspüren von Brieftaschen, den Schnitt durch die Nähte von Geldbörsen, den Austausch von Geldscheinen, die kleine drehende Handbewegung, mit der sie einander warnten.
In dieser Nacht erschrak sie, als sie bemerkte, dass ihre Hand die gleiche warnende Bewegung machte. Sie wollte auf gar keinen Fall in die Stadt gehen, aber sie fühlte sich im Haus auch nicht sicher. Und sie musste eine treue Kundin besuchen, die sie nicht verlieren wollte.
Als sie das Haus verließ, schob sie die Riegel vor die Fenster und sperrte die Tür zu. Sie wusste nicht, ob sie Jonathan damit aussperrte, und es war ihr auch egal. Als die Hunde der Nachbarn bellten, schaute sie nach, ob jemand sie von der Straße her beobachtete, und in jedem Schatten schienen sich schwarz gekleidete Männer zu verbergen.
Es war ein windiger Abend, und Eva hielt sich von den belebten Strassen fern. Auf ihrem Weg durch Gassen und Hinterhöfe versuchte sie sich einzureden, dass sie wegen McClelland nicht traurig war, aber dennoch konnte sie es kaum erwarten, dass dieser Tag zu Ende ging.
Sie war beim Haus von Mrs. Jaskowitsch angelangt, einer ehrsamen Frau, die nicht riskieren konnte, dass man sie bei einer

Wahrsagerin sah. Deswegen bat sie Eva in ihr Haus, im Schutz der Nacht.
Mrs. Jaskowitsch winkte sie herein und bot ihr einen Stuhl an. Eva setzte sich und beobachtete, wie die Frau nach der Lehne des eigenen Stuhls griff und sich langsam niederließ, wie jemand, der in ein heißes Bad tauchte.
Sie war die Witwe eines russischen Matrosen, der kürzlich auf See verschollen war. Auf See verschollen war der in Honolulu übliche Euphemismus, um ein plötzliches Verschwinden zu erklären, doch im Fall dieser Frau stimmte es.
Sie goss ihnen beiden Tee ein, den sie dann nicht tranken. Während sie sich vorbeugte, um ihrem Gegenüber die Tasse zu reichen, roch Eva Lavendelgeruch. Sie stellte sich die Frau zu Hause vor, wie sie ihre beste Bluse bügelte, sie noch warm anzog und Eau de Cologne auf die Handgelenke tupfte, dort, wo die Knochen so zerbrechlich wie Muscheln waren.
Sie sehnte sich noch immer nach ihrem Mann.
Eva mischte die Karten und fächerte sie dann im Halbkreis über den Tisch auf. Mrs. Jaskowitsch zögerte ein wenig, dann zog sie die erste Karte.
Eva drehte sie um. Es war eine Unglückskarte, ein Vogel, der vom Himmel stürzte. Glücklicherweise waren Mrs. Jaskowitschs Augen im Dämmerlicht schwach.
Eva tippte auf die Karte. »Gut«, sagte sie.
Die Frau zog die restlichen Karten, und Eva nickte bei jeder neuen Wahl. »Es ist ganz deutlich«, sagte sie. »Ein Mann, der Sie wissen lassen will, dass er Sie noch immer liebt.«
Die Frau errötete. Sie öffnete und schloss das Medaillon, das sie trug. Das Schloss klapperte wie ein Maschinengewehr.
»Er vermisst Sie«, sagte Eva und deutete auf eine andere Karte. »Er vermisst Sie, Ihre … hm, körperliche Präsenz.«
Die Frau errötete noch tiefer.

»Er möchte, dass Sie die erste Blume, die Sie sehen, pflücken und sich hinter Ihr Ohr stecken.«
Mrs. Jaskowitsch lehnte sich zurück. »Aber das kann ich doch nicht machen.«
Für einen Augenblick war es so still im Zimmer, dass man das Wasser des Baches hinter ihrem Haus über die Felsen sprudeln hörte.
Eva fragte sich, ob sie zu weit gegangen war. Es gab Menschen, die sich am meisten gegen das wehrten, was sie am sehnlichsten wünschten, vor allem in der Liebe.
Mrs. Jaskowitsch fuhr sich an den Hals. »Noch etwas?«, fragte sie, kaum mehr als ein Flüstern.
»Nein. Es tut mir Leid, aber das ist alles, was mir die Karten heute Abend sagen.«
Die Witwe zahlte den doppelten Preis. Eva hüllte sich gegen den Regen fest in ihren Mantel. Als sich die Tür hinter ihr schloss, stellte sie sich vor, wie die Frau morgen früh aufwachte, durch den Garten ging und vor einem Hibiskus stehen blieb, wobei ihre Hand wie ein Kolibri über den tiefroten Blüten flatterte.
Eva hatte keine Ahnung, ob sie die Blume pflücken würde oder nicht. Manchmal war es besser, nicht zu wissen, was geschehen würde.
Die Strassen waren verlassen, es regnete, und auf dem Weg nach Hause fiel ihr das Licht auf, das aus Edwards Büro schien.
Sie ging zur Tür und war überrascht, sie unverschlossen zu finden. Leise trat sie ein. Das äußere Zimmer war leer, doch konnte sie Edward in seinem Büro mit jemandem diskutieren hören.
»Er hatte den Auftrag, sich darum zu kümmern«, sagte er.
»Nun, er hat es eindeutig nicht getan«, sagte jemand ärgerlich.
Stühle scharrten über den Boden. Sie waren aufgestanden.
Eva verließ lautlos das Büro und lief über die Straße, verbarg sich in dem Schatten zwischen zwei Läden. Der Mann kam aus Ed-

wards Büro. Der Schirm verdeckte sein Gesicht, aber er hatte den selbstsicheren Gang eines Politikers.

Im nächsten Moment lief sie über die Strasse. Die Tür war immer noch offen, und sie trat ein.

Edward war überrascht sie zu sehen. »Oh! Du hast mich ganz schön erschreckt. Es ist nach Mitternacht, Eva. Was zum Teufel machst du hier?«

»Du solltest deine Tür abschließen, Edward.«

»Offenbar. Besonders in Nächten, die dich hereinschneien lassen.«

»Ich kam gerade so vorbei.«

»Natürlich, einfach so«, sagte er.

»Darf ich mich setzen?«

Er wies auf einen Stuhl, zog dann eine Schublade des Schreibtisches auf und holte eine Flasche Rum und zwei Gläser hervor.

Eva nickte.

Er goss ihnen beiden ein und leerte sein Glas in einem Zug. »Ah, das hab ich gebraucht«, sagte er und stellte die Flasche weg. »Also, was treibt dich in so einer windigen Nacht hierher?«

McClellands Gesicht stand ihr kurz vor Augen, und sie nahm einen Schluck Rum.

»Eva, ich habe dich etwas gefragt.«

Sie sah erschreckt auf. Edward starrte sie an.

»Nun ja«, sagte sie und beschloss in diesem Moment, die Auseinandersetzung, die sie gerade gehört hatte, nicht zu erwähnen.

»Nun ja, was?«, fragte er ungeduldig.

»Ich wollte eigentlich nur wissen, ob du etwas herausgefunden hast«, sagte sie, wobei sie nervös an ihrem Rock fingerte.

»Hör mal zu, Eva. Was immer diese Sache sein mag, ich wünsche nicht, da hineingezogen zu werden.«

»Hineingezogen, in was?«

»Eva, du kannst dir das nicht leisten, und ich ebenso wenig.« Er

nahm seine Taschenuhr und ließ sie ärgerlich auf- und zuklappen. Das Gesicht einer Frau war im Deckel undeutlich zu erkennen. »Ich habe Pläne. Und die will ich mir von niemandem vermasseln lassen, weder von dir noch von sonst jemandem.«
»Edward. Ich muss nur wissen, was du herausgefunden hast.«
»Wieso glaubst du, dass ich überhaupt etwas weiß?«
»Schau dich an. Allein, wie du dich aufführst.«
»Du bist die Letzte, die etwas zu reden hat.« Er trat hinter den Schreibtisch und schloss eine Schublade auf. Er hielt eine Brieftasche in die Höhe. »Du weißt, ich habe genug Geld, um jederzeit von hier zu verschwinden.«
Edward verwandelte sich langsam in jemanden, den sie lieber bestahl, als von ihm Geld zu borgen. »Ich lebe gerne hier«, sagte sie.
»Du und ich«, sagte Edward und setzte sich, »was bedeutet diese Insel schon für uns?« Er nahm seine Füllfeder und zeigte damit auf Eva. »Wir waren uns einmal sehr ähnlich, Eva. Ich will dir einen Rat geben. Es ist Zeit für einen Neubeginn.«
Nein, dachte Eva. Wir waren uns einmal ähnlich, aber wir sind es nicht mehr. Ich stehle mein Geld immer noch, aber du hast vor, deins zu heiraten. »Muss ich daraus schließen, dass deine Versuche, die Tochter eines reichen Missionars zu ehelichen, nicht von Erfolg gekrönt sind?«
»Man gewinnt und man verliert.« Er zog die Flasche wieder hervor und goss noch einmal ein. »Ich musste ein paar Namen von meiner Liste streichen«, gab er zu. »Hör zu. Ich will dir erzählen, was ich gehört habe, und das klingt ganz und gar nicht gut. Der Mann, den du am Strand gefunden hast, ist jemand, von dem du besser überhaupt nichts wissen solltest. Er ist jemand, der den Amerikanern Sorgen macht.« Er hob abwehrend die Hand. »Nein, frag mich nicht, mehr weiß ich auch nicht. Aber dass du ausgerechnet mit ihm zu tun haben musstest …«

»Er war tot, Edward. Ich glaube, keiner von uns hatte dieses Treffen geplant.«
»Sei jetzt nicht sarkastisch. Ich will dich nur warnen. Es ist wirklich das Schlechteste, was dir passieren konnte. Vergiss ihn, er ist tot. Denk an dich!«
Er lehnte sich in seinem Stuhl zurück und warf ihr einen scharfen Blick zu. »Bist du sicher, dass du nicht noch jemanden bei dir gehabt hast?«
»Nein«, sagte Eva. »Ich war allein.«
»Nun, das ist der Grund, warum sie hinter dir her sind. Sie glauben, du weißt genug, um gewisse Leute hineinziehen zu können.«
»Dann tragen sie Schuld?«
Er zuckte die Achseln. »Wen schert's? Du bist es, die sich in einer peinlichen Lage befindet. Wenn es sich herumspricht, dass er ermordet wurde, werden sie versuchen, dir den Mord anzuhängen.«
»Edward, das ist doch lächerlich.«
»So wie alles, was hier passiert.«
Die Tür zum äußeren Büroraum öffnete sich, und er löschte sofort die Lampe. »Sei ganz still«, flüsterte er und betrat schnell das andere Zimmer. Sie hörte, wie der Schlüssel im Schloss umgedreht wurde, und Edward erklärte, er sei gerade im Begriff zu gehen. Eine tiefere Stimme antwortete ihm.
Er hatte seine Brieftasche auf dem Schreibtisch gelassen. Eva öffnete sie und zählte das Geld. Er trug eine erstaunliche Menge Bargeld mit sich herum. Offenbar bewegte sich Edward jetzt in gehobenen Kreisen. Aber niemand hatte derartige Summen bei sich, außer wenn man gerade für etwas bezahlt worden war, das man besser nicht hätte tun sollen. Sie betastete die Scheine.
Ganz wie früher sortierte er das Geld von kleinen bis zu den großen Scheinen. Sie nahm nur eine Banknote, versteckte sie in ihrer

Rocktasche und legte die Brieftasche auf Edwards Seite des Schreibtisches.
Sie lauschte den Stimmen im anderen Zimmer. Offenbar waren drei Männer dort, alle sprachen sie leise und vorsichtig.
Die Haustür öffnete und schloss sich. Im vorderen Zimmer herrschte Stille. Edward wartete ab, ob die Männer wiederkamen. Nach einigen Minuten schloss Edward die innere Tür auf und setzte sich erschöpft nieder. »Den einzigen Rat, den ich dir geben kann, ist, halte dich da heraus. Und dieser Freund von dir, der, den du mir gegenüber nie erwähnt hast? Er sollte sich vorsehen.«
»Welcher Freund?«
»Eva. Man hat es bemerkt, das ist alles, was ich sagen will.«
Eine Insel schrumpft auf die Größe einer Pension, dachte Eva, wo es keinerlei Geheimnisse gibt. Sie sah keinen Grund zu erwähnen, dass McClelland schon verschwunden war.
Edward sprang mit einer neuen Sorge auf. »Du musst hier verschwinden, bevor noch irgendjemand zu Besuch kommt.« Er drängte sie in den Vorraum.
Sie wollte noch etwas sagen, aber er hob die Hand. »Ich will nichts mehr davon hören.« Er schlug die Tür zu und verschloss sie von innen.
Sie fühlte sich wie eine der Samoakrabben, die auf der Straße verkauft wurden, Krabben, die auf der Seite des Zinneimers hinaufzukriechen versuchten und immer wieder hinunterglitten. Sie steckte in etwas drin, ohne zu wissen, was es war.
Sie verstand Edwards Argumente. Sie war auf der Verliererseite, und er wollte nichts mit ihr zu tun haben.

Als sie nach Hause kam, stand die Witwe schon vor Lehuas Haus, die neue Machete glänzte im Mondlicht. »Wenn sie zu mir kommen, bin ich bereit«, sagte sie und hob die Waffe. »Geh hinein«, sagte sie düster. »Sprich mit Lehua.«

»Was ist?«
»Hele mai, hele mai«, sagte die Witwe und winkte sie ungeduldig zur Tür.
Eva trat hastig ein und fand Lehua im Wohnzimmer. »Jemand hat das Haus durchsucht«, sagte Lehua. »Glücklicherweise war Jonathan nicht da.«
»Wurde etwas gestohlen?«
»Durchsucht auf jeden Fall, aber es scheint nichts zu fehlen. Die Witwe sah, wie ein Mann durch die Hintertür verschwand. Sie glaubt, er war *haole*.«
Evas Kehle wurde eng. »Warum würde das jemand tun?«
Lehua hob die Schultern. »Du solltest in deinem Zimmer nachsehen.«
Eva lief hinauf in ihr Schlafzimmer, kniete sich nieder und fühlte mit der Hand unter dem Fensterbrett. Das Jadehalsband lag noch in dem Loch, das sie ausgehöhlt hatte.
Alles war an seinem Platz. Kamm und Bürste lagen auf dem Frisiertisch, die Bettdecke war sauber gefaltet.
Sie öffnete eine Schreibtischschublade und wusste sofort, dass jemand an ihren Papieren gewesen war. Alles war etwas zu ordentlich wieder zurückgelegt worden. Sie kontrollierte den Schrank, die Kommode. Genau wie Lehua gesagt hatte. Es fehlte nichts. Sie drehte Eva Hansons Identitätskarte in den Händen. Wer auch immer das getan hatte, kannte sich aus. Jemand, der Übung in diesen Sachen hatte. Und er hatte nicht gefunden, wonach er suchte.

Als sie wieder nach unten kam, hatte Lehua die Türen verrammelt und ihnen beiden ein Glas Rum eingeschenkt. Eva nahm einen Schluck und fühlte das trockene Brennen in der Kehle.
Sie schüttete den Rest in die Flasche zurück. Der Großteil ergoss sich über ihre Hand und die Flaschenseite hinunter, auf der

Tischplatte entstand eine Pfütze. Lehua sah sie an, sagte aber nichts, sondern trank ruhig aus ihrem Glas. Wie ein Fingerklopfen kam der Regen auf das Hausdach.
»Haben sie das Haus wegen Jonathan durchsucht?«
»Ich weiß es nicht. Vielleicht war es nur ein Einbruchsversuch. Mein Geld ist auf der Bank. Und deins«, sagte Lehua und deutete auf Evas Rock, »ist fast aufgebraucht. Glaubst du, es war dieser Rhodes?«
Eva schüttelte den Kopf. »Rhodes hätte überall nasse Fußspuren hinterlassen. Das war jemand, der sehr vorsichtig ist.«
Als der Regen aufhörte, drang das Rauschen des angeschwollenen Flusses in das Zimmer, und der Wind nahm das Rauschen auf. Lehua schob ihre Bluse von den Schultern und hielt das Haar hoch, um den Wind am Hals zu spüren.
Von irgendwo klapperte ein losgerissenes Stück Blech gegen eine Hauswand. Ganz in der Nähe waren ein Schrei und das Geräusch laufender Füße zu hören. Eva hatte das Gefühl, als käme jedes dieser Geräusche aus ihr heraus, das verzweifelte Atmen, der Aufschlag der nackten Füße auf der Straße.
Der Freund, den du nicht erwähnt hast, hatte Edward gesagt. Woher konnte Edward von McClelland wissen?
Sie wartete, bis Lehua ins Bett gegangen war, und zog dann die Identitätskarte der toten Frau hervor. Sie übte Eva Hansons Unterschrift, bis ihre Hand schmerzte. Sie beschrieb fünf Bögen Papier, bevor sie zufrieden war, und hielt dann jedes einzelne Blatt über die Kerzenflamme. Dann öffnete sie das Fenster, warf die Asche in den Wind, blies die Kerze aus und ging im Dunkeln hinauf in ihr Zimmer.
Die Wände waren weiß gestrichen, und der Boden war mit einer abgetretenen *lauhala*-Matte bedeckt. Ein unpersönliches Zimmer. Ein Zimmer, das vielleicht sogar Eva Hanson zugesagt hätte. Käme jemand in dieses Zimmer, er fände nichts, was einen

Schluss auf sie zuließe. Niemand könnte erraten, wovon sie ihr Leben bestritt, niemand wüsste, was sie liebte oder hasste. Niemand, dass sie von einem toten Mann besessen war und dass sie sich in einen anderen Mann verliebt hatte, einen Mann, von dem sie nichts wusste, ein Mann, der ihr nichts hinterlassen hatte als den Atem eines Fremden in einer Glaskugel.

Im Januar 1895, knapp zwei Jahre nach Königin Lili'uokalanis Abdankung, hatten die Royalisten die Dinge selbst in die Hand genommen. Der Abend kam, und der Vollmond stieg gelb leuchtend aus dem Meer. Das Mondlicht, das auf ein Schiff der Royalisten schien, ließ es wie einen Scherenschnitt auf weißem Papier erscheinen. Es war hell genug, jeden Mann an Deck zu zählen.
Das Schiff legte am Diamond Head an.
Männer wateten vom Schiff zum Strand und trugen schwere Kisten auf dem Kopf. Sie stapelten die Kisten auf dem Sand oberhalb der Flutlinie. Die Stapel wurden immer höher, nervös standen die Männer herum. Dann wurde hastig entschieden, die Gewehre in der angrenzenden Wildnis von hale koa *und kleinen* kiawe-*Bäumen zu verstecken. Die Männer gruben im Sand, verteilten trockene Blätter auf dem Grund der Löcher. Die Holzkisten wurden sorgfältig wie Särge hineingesenkt und mit Sand und Blättern bedeckt. Mit den Spaten klopften die Männer den Sand fest und verwischten mit Ästen ihre Spuren.*
Auf dem Weg zurück in die Stadt erhob sich der Wind, die Baumkronen schwankten, und ein leichter Regen ging auf die Royalisten nieder.

15. Kapitel

In den ersten Januartagen des Jahres 1895 glitten die Frauen still wie Schatten durch die Straßen und verbreiteten Neuigkeiten wie eine ansteckende Krankheit, während ihre Ehemänner Bande zu geheimen Mätressen lösten, ihr Geld von der Bank nahmen und sich möglichst unbemerkt bewaffneten.

Die Menschen auf der Straße wussten nicht, was sie tun sollten, also liefen sie kreuz und quer, durch die Beretania Straße, zum Iolani Palast und vorbei an der Statue von König Kamehameha, der auf sie herabblickte. Die Männer jagten hinter allen her, auch denen, die nichts anderes taten als wegzulaufen.

Die größte Angst hatten die Leprakranken.

Dann gab es Leute, die ihr Geld in den Bars der Matrosen, bei Hahnenkämpfen oder sogar in der Lotterie vergeudeten. Die Amerikaner kauften so viel Land wie nur möglich, ihrer Gier wurde nur durch die geographischen Gegebenheiten Grenzen gesetzt. Es gab mehr Tollkühnheit, mehr Gleichgültigkeit, mehr Heiratsanträge von Leuten, die noch vor einem Monat einander keinen Blick zugeworfen hätten.

Zu Hause kochte Lehua ein Extrahuhn, nahm die silbergerahmte Daguerreotypie ihrer Mutter und ihre Holzschalen hinauf auf den Dachboden und versteckte sie in einem unzugänglichen Hohlraum. Sie kaufte genug Opium, um zumindest für einen Monat Vorrat zu haben.

Die Witwe fand zwei Tausendfüßler in ihrem Bett und war überzeugt, die Amerikaner hätten sie ihr hineingeschmuggelt. Ihr Neffe galt als vermisst, und sie machte auch dafür die Amerikaner verantwortlich.
Am Rande eines Krieges wollte jeder seine Zukunft wissen. Diejenigen, die früher über Wahrsagerei gelacht hatten, waren nun Evas treueste Kunden. Was wollten sie gerne hören? Ihr Leben wird erfüllt und interessant sein. Ihre Kinder werden Sie immer lieben. Was sie ihnen tatsächlich sagte, war: Schau in beide Richtungen. Sei vorsichtig bei plötzlichen Freundschaften, und sieh dich vor, wenn es an der Tür klopft.
Sie kamen, um nach Königin Lili'uokalani zu fragen. Eva, die sonst fließend lügen konnte, tat sich schwer, Lügen über die Königin zu erzählen. Sie konnte nicht sagen, dass die Monarchie wiederhergestellt werden würde. Sie sah es nicht. Noch konnte sie vorhersagen, dass Lili'uokalani nichts geschehen würde. So weigerte sie sich, überhaupt über die Königin zu sprechen, mit dem Erfolg, dass ihre Klienten mit ihr unzufrieden waren. Zum ersten Mal im Leben sagte sie die Wahrheit, und ihr Verdacht bestätigte sich: Die Wahrheit kostete sie Geld.
Sogar Tomas war ruhelos. Früher hatte er den ganzen Tag auf seiner Matte gedöst, während Lucky auf seiner Brust saß. Jetzt stand er in seinem Vorgarten und warf Messer auf eine rote Zielscheibe, die an einer Kokospalme befestigt war. Er lächelte Eva an, und auf einmal kam ihr der Gedanke, dass sie sich, wäre sie nur fünfzig Jahre früher geboren worden, in ihn verliebt haben würde.
Eva setzte sich auf den Stufen der *lanai* nieder und beobachtete, wie Tomas aus jedem seiner Stiefel ein Messer zog. Seine alten Hände zitterten, doch traf er sein Ziel mit Millimetergenauigkeit.
Sie brauchte nicht zu fragen, wer sein Ziel war.
Er zog die Messer aus der Zielscheibe und wandte sich zu ihr um. »Eva, weißt du, woran ich immer denken muss?«

Eva sah die Messer an und gab keine Antwort.
»Felszeichnungen. Du kennst sie, Markierungen auf Stein, wie Symbole. Es gibt sie hier überall. Auf Oahu, aber auch auf der Großen Insel. Körper, Speere. Mich faszinieren die, die Spiele darstellen. Die ersten Hawaiianer meißelten Spiele in die Felsen, Spiele, mit denen sich Leute die Zeit vertrieben. Eine Art von Mühle. Oder Schach, wer weiß das schon?«
Er schleuderte ein Messer, und Eva rückte auf der Stufe herum.
»Ich habe mich immer gefragt, worauf haben sie gewartet. Auf mehr Sicherheit? Eine Änderung des Wetters? Den Ausbruch des Vulkans? Jetzt weiß ich es. Sie warteten darauf, dass der Feind den ersten Schritt macht.«
»Vielleicht haben sie auch nur Mühle gespielt«, versuchte Eva ihn zu beruhigen.
»Nein, sie bereiteten sich vor.« Tomas warf das andere Messer und sah über die Straße. Eva folgte seinem Blick. Ein Mann auf einem Fahrrad tauchte aus dem grünen Dunkel der Bäume auf.
Ohne zu überlegen, trat sie in den Schatten der *lanai*.
»Nein, das ist keiner von ihnen«, sagte Tomas und meinte die Soldaten.
McClelland radelte aus dem Schatten in das strahlende Sonnenlicht. Aus seinem Korb quollen Blumen, und er fuhr vorbei, ohne sie zu sehen.
Tomas wandte sich zu ihr und lächelte.
Standen ihr die Gedanken auf der Stirn geschrieben?
»Der Mann bewegt sich wie ein Seemann«, stellte er anerkennend fest. Tomas misstraute Menschen, die ihre Balance gegen die Bewegung der Wellen nicht halten konnten. Menschen, die immer noch glaubten, die Erde wäre fest.
Tomas drehte sich zu ihr um und runzelte die Stirn, als er ihren Gesichtsausdruck sah. »Ach, Eva. Ich weiß nicht, was mit dir gerade geschieht, aber eines kann ich dir sagen. Du bist zu jung, um

dein Herz im Stolz ertrinken zu lassen. Glaub mir, verpasste Gelegenheiten sind eine furchtbare Gesellschaft fürs Alter.«
Tomas ging zur *lanai* hinüber und gab ihr einen kleinen Stoß. »Geh«, sagte er. »Hör dir wenigstens an, was er zu sagen hat.«
»Woher weißt du von ihm?«
»Glaubst du, du bist die Einzige hier, die wahrsagen kann? Na ja, der Milchmann hat es mir erzählt. Nun geh schon.«
Sie schlüpfte unter der Hecke durch und traf McClelland, der sein Fahrrad den Pfad entlangschob. Er blieb stehen, als er sie sah, und die Luft verwandelte sich für eine Sekunde in Wasser. Was wird als Nächstes geschehen, dachte sie voller Panik. Wird er wieder verschwinden? Sie wusste, was Tomas sagen würde. Und wenn, was macht das schon?
»Ich bin gekommen, weil ich mein Schicksal wissen möchte«, sagte er. Er nahm die Blumen und ließ das Rad ins Gras fallen.
Sie wusste genau, welche Straßen und Wege er genommen hatte, um die Blumen zu stehlen. Orchideen von den Rivalen der Witwe und *pikake*, die über die Zäune quoll und Wellen ihres betäubenden Geruchs auf die Straße sandte.
Er hielt ihr die Blumen entgegen, und sie begriff, dass das, was sie am meisten ängstigte, die alltäglichen Ereignisse waren, das Pochen an der Tür, das Paket auf der Treppe. Das Herz lag bloß. Sie streckte die Hand nicht nach den Blumen aus, und sie glitten aus seinen Armen, eine Spur quer über den Rasen, über die Holztreppe in das Haus. Eva zog auf der *lanai* die Schuhe aus, und er tat es ihr nach.
»So, da sind wir«, sagte er und folgte ihr ins Wohnzimmer.
Da bin ich, dachte sie. Ich weiß immer noch nicht, wer du bist. Und plötzlich fühlte sie sich durch seine Anwesenheit ebenso verletzt wie durch seine Abwesenheit.
Sie sahen sich an. Unter dem Haus scharrten pickende Hühner, ein merkwürdig gedämpftes Geräusch, das Eva verunsicherte.

Seine Augen glitten über Lehuas Holzschalen, die alte Harpune, ein Bündel Angelruten aus Bambus, ein Fernglas, Walfischgräten.
McClelland berührte das Fischnetz, streckte den Arm aus und strich beinahe über Evas Haar. Sie trat einen Schritt zurück, und seine Hand sank zur Seite.
Hinter sich hörte Eva Lehuas bloße Füße über die abgetretene *lauhala*-Matte gehen. Sie trug ein Tablett mit Gläsern und einen Krug mit Tee.
Bei der Vorstellung maßen die beiden einander, versuchten jedoch ganz desinteressiert zu erscheinen.
In Evas Geschäft wären beide unbrauchbar gewesen.
»Ich bin hier, um mir die Zukunft vorhersagen zu lassen«, erklärte McClelland.
Niemandem kam der Gedanke, den Tee einzuschenken.
McClelland wartete, dass Eva seine Hand nahm und ihm wahrsagte, doch sie war dieser Dinge plötzlich müde, dieses ewige Handlesen und vorgeben, sie könnte die ganze Welt darin sehen. Einen Blick, einen Ausschnitt, einen Hinweis, das war alles, worauf jemand hoffen konnte. Erleuchtung war etwas für Heilige.
Und Verrat bleibt für uns andere Sterbliche, dachte sie.
»Oder ist es vielleicht die falsche Zeit vorbeizukommen?«, fragte er unsicher.
Lehua warf einen Blick auf Eva. »Nein, nein, das ist schon in Ordnung«, versicherte sie und griff nach dem Krug. Sie füllte drei Gläser, reichte McClelland eines und verschwand.
Er fuhr sich nervös durch das Haar, dann berührte er den Rand seines Glases.
Wieder fragte sie sich, ob er eine Frau hatte. Wie so viele. Frauen und Geliebte überall auf der Welt verstreut, und wenn sie Glück hatten, erfuhren sie nie etwas voneinander.

Er nahm das leere Glas auf und stellte es wieder ab. »Ich war nicht in der Stadt«, fing er an. »Ich musste jemanden treffen.«
Sie fühlte plötzlich Übelkeit aufsteigen. Jetzt kommt es, dachte sie und setzte sich. Er wird mir erklären, dass er in jemanden verliebt ist. Oder, noch schlimmer, verheiratet.
Er zog einen Stuhl heran und setzte sich ihr gegenüber.
Sie blickte nicht auf. Stattdessen starrte sie seine Beine an, die nahe genug waren, um mit der Faust draufzuschlagen. Wie ging das Spiel noch? Die Faust war ein Ei und man schlug sie über dem Knie auf, und das Ei rann das Bein hinunter.
Ich halte das nicht aus, dachte sie und legte die Hand auf die Stuhlkante, um das Gleichgewicht wiederzufinden.
»Es ist mein Bruder«, sagte er.
Sie war unmittelbar, ganz egoistisch erleichtert. Es war keine Frau. Es war irgendetwas ganz anderes.
»Mein Bruder ist jünger als ich.« Er nahm ihre Hand und drehte sie um. »Stell dir vor«, sagte er, »dies wäre die Hand eines jungen Mannes. Er ist seinem Bruder nach Hawaii gefolgt, den ganzen weiten Weg von Edinburgh.« Er atmete tief.
Edinburgh, dachte sie, als sie das Wort in Silben zerlegte. Die Hühner unter dem Haus waren still, und die Uhr im Nebenzimmer schlug die Stunde. Sie wartete.
Endlich fuhr McClelland fort. »Er fuhr nach Hawaii, weil sein älterer Bruder nach Hause geschrieben hatte, wie herrlich es hier sei und wie sie beide gute Geschäfte machen könnten. Der ältere Bruder übertrieb natürlich, denn er vermisste seine Familie und hatte Heimweh. Er hatte keinerlei Recht, solche Sachen zu schreiben, denn der jüngere Bruder war noch viel zu jung, um sein Zuhause zu verlassen.« Er hob die Schultern. »Trotzdem ziehen Menschen nicht auf die andere Seite der Erde, wenn sie ein gutes Leben führen.«
Plötzlich stand er auf.

»Setz dich«, sagte Eva sanft, und er folgte ihren Worten.
»Du weißt das so gut wie jeder andere auch, Eva, entweder wird ein Mensch mit der Reiselust geboren oder nicht, manche empfinden diese Rastlosigkeit, der man nicht entkommt. So machte sich also der jüngere Bruder auf die lange Reise, und auch er liebte diese Insel, und die beiden Brüder arbeiteten hart. Einige Jahre ging alles gut, die beiden waren nicht reich, aber sie waren glücklich, dort zu sein, wo sie waren, und besser vorwärts zu kommen, als sie erwartet hatten.
Der Bruder liebte das Meer, er liebte es zu schwimmen und zu fischen. Er konnte auch auf eine Kokospalme klettern und mit der Machete die Kokosnüsse herunterschlagen. Er war immer kräftig und gelenkig. Als Junge konnte er rückwärts schneller laufen als die meisten vorwärts.«
Unwillkürlich nahm er Evas Hand. »Dann bekam der jüngere Bruder einen Fleck auf seinem Bein. Als guter Schotte nahm er ihn nicht zur Kenntnis. Und schließlich, was ist schon ein Fleck am Bein? Dann zeigte sich ein weiterer und noch einer. Er wollte den älteren Bruder nicht beunruhigen, denn der war so beschäftigt, dass er blind war für das, was sich vor seinen Augen abspielte.
Und dann wurden die Flecken schlimmer, wurden zu Geschwüren, und der Fuß bereitete ihm solche Schmerzen, dass er hinkte. Aber der ältere Bruder merkte immer noch nichts, er war ja so beschäftigt, denn das Geschäft ging schlecht. Die Gesetze hatten sich geändert, und auf Importware wurden die Steuern erhöht. Der jüngere Bruder machte sich Sorgen, denn er dachte, es sei seine Schuld, dass das Geschäft nicht mehr so floriere, er hielt es für seinen Fehler. So jung war er.«
Er sah erstaunt, dass er ihre Hand hielt.
»Und als der ältere Bruder endlich begriff, hatte er einen Fleck im Gesicht. Es gibt kein Schiff auf der Welt, das einen Jungen,

der so sichtbar Lepra hat, den langen Weg nach Schottland zurückbringt. Und es würde ihre Mutter umbringen, ihn so zu sehen.«

Er wandte sich zum Fenster. »Man nimmt an, er hat es sich von einer Tätowierung unten in Chinatown geholt. Dass er die Infektion von der Nadel bekommen hat. Wer weiß das schon?«

Eva dachte an Lehuas Mutter. »Er versteckt sich«, sagte sie.

Er nickte. »Ich habe ihn gerade an einen sichereren Platz gebracht. Ich will nicht, dass man ihn in die Leprakolonie nach Molokai schickt.«

»Es ist nicht deine Schuld«, sagte Eva leise.

»O doch. Es ist ganz und gar meine Schuld. Er war ein Kind, und ich versprach ihm ein Abenteuer. Das Schlimmste ist, dass er mir nichts vorwirft.«

Eva berührte seine Schulter, fühlte, wie er zitterte. »Er liebt dich.«

McClelland nickte und starrte auf den Boden.

»Wer sorgt für ihn?«

»Es gibt da Leute, die sich um ihn kümmern. Ich … tue ihnen diesen und jenen Gefallen.«

»Gefallen?«

Nervös schwenkte er die Hand. »Importe hauptsächlich.«

Jetzt verstand Eva. Gewehre. Er ist also auf Seiten der Royalisten, dachte sie. Nun, wer war das nicht? Edward zum Beispiel, zumindest bis der Wind wieder drehte.

Seine Augen irrten zum Fenster und wieder zurück, schnell wie die Schwingen eines Vogels. Er blickte ins Leere.

Eva sah die Bilder an den Wänden seines Hauses vor sich, der junge Mann mit den gleichen Augen wie McClelland. »Ist er Maler?«

»Ja, er malt Selbstporträts, und er malt die Frau, die ihn betreut. Das heißt, eigentlich betreuen sie sich gegenseitig. Er malt alles, was er zu Gesicht bekommt. Blumen«, sagte er und zeigte auf den Krug, den Lehua mit seinen Blumen gefüllt hatte. »Er liebt Farben. Und damit ist er nicht so einsam …« Seine Worte verloren sich.

Sie sah zu ihm auf und überlegte, ob es wohl die Traurigkeit sein mochte, in die Menschen sich verliebten, die Last, die bewirkte, dass man sich dem anderen zuwandte.

Er nahm sein Glas Tee auf und lachte verlegen. »Ich glaube fast, ich habe dir deine Arbeit abgenommen. Ich habe mein Schicksal selbst erzählt.«

»Das tun die meisten.«

Seine Hand war unsicher, als er das Glas abstellte, und sie ergriff seine beiden Hände und hielt sie fest, bis er ruhig wurde. So saßen sie ohne ein Wort, bis das Licht im Zimmer seltsam zu spielen begann, von Winkel zu Winkel sprang. Alles schien sich zu bewegen.

Ihre Großmutter sagte ihr immer, sie müsse die Wege ihres Herzens genau im Auge behalten. Und wo ist dein Herz jetzt? Mormor hatte manchmal etwas geflüstert, wenn sie hinten in einem der gemieteten Zimmer saßen und den verzweifelten Bemühungen der Mutter zuhörten, die das Überirdische erhaschen wollte, um es in ihren Geldbeutel zu stecken.

Genau hier, würde Eva zurückflüstern und gegen den Käfig, in den ihr Herz gesperrt war, klopfen. Denn das Herz ist nicht etwas, das man verlieren will.

»Ich stehe unter Beobachtung«, flüsterte Eva. »Durch einen Mann namens Rhodes und vielleicht noch andere.«

Er nickte. »Die Regierung hat ihr Auge auf vielen Leuten in der Stadt. Glücklicherweise stellen sie sich nicht sehr klug an.«

Er lehnte sich vor und küsste sie.

Sie erwiderte seinen Kuss. Es war, als segelten sie mit verbundenen Augen, wie die Seeleute vergangener Zeiten, die geglaubt

hatten, die Welt ende an einem Abgrund und ihre Schiffe würden einfach von der Erde herunterfallen.
Was geschah, wenn sie in die Arme einer Frau fielen? War das das Gleiche?
Sie führte ihn die Treppe hinauf, blickte auf den Lagerraum und spürte Jonathans Abwesenheit.
In ihrem Zimmer strich Eva über sein Hemd und knöpfte es auf. Sie zog es über seine Schultern und Arme. Er schloss die Augen, und sie spreizte die Finger über seinen Rippen.
Er schob die Hand unter ihr Mieder, und sie hob die Arme und fühlte die Seide über ihrem Gesicht.
Draußen schrie ein Vogel, der Wind erhob sich und rüttelte an den Fenstern. Irgendwo im Haus schlug eine Tür zu. Ein Blitz tauchte sie in plötzliches Licht, ließ ihre Haut weißblau erscheinen wie die Spitze einer Flamme.
An der Wand war sein Schatten zu sehen, doch als sie ihn zu sich hinunterzog, gab es keine Schatten mehr, ihr Mund spürte nur mehr das Salz in der Vertiefung über seinem Schlüsselbein.
Wer wäre jemals bereit, wenn das Glück erscheint?

Nur zwei Nächte nachdem die Royalisten die Gewehre im Sand des Waikiki-Strandes vergraben hatten, kehrten sie zurück und gruben sie wieder aus.
Die Männer waren angespannt, so als würden sie nicht die vergrabenen Kisten wieder aus dem feuchten Sand holen, sondern als wäre dies die Nacht des Angriffs, in der sie das Gewehr in der Hand durch Honolulu marschierten, um Schritt für Schritt ihr Land wieder zurückzugewinnen.
Sie luden die Holzkisten auf Wagen und häuften Waren darüber. Erneut machten sie sich auf den Weg nach Honolulu.
Am nächsten Morgen kamen Freiwillige zu den beiden Orten, die von den Royalistenführern bestimmt worden waren. Die Holzkisten wurden aufgebrochen und Gewehre ausgegeben. Immer neue Männer traten der royalistischen Sache bei, und am Nachmittag war die Menge auf das Doppelte angewachsen.
Die Stimmung war merkwürdig festlich. Ein Mann kam mit einem Hut aus Kokosfasern, der in Form einer Melone gewebt war. Ein anderer brachte nicht nur sein Jagdmesser, sondern auch seine Ukulele mit. Mit dem Messer zerschnitt er eine republikanische Flagge in Streifen und band sich einen um den Arm. Ein gutes Gefühl, wie ein erster Schritt.
Einige Männer ließen in ihren Reden die Zukunft so hell erstrahlen, dass sie kaum glaubhaft erschien, andere warfen sorgenvolle

Schatten über den Tag. Es gab Royalisten, die tatsächlich die Wiedereinsetzung der Monarchie ersehnten, andere waren Royalisten, weil sie einfach mehr Kapital unter einer Monarchie herausschlagen konnten.

16. Kapitel

McClelland verließ das Haus kurz vor der Dämmerung. Eva schloss die Tür hinter ihm ab und blieb lauschend in der Dunkelheit stehen. Da war das Surren von McClellands Fahrradschläuchen auf dem nassen Gras. Da war das Tropfen des Guavensaftes, der in der Küche in Töpfen aufgefangen wurde, um daraus Sirup herzustellen. Aber darüber hinaus spürte sie, dass jemand im Haus war. Sie ging hinauf zum Vorratsraum. Die Tür war unverschlossen, und im schwachen Licht konnte sie sehen, dass das Zimmer leer war.

Sie schlich wieder die Treppe hinunter, wie Malia eng an die Wand gepresst, um kein Geräusch zu machen. Das Wohnzimmer war verlassen. Am Fenster bauschte sich ein Vorhang im Wind.

Sie fand ihn in der Küche, wie er mitten zwischen den Musselinsäckchen mit Guavenmark stand, aus denen der Saft tropfte. Jonathan schien nicht überrascht, sie zu sehen. Eva bezweifelte, ob ihn überhaupt etwas überraschen konnte.

Jonathan deutete auf die Säckchen. »Die sehen aus wie Kuhblasen«, sagte er, und Eva lachte unwillkürlich.

»Warum sind Sie hier?«

Er antwortete nicht. Er reichte hinauf zu einem der Musselinsäckchen, strich mit den Fingern daran herunter, und der Saft sickerte unter dem Abdruck seiner Hand hervor.

»Haben Sie schon mal Sirup gemacht?«

Er hob die Schultern. »Ich habe es gesehen, aber nicht mit dieser Methode. Wo ist Lehua?«
»Sie schläft.«
»Sie muss nicht erfahren, dass ich hier bin.«

Am Morgen kochte sie den Guavensaft zu festem Sirup ein, goss ihn in saubere Gläser und verschloss sie mit Paraffin. Sie reihte die Gläser auf dem Fensterbrett auf, und die Sonne ließ sie aufleuchten wie Kirchenfensterglas.
Jonathans neuerliches Auftauchen beunruhigte sie. Irgendetwas würde bald geschehen, noch vor Monatsende, und sie musste Abstand dazu bekommen. Es war an der Zeit, das Jadestück zu verkaufen.
Sie sah aus dem Fenster. Vor dem Waisenhaus hüpften die Mädchen, die Beine in Jutesäcken steckend, wild bis zum Zaun, dann wandten sie sich um und hüpften zurück zum Haus.
Das merkwürdige Spiel geriet bald zum Kampf. Sie schubsten sich, stießen einander um, wobei immer die, die am lautesten schrie, am meisten in den Dreck gestoßen wurde.
Eva überlegte, ob sie so auch früher gespielt hatte, mit einer Wut, die zwischen zwei Zäunen eingeschlossen war. Wortlos rief sie den Mädchen zu, die Flucht zu ergreifen. Werft die Säcke ab und lauft nach Honolulu.
Sie wandte sich vom Fenster zu Lehua, die ihr das Spiel erklären sollte, doch Lehua hatte zu viel Opium geraucht, lag jetzt auf einer Matte und konnte nicht in die Wirklichkeit geholt werden.
Sie hockte sich neben sie und berührte ihr Gesicht. »Komm, ich wasche dir die Haare.«
Lehua schüttelte den Kopf und drehte sich zur Wand. Eva massierte ihr den Rücken, und Lehua war schwer wie eine Katze, die sich nicht bewegen will. Eva breitete ein dünnes Laken über sie und ging wieder ans Fenster.

Die Beine der Mädchen zuckten unter den Jutesäcken, wie ein Sack voller kleiner Kätzchen, die ertränkt werden sollen. Wenn Kinder der Maßstab für einen Ort sind, dann, dachte Eva, war diese Insel wirklich verrückt.

Merkwürdiges Verhalten war in Honolulu zur Regel geworden. Vor einigen Tagen hatte ein Junge einen so großen Fisch an der Angel, dass er ins Wasser und dann bis in die Mitte der Bucht gezogen worden war, und das war das Letzte, was man von ihm gesehen hatte. Er hätte die Angel einfach loslassen können.

Sie sagte, sie wollte zum Juwelier in der Beretania Street gehen, doch Lehua war jenseits davon, etwas zu hören oder sich Sorgen zu machen. Sie lag ausgestreckt auf der *punee*, die Finger ineinander verschränkt, so wie ein Leichenbestatter einen Körper zurechtlegen würde.

»Lehua«, flüsterte sie. »Ich gehe jetzt.« Lehuas Lider flatterten. Eva löste vorsichtig ihre Finger und schlüpfte aus dem Haus.

Eine kleine Klingel läutete, als Eva die Tür öffnete. Der Juwelier war mit einer Missionarsfrau beschäftigt, die sich über den Tresen beugte. Sie war blass und dünn, so wie die meisten Missionarsfrauen, das genaue Gegenteil zu den Hawaiianerinnen, die von majestätischer Sinnlichkeit waren.

Die Frau zeigte dem Juwelier das blasse Haar ihrer verstorbenen Schwester und fragte, was aus dem langen Haarzopf gemacht werden könne.

»Ein wunderbares Halsband«, schlug der Juwelier vor. »Lang, mit kompliziertem Flechtwerk. Es wird so elegant aussehen wie ein Collier von Opernperlen.«

»Oh, reicht das Haar dafür aus?«, fragte die Frau aufgeregt.

Eva zog sich ganz in die andere Ecke des Ladens zurück. Sie dachte an ihren eigenen Kinderzopf und daran, wie ihre Mutter eines Tages ihr sorgfältig die Haare mit der besten Seife wusch,

sie mit Kamillenwasser spülte und mit großer Schleife in einen Zopf band.
Sie gingen durch Oslo bis zu einem Laden, wo man einen Preis aushandelte. Eva hörte nicht genau hin. Ihre Mutter handelte ständig, um den Preis eines Schnitzels, eines Paars Schuhe. Ohne Vorwarnung ergriff ihre Mutter plötzlich Evas Zopf, und der Verkäufer schnitt ihn ab. Eva war völlig schockiert, als wäre ihr ein Arm oder ein Bein abgenommen worden.
Die Frau drehte sich zu ihr um. »Es ist für meine Mutter«, sagte sie zu Eva. »Dürfte ich Sie um Ihre Meinung fragen?«
Eva starrte den langen Zopf an. Was wäre noch zu ertragen? »Eine kleine Brosche«, gab Eva ihr zur Antwort, »eine sehr kleine Brosche.«
Der Juwelier runzelte die Stirn, die Frau wandte sich ab. Es blieb beim Halsband.
Als die Frau den Laden verlassen hatte, drohte der Juwelier Eva mit dem Finger. »Sie könnten mir mein Geschäft ruinieren, Eva«, schalt er. »Die langen Strähnen verlangen mehr Zeit und bringen weit mehr als eine Brosche. Und was sie da hatte, war direkt ein Pferdeschweif. Da verbieten sie *leis*, und gleichzeitig wollen sie so etwas. Wer soll diese Leute verstehen, eh?«, sagte er, und beide lachten. Das Lachen von Menschen im gleichen Geschäft.
Eva zeigte ihm das Jadestück, und er schlug wieder vor, sie sollten es in San Francisco verkaufen. »Wie ich schon sagte, ein Schmuckstück von diesem Wert ist sicher bekannt. Bisher hatten Sie es doch nicht so eilig. Warum jetzt auf einmal?«
Wenn er ahnte, wie dringlich es ihr war, würde sie nicht halb so viel bekommen. »Ich könnte das Geld einfach jetzt gut gebrauchen.«
Er nickte, glaubte ihr aber offensichtlich nicht.
»Ich wollte noch etwas anderes fragen, wobei Sie mir vielleicht helfen können. Wenn ich die Identität von jemandem herausfin-

den will, ohne die Polizei zu fragen, an wen könnte ich mich wenden?«
Er sah sie genau an, als ob er über den Preis eines Schmuckstücks nachdachte. Als er auf einer Vitrine einen Fleck bemerkte, polierte er das Glas sorgfältig. »Es gibt keinen Grund, sich Unannehmlichkeiten auf den Hals zu hetzen«, sagte er. »In diesen Zeiten stellt man besser keine Fragen.«
»Warum nicht?«
»Sie erinnern sich doch noch an die Zeit kurz nach Ihrer Ankunft hier, als man Royalisten beim Waffenschmuggeln erwischte?«
Eva nickte.
»Nun, gestern hörte ich die gleichen Gerüchte, wie sie schon letzten Herbst in Umlauf waren.«
Jonathan, dachte Eva. Deshalb war er da.
»Ich glaube, es ist besser, wenn man Sie nicht mehr hierher kommen sieht. Ich werde mich mit Ihnen in Verbindung setzen, wenn ich einen Käufer habe.«
Sie wusste, worum es ging. Er wollte keine Spur, die zu ihm führte.
Eva wartete.
Endlich blickte er auf und schüttelte den Kopf. »Sie sind so eigensinnig. Also gut, gehen Sie zu Kaina.«
»Kaina?«
»Sie wissen, wer er ist, der Barkeeper im Amerikanischen Club.«
»Er arbeitet für die Amerikaner?«
Er zuckte die Achseln. »Ja, er arbeitet für sie. Wer tut das nicht dieser Tage? Aber er ist trotzdem einer von uns«, fügte er hinzu. Seine Augen glitten wie Schiffe an ihr vorbei.

Jede politische Bewegung hat ihren Judas, die Schlange, die bewegungslos im Mittelpunkt des besten Planes lauert. Für die Royalisten zeigte sich der Judas genau einige Stunden vor ihrem Angriff auf die Republik.

Der Mann wechselte die Seiten und warnte die Republik vor dem unmittelbar bevorstehenden Angriff.

Die Antwort erfolgte augenblicklich. Eine Gruppe republikanischer Soldaten und Politiker sammelte sich, empört und aufgeregt zugleich, dass ihre neue Regierung nun des Schutzes bedurfte. Sie zählten ihre neuen Gewehre und gaben Munition aus. Männer kletterten auf Wagen, andere bestiegen ihre Pferde. Und so umstellten sie das Haus des Royalistenführers. Auf ein Zeichen hin eröffneten sie das Feuer.

Im Hausinneren brach Verwirrung aus, Schreie tönten durcheinander, bis aus den Fenstern das Feuer erwidert wurde.

Da sie zahlenmäßig völlig unterlegen waren, mussten die Royalisten bald in das trockene Unterholz des Diamond Head fliehen, eine unwirtliche Gegend, deren steile Hänge sich zu einem Kessel neigten. Die Hawaiianer kannten das Terrain und waren sehr wendig, aber die Soldaten hatten Kanonen und nahmen die gesamte Flanke des Berges unter Feuer, wobei der Beschuss ganze Krater in die Felsen riss.

Die Scharfschützen der Regierung leisteten ganze Arbeit, sie schos-

sen auf Royalisten, die nicht schnell genug waren, aber sie schossen auch auf solche, die ihre Hemden schwenkten, um sich zu ergeben. Die, die nicht getroffen wurden, zerstreuten sich über die Hänge und flüchteten in das nächste Tal.
Auf jeden Royalisten kamen zwanzig Regierungssoldaten, jeder von ihnen war mit einem neuen Gewehr, Stiefeln und Wasserflasche am Gürtel ausgerüstet. Einige der Royalisten waren barfuß, und alle waren sie hungrig.

17. Kapitel

Vor ihnen lagen alle Schattierungen von Grün, die es überhaupt gab. Das Gelbgrün des Bambus, das verwesende Grün einer alten Hütte, das junge Grün der Bananenblätter, das dunkle Gras, das Versteck der Mungos, das Chartreuse des *kukui*-Baums, das Grün von McClellands Augen, das Rosagrün der reifenden Mango, das durchscheinende Grün des Meeres, das helle grüne Licht, das vor Sonnenaufgang aufblitzte.

Vor ihnen ragte ein grüner *ohia*-Baum auf, dessen Grün so alt erschien, dass es Eva so vorkam, als sei dies die erste Farbe auf Erden gewesen. Sie dachte an die erste Frau, die vielleicht diesen Baum gesehen hatte, eine Polynesierin, die irgendwoher aus dem Dreieck von Tonga, Samoa und den Marquesa-Inseln nach Hawaii gekommen war. Eine Frau, die genau hier vorbeigegangen und stehen geblieben war, um ein *ohia*-Blatt zu pflücken, um es zwischen ihren Fingern zu grünem Staub zu zerreiben.

Eva und McClelland bewegten sich leise, ohne Worte. Wegen der gestrigen Kämpfe zwischen Royalisten und Regierungstruppen musste ein Mann, der allein in den Bergen unterwegs war, auf jeden Fall verdächtig erscheinen. Doch ein Mann und eine Frau konnten vorgeben, zu einem Picknick unterwegs zu sein, sie konnten vorgeben, nichts von den Kämpfen zu wissen, am Ende hatten sie auch die Soldatenhaufen, die durch Honolulu schwärmten, nicht bemerkt.

Gestern war Eva vom Juwelier kommend gerade um eine Ecke gebogen. Auf der Straße patrouillierten Soldaten der Regierung, klopften an Haustüren und trugen ihre Waffen schussbereit.
Ein Mann flüsterte ihr zu, dass es Kämpfe gegeben hatte zwischen den Soldaten und den Royalisten.
»Wo sind die Royalisten jetzt?«, fragte Eva.
»In den Bergen Richtung Diamond Head. Die Regierung hat die Scharfschützen geschickt. Damit sie sie wie Ziegen abknallen können.«
Ein Wagen mit Soldaten raste vorbei, irgendwo fiel ein Schuss, und Eva rannte zurück zum Laden des Juweliers. Die Tür war verriegelt, das »Geschlossen«-Schild schwankte noch am Haken.
Sie schlich sich durch Nebenstraßen und Gassen, verbarg sich, sobald sich Soldaten näherten. Erst nach einer Stunde erreichte sie ihr Haus.
Und heute ging sie das Risiko ein, in die Berge zu gehen, um McClellands Bruder Ethan Lebensmittel zu bringen. Ein passender Zeitpunkt, dachte Eva, die eigene geistige Gesundheit infrage zu stellen. Da von der Regierung Straßensperren errichtet und Ausgehverbote erlassen wurden, fürchtete McClelland, bald nicht mehr seinen Bruder sehen oder ihm Vorräte bringen zu können.
Auf dem Weg machte sich McClelland Vorwürfe, nicht rechtzeitig geahnt zu haben, dass so etwas passieren würde. Längst hätte er seinem Bruder Lebensmittel heraufbringen müssen.
Er wusste also von dem Angriff, dachte Eva.
Sie wanderten durch den dunstigen Nachmittag, die Kokospalmen und die Affenbrotbäume filterten grüne Schatten auf die Straße, und der süße Duft des Ingwers war schwer genug, eine Biene in einen Narren zu verwandeln.
Kinder spielten in einem Bach neben dem Weg. Ihre Haut schim-

merte wie Honig und polierte Kokosnuss und frisch gepflügte Erde. Eva brauchte einen Moment, um den Unterschied zwischen ihnen und den Mädchen im Waisenhaus zu erkennen. Sie waren unbeschwert.

Die Hitze strich wie eine feuchte Hand über ihre Körper, McClellands Augen waren von grüner Hitze erfüllt, und Eva pflückte eine Blüte und steckte sie ihm ins Knopfloch. Würde es ihr je möglich sein, einen Menschen zu trennen von dem Ort, an dem sie ihn kennen gelernt hatte?

Ihre Stimmung wurde abrupt unterbrochen, als sie eine Gruppe Soldaten um eine alte Frau entdeckten, die sichtlich nicht verstand, was man von ihr wollte.

»Jetzt geht es los«, sagte McClelland leise. Er lächelte und rief Hallo, doch die Soldaten ignorierten seinen Gruß.

Die Frau sah Eva hilflos an.

Eva wandte sich an die Soldaten. »Sie ist eine alte Frau. Sie kann offensichtlich kein Englisch.«

Das war ein Fehler. Jetzt richtete sich die Aufmerksamkeit der Soldaten auf Eva.

»Warum lassen Sie sie nicht einfach gehen?«, fragte sie. »Sie tut nichts Böses.«

Ein Soldat hob ungeduldig die Schultern. »Na, und was tut ihr beiden denn hier oben?«

»Wir machen ein Picknick«, sagte Eva und legte ihren Arm in McClellands.

»Wisst ihr denn nicht, was in Honolulu los ist?«

»Ist denn etwas los?«, fragte Eva. Der Soldat rollte die Augen zum Himmel und wandte sich wieder der alten Frau zu.

McClelland zog ein Päckchen Zigaretten hervor und bot sie den Soldaten an. »Gut gegen die Moskitos.«

»Was?«

»Der Rauch. Er verscheucht die Moskitos.« Ein Soldat stellte sein

Gewehr auf den Boden, zündete eine Zigarette an und nahm dann das Päckchen.
Eva machte eine Handbewegung zu der alten Frau, die sich langsam davonschlich. Im nächsten Augenblick hatte sie sich umgedreht und rannte weg.
Die Soldaten lachten hinter ihr her.
Sie forderten McClelland auf, alles aus seinem Rucksack zu nehmen und auf dem Gras auszubreiten.
Zeichenblock und Farben. Essen.
Ein Soldat öffnete ein Farbtöpfchen und roch daran. Er verzog das Gesicht. Die Soldaten wandten sich um und berieten untereinander. McClelland behielt sein Lächeln, doch Eva fühlte einen nervösen Schauder über den Rücken laufen.
Die Bandagen waren schwerer zu erklären.
»Frauensachen«, fiel Eva ein, und der junge Soldat errötete und sagte ihnen schnell, sie sollten ihre Wanderung fortsetzen.
»Frauensachen«, lachte McClelland, als sie außer Hörweite waren. »Das ist gut!«
Die Straße wurde steiler, schlängelte sich aufwärts zu den scharfen Felsen. Rund um sich sah Eva nichts als Verfall. Verlassene Hütten ohne Dächer, kahle *taro*-Felder, von Unkraut überwuchertes Weideland, wo eine ausgehungerte Kuh graste, auf deren knochigem Rückgrat zwei weiße Vögel hockten. Eine Papayafarm, um die sich niemand kümmerte. Sie sprangen über einen Graben mit den Gebeinen eines Wasserbüffels, die an einen Bootsrumpf denken ließen.
Auf Oahu gab es Pocken, Geschlechtskrankheiten und was immer sonst die Schiffe aus der restlichen Welt mitbrachten. Vor weniger als hundert Jahren hatte es noch zweihundertfünfzigtausend Hawaiianer gegeben, heute waren es weniger als sechzigtausend. Es wurde sogar behauptet, es seien nur vierzigtausend. Wo immer man sich auf der Insel hinwandte, es war wie ein Friedhof.

Es war schwer, sich eine Zukunft vorzustellen, wenn es so wenig in der Gegenwart gab.
Die nassen Zweige filterten das Licht wie buntes Glas, und in der Hoffnung, einen Strahl Sonne zu ergattern, reckte sich der *ti*-Baum in die Höhe, ein zerfledderter Federbusch. Niedrige Steinmauern schnitten durch den Wald und verschwanden im Niemandsland. Es herrschte der Glaube, die Mauern stammten von *menehunes*, Elfen, die in den Bergen lebten und nur bei Nacht hervorkamen, Mauern und Fischteiche bauten und Streiche spielten. Die *menehunes* waren scheu und verbargen sich vor den Menschen. Wer konnte es ihnen in Zeiten wie diesen verdenken?
Eva war immer noch unruhig, aber McClelland überzeugte sie, dass die Soldaten viel zu faul waren, so weit in die Berge zu marschieren.
Gleich darauf waren sie auf einer kleinen Lichtung mit einem bescheidenen Haus und einer Regentonne. Der süße Geruch verfaulter Guaven lag in der Luft. McClelland pfiff, zweimal hoch und einmal tief.
Ein etwa siebzehnjähriger junger Mann trat auf die kleine *lanai*. Er trug ein langärmeliges *palaka*-Hemd, lange Hosen und hatte McClellands Lächeln. Er nickte scheu in Evas Richtung, dann lief er zu McClelland.
So jung, dachte Eva, und der Hals wurde ihr eng. Die Lepra war an seinen Händen und entlang der einen Seite des Kinns deutlich sichtbar, und er versuchte diese Seite des Gesichtes abzuwenden.
Eva ging rasch auf ihn zu. Sie nahm seine zerstörte Hand und begrüßte ihn.
Eine alte Frau trat aus den Schatten und begrüßte McClelland mit leiser Stimme. Er beugte sich hinunter, um sie zu umarmen, und erzählte ihr von den Soldaten und der Straßensperre.
Dann wandte er sich um und stellte Eva vor.

Ethans Hütte bestand nur aus einem Raum, der durch einen groben Vorhang geteilt war. An die Wände waren Zeichnungen und Malereien geheftet. Viele stellten die alte Frau dar, die Nahi hieß. Einige Skizzen zeigten sie mit einem Lächeln, von Bäumen umgeben. Andere stellten McClelland dar, wieder andere waren Selbstporträts. Eva betrachtete die Selbstporträts eingehend. Es war klar zu sehen, dass Ethan sich darin mit seiner Krankheit auseinander setzte, er malte sie so, wie sie in seinem Gesicht zu sehen war.
Nahi brachte ihnen gesüßtes Regenwasser mit Zitrone in den gleichen geschliffenen Gläsern, die auch McClelland besaß.
»Den ganzen Weg von Schottland haben diese Gläser überstanden.« McClelland hob sein Glas, und das Licht tanzte darin in Kreisen.
Ethan lachte kopfschüttelnd und sagte etwas auf Hawaiianisch zu Nahi, die lächelte. Er erklärte Eva, sie dürfe niemals den Worten seines Bruders glauben. Er nannte ihn Loftus, ein Kosename aus der Kindheit.
»Hat er dir seinen wirklichen Namen gesagt?«, fragte Ethan.
»Nein, aber ich habe ihm meinen auch nicht gesagt.«
McClelland öffnete den Rucksack und legte jedes Stück einzeln auf die hölzernen Stufen. Eine Flasche Milch. Ein neues Hemd. Ein hawaiisches Mühlespiel. Ethan freute sich über jedes Geschenk, am meisten aber über eine Flasche mit Tusche und japanische Pinsel. Er sprang auf und sagte, er müsste sie alle drei malen, und zwar sofort. Die alte Frau seufzte lachend, sie brauche nicht noch ein Bild, aber Ethan war bereits im Haus verschwunden, um Papier zu holen.
Er befestigte eine seltsame Konstruktion an seiner Hand, die ihm erlaubte, den Pinsel zu halten. Sie setzten sich nebeneinander. Ethan machte mehrere Tuschzeichnungen von ihnen. Er arbeitete schnell, und seine Striche waren fest und sicher. Ethan wollte

ihnen die Zeichnungen nicht zeigen. Er sagte, sie müssten wiederkommen, dann wäre ein richtiges Bild fertig.

Am späten Nachmittag nahm McClelland seinen Rucksack auf, und Ethan konnte seine Enttäuschung nicht verbergen.

»Bleibst du nicht länger?«, fragte er.

»Wir müssen gehen, bevor es zu dunkel ist, um den Berg hinunterzusteigen.«

»Aber es ist doch noch hell.«

»Sie suchen nach Royalisten, Ethan. Und es ist ein langer Weg«, setzte er begütigend hinzu. »Ich will dich nicht ermüden.«

»Nein, es geht mir doch gut. Wirklich.«

McClelland zog den Bruder an sich, seine Hände strichen unbewusst über sein Gesicht.

Nahi winkte ihnen von der Tür aus zu, dann nahm sie Ethans Arm und führte ihn wieder hinein.

Auf ihrem Weg bergab machte sich Eva Sorgen, sie könnten dieselben Soldaten wieder treffen. Wie sollten sie den leeren Rucksack erklären? Eva pflückte Guaven, um ihn zu füllen, doch die Soldaten waren nicht mehr da.

Sie sprachen nicht über Ethan. Es ist einfacher, über das zu schweigen, was nicht zu ändern ist.

Es war dunkel, als sie McClellands Haus erreichten. Er wärmte Wasser für ein Bad. Eva ließ ihre Kleider zu Boden gleiten, stieg in die Zinnwanne und massierte ihre schmerzenden Füße. Er goss Wasser aus einem Krug über sie, und die Wärme lief zwischen ihren Brüsten und über ihren Bauch wie ein kleiner Wasserfall herunter. Er goss Wasser über ihre Finger, über ihre Hände. Dann wickelte er sie in ein Tuch, das rau auf ihrer Haut war.

McClelland entrollte eine schöne japanische Steppdecke. Er schüttelte sie in der Luft aus, Wogen von Flammen, Mohnblumen und Vögeln.

Sie schlüpften unter die Decke. Eva zog ihn auf sich, sie wollte sein Gewicht spüren, das Gewicht des Lebens, als ob sie dadurch verhindern könnte, dass alles um sie zu verschwinden schien.

Das Leben ändert sich innerhalb eines Augenblicks, das ist es, was die Vergangenheit lehrt.
Ein Pferdewagen klapperte den Zufahrtsweg zu Königin Lili'uokalanis Haus hinauf und hielt nahe den Stufen der *lanai*. Regierungssoldaten strömten aus dem Wagen, wandten sich schnell dem Tor zu und drückten in kurzen Stößen auf die Klingel.
Als ein Mädchen die Tür öffnete, war von den Soldaten kein Gruß zu hören.
Lili'uokalani stand wartend in der Halle.
Ein schmächtiger Soldat betrat das Haus ohne Einladung, ging um das Mädchen herum, als wäre sie ein Möbelstück. Er hielt ein Dokument hoch, das feucht von seinen schweißbedeckten Händen war. Er begann das Dokument herunterzulesen. Er war jung, er war nervös, und er stand so nah bei der Königin, dass sein Schweiß auf ihren Rock fiel, ganz gleichmäßig wie ein Metronom.
Als er es bemerkte, wurde er rot, trat einen Schritt zurück und fuhr fort zu lesen.
Als er zu dem Teil kam, in dem es hieß, Lili'uokalani habe gegen die Republik Hawaii Hochverrat begangen, zitterte seine Stimme, und die Worte vermischten sich mit Tinte und Schweiß. Er kannte die Worte bereits auswendig, denn er sah sich selbst bereits als Handelnder in einem historisch bedeutsamen Geschehen.
Der Soldat teilte ihr mit, sie habe sich in den Iolani Palast zu begeben, ihren eigenen Palast. Die Fahrt dorthin war eine Frage von Minuten, doch es schien wie ein ganzes Leben. Der Soldat,

der ihr gegenübersaß, hielt ein Gewehr und schien bereit, es zu verwenden.
Seit ihrer erzwungenen Abdankung hatte Lili'uokalani den Iolani Palast nicht betreten dürfen, und sie war erschüttert, ihn so verfallen zu sehen. Die Räume waren leer, nichts stand mehr da, sogar die goldenen Spiegel, die in die *koa*-Holzwände eingelassen waren, hatte man gestohlen. Löcher gähnten in den Wänden, wo die Spiegel mit großen Messern herausgeschnitten worden waren. Die hohen Federn *kahilis* waren verschwunden. Nur die großen Türen, deren Glas mit weiblichen Figuren dekoriert waren, schienen unversehrt.
Sie boten Lili'uokalani einen Stuhl an, doch sie blieb stehen.
Im Thronraum wurde sie von der Republik Hawaii offiziell des Hochverrats angeklagt. Die Soldaten führten sie die breiten Treppen hinauf zu einem kleinen Zimmer im Seitenflügel. Sie erklärten der Königin, dies wäre ihr künftiger Aufenthaltsort.
Nachdem die Tür geschlossen und versperrt war, nahm sie ihren Hut und den langen schwarzen Schleier ab. Sie strich mit dem Finger über das staubige Fensterbrett, dann nahm sie ihren Diamantring ab und mit unsicherer Hand kratzte sie das Datum in das Glas: 16. Januar 1895.

18. Kapitel

Am nächsten Morgen kochte McClelland Kaffee, während Eva die Guaven aus ihrem Rucksack holte, eine nach der anderen auf den Küchentisch legte, mehr, als sie essen konnten. Eva lachte und versprach Guavensirup zu machen.

Ein Nachbar klopfte an der Eingangstür, nahm aber McClellands freundliche Einladung einzutreten nicht an, sondern zog McClelland nach draußen. Sie gingen hinüber zum *koa*-Baum und sprachen leise miteinander.

Eva nahm einen Schluck Kaffee und sah aus dem Fenster. Der Mann wurde wütend, gestikulierte wild herum. McClelland klopfte ihm beruhigend auf die Schulter und kam wieder ins Haus.

Eva setzte sich schnell.

McClelland kam kopfschüttelnd in die Küche. »Du wirst es nicht glauben, Eva. Mein Nachbar erzählt mir, dass die republikanischen Soldaten gerade Königin Lili'uokalani gefangen gesetzt haben.«

Manche Gerüchte konnte man leicht ignorieren, andere sind dagegen so klar wie ein Messer im Kreuz. So sehr Eva wünschte, das einfach nicht zu glauben, so wusste sie doch, dass es wahr war. Sie lehnte sich gegen den Tisch, der Magen zog sich ihr zusammen.

»Was ist mit dir, Eva?«

Sie stand auf, ergriff schnell ihren Umhang und ging zur Tür.
»Warte doch.«
Sie schüttelte den Kopf. »Ich muss das selbst sehen.«
»Warte einen Moment. Ich komme mit dir.«
»Nein«, sagte Eva und dachte an Ethan. »Es ist besser, wenn du das nicht tust.«
Sie lief aus dem Haus und schloss sich einer Menschenmenge an, die auf den Palast zulief, inmitten von wild ausufernden Gerüchten. Sie lief an einer Frau vorbei, die mit ihrem *lauhala*-Fächer die Luft bewegte und die Füße in einem Eimer Wasser hatte, hinter ihr schwang ein alter Mann seine Machete in einem Brotfruchtbaum. Sie ging an den geschlossenen Zeitungsbüros vorbei, an den Politikeraugen in den Auslagen der Photographenläden.
Eine Menschenmenge umstand das Haus der Königin. Eva sah, dass Soldaten über den Privatbesitz der Königin ausschwärmten wie eine Invasion Krabben. Sie warfen Gegenstände auf den Rasen vor dem Haus, auf der Suche nach Dokumenten.
Eva drängelte sich durch die Menge und gelangte zu einem Berg von Papieren und Büchern, die auf den Rasen gekippt waren. Ein Soldat betrachtete sie aufmerksam, und sie begriff, dass sie sich zu nah den Papieren befand und zu weit von der Straße. Langsam trat sie den Rückweg an, seine Augen folgten ihr. Unnötiges Aufsehen konnte ihr nur schaden.
Soldaten gruben die Blumenbeete um, die sich über die Länge des Grundstückes erstreckten. Sie zertrampelten die Blumen, brachen Gardenienbüsche und *lilikoi*-Reben aus dem Boden heraus. Die Erdhügel wuchsen an, und Schweiß durchtränkte die Hemden der Soldaten. Sie schnitten Obstbäume um und rissen die großen Farne mit den Wurzeln aus. Einer der Soldaten drehte jede der Topfpflanzen von Lili'uokalanis *lanai* um und hinterließ einen Haufen Scherben und Erde.
Erschüttert standen die Menschen herum, ihre Angst verdichtete

die Luft. Eine Frau, die ganz vorne in der Menge stand, schluchzte lautlos, und Eva legte den Arm um sie, aber die Frau schüttelte ihn ab, als sie sah, dass Eva *haole* war.
Ein junger Soldat, der den Rasen umstach, stieß mit seiner Schaufel gegen etwas Hartes. Er stieß einen leisen Schrei der Zufriedenheit aus, und im nächsten Moment umringte ihn eine Menschenmenge.
Aus dem Erdloch wurde eine Holzkiste gehoben und sorgfältig abgekehrt.
Der Captain wurde aus dem Haus gerufen. Ein Soldat machte sich auf die Suche nach einem Stemmeisen, während der Captain vor der Kiste hin und her schritt. Die Menge wartete schweigend. Als man ihm das Stemmeisen reichte, hielt der Captain es demonstrativ hoch und brach dann die Kiste auf. In geölte Lumpen gewickelt, lagen Gewehre darin. Der Captain zeigte ein Gewehr herum.
Eva hatte das Bild schon gesehen, Lili'uokalani von Holzkisten umgeben. Sie dachte an den verschlossenen Lagerraum zu Hause, an Jonathan, der nachts kam und ging.
Jetzt wurde die Stimmung der Menge aggressiv, Flüche gegen die Soldaten waren zu hören. Hätte die Königin ihr Volk nicht immer beschworen, ruhig zu bleiben und sich als Christen zu benehmen, ein Tollhaus wäre entstanden.
Zeitungsreporter drängten sich durch die Menge, stellten Fragen und schrieben ihre eigenen Antworten nieder. Die wahren Neuigkeiten in Hawaii erreichten die Welt da draußen nur selten, es blieb bei Gerüchten und Tratsch. Kamen Journalisten nach Hawaii, so waren sie erstaunt, dass die Königin überhaupt englisch sprach. Sie erwarteten eine Frau mit einem Knochen durch die Nase und nicht eine gläubige Christin, der das Wohlergehen und die Bildung ihres Volkes am Herzen lag.
In dem Getümmel waren die Taschendiebe bereits eifrig an der Arbeit.

Ein Soldat schrie, dass er eine Granate gefunden habe. Ein Mann neben Eva murmelte, die Amerikaner konnten, wenn es ihnen so passte, auch eine Folterkammer finden. Warum sich bei einer Granate aufhalten?

Die Menge bewegte sich wie eine Seeanemone, sich ausdehnend oder schrumpfend, je nach den Neuigkeiten. Es war wie ein Albtraum am helllichten Tag. Allein hier zu sein war schon ein Unglück. Wenn jemand sie anrempelte, schaute Eva nicht mehr hin, wer es war, sie stieß einfach zurück.

Am Rand der aufrührerischen Menge stand ein Missionar auf einer Kiste und schrie aus vollem Hals, die Königin sei gottlos und das seien auch alle, die ihr folgten.

»Die Hawaiianer müssen Gott folgen«, schrie er aufgeregt. »Das wahre Königreich ist über uns, nicht vor uns.« Er zeigte auf die Kisten mit den Gewehren. »Und das Ende des Jahrhunderts wird auch das Ende der Welt sein.«

Eva bahnte sich einen Weg durch die Menge, und als sie an den Missionar herankam, gab sie der Kiste, auf der er stand, einen kräftigen Tritt. Kräftig genug, dass er das Gleichgewicht verlor und in den Matsch der Straße fiel.

Verfolgt von den republikanischen Soldaten, schleppten sich die Royalisten, die nicht gefangen genommen worden waren, über die Insel bis auf den Gipfel des Pali. An dem steilen Abfall auf der dem Wind zugekehrten Seite der Insel machten sie Halt. Der Abgrund war so tief, dass er ihnen den Atem raubte.
Genau unter ihnen in den windzerklüfteten Felsen waren Gebeine zu sehen. Hier hatte der Kampf zwischen Kamehameha dem Großen und dem König von Oahu stattgefunden. Und Kamehameha hatte die Entscheidungsschlacht gewonnen und die Inseln vereinigt.
All diese tapferen Krieger, die Männer, die von den Felsen gestoßen wurden, nur um von dem Sturm, der hier wehte, wieder zurückgeschleudert zu werden.
Was bedeutete es für die Lebenden, wenn die Toten wieder auftauchten? Man konnte einen Menschen töten, aber wie war es möglich, seinen Geist zu töten? Man musste warten, bis man selbst tot war.
Es war eine kurze Herrscherperiode gewesen von Kamehameha dem Großen bis heute. Von König Kamehameha zu Liholiho, Kauikeaouli, zu Alexander Liholiho, zu Lot Kamehameha, zu Lunalilo, zu Kalakaua und schließlich zu Lili'uokalani, alle in weniger als hundert Jahren. Die Anfänge waren noch sichtbar, in den Gebeinen dieser Krieger, die gegen die Felsen geschleudert und vom

Wind zersplittert waren. Die Gebeine hatten fast hundert Jahre hier gelegen und waren nun so weiß gebleicht wie der Kragen eines Missionars.

19. Kapitel

Während der Ebbe zog sich das Meer zurück und gab den Untergrund der Stadt frei, Schlamm und Abfall. Eva suchte sich ihren Weg durch die stinkenden Fischköpfe, leere Whiskeyflaschen, Hummerschalen, Uringestank und einem zertrampelten Strohhut mit einst farbigem Band.

Gestern hatte man die Königin gefangen gesetzt, doch heute ging es in Honolulu zu, als wäre nichts Außergewöhnliches geschehen. Die Straßenbahnen fuhren, die Saloons waren voll von Matrosen, Musik und Raufereien. Auf den Straßen, auf *lauhala*-Matten, die über den Schlamm und Schmutz gebreitet waren, türmten sich gemusterte Muscheln, Kinderspielzeug, Bibeln und Opiumpfeifen. Alle wollten Geschäfte machen. Die Stoffhändler, die Kirchen, die Wettbüros und die Prostituierten.

Barfüßige Kinder marschierten hinter den patrouillierenden Soldaten her. Sie trugen angespitzte Stöcke und überreife Brotfrüchte, die für sie Gewehre und Handgranaten darstellten und die sie den Patrouillen nachwarfen. Die Soldaten, die sich ab und zu umdrehten und ein zappelndes Kind am Schlafittchen packten, wussten nie, ob sie wirklich den Schuldigen erwischt hatten.

Eva kam um die Ecke zum Laden des Photographen. In der Auslage starrten staubige Gesichter aus billigen Rahmen ins Nichts. Nur Politiker und Bräute waren in Honolulu bereit, ihr Abbild

auf Papier zu bannen. Eva starrte in das Schaufenster und tat so, als interessiere sie sich unendlich für ein verblichenes Photo von *haole*-Männern im Badekostüm.
Gleich neben dem Photographen lag der Amerikanische Club, der Platz, den der Juwelier Eva genannt hatte, sollte sie weitere Erkundigungen über den toten Mann einholen wollen. Kaina, der Mann, der dort als Barkeeper arbeitete, war als ehrlich bekannt und, wie Eva dachte, wohl derzeit der Einzige dieser Art in Honolulu.
Sie stieß die Tür auf und trat in den langen, dunklen Raum. Nachtclubs waren unter Tag trostlose Aufenthaltsorte, in denen die Missgriffe der letzten Nacht noch in der Luft lagen.
Kaina spülte Gläser hinter der Bar. Er war groß, stark genug, um betrunkene Seeleute auseinander zu bringen und vor die Tür zu setzen. Aber normalerweise genügte es schon, wenn er Krawallmachern die große, schwere Hand auf die Schulter legte, um sie zum Gehen zu bewegen.
Als er Eva sah, warf er einen Blick auf die Eingangstür.
Er passt auf, ob mir jemand folgt, dachte Eva.

Er wies mit einem Nicken auf einen Stuhl, trocknete sich die Hände an der Schürze und trat hinter die kleine hölzerne Bar, um ihr ein Glas Bier einzuschenken.
»Ich dachte schon, dass Sie kommen würden.«
Nervös erklärte Eva, sie habe den toten Mann gefunden, doch Schwierigkeiten herauszufinden, wer er gewesen war. »Ich glaube, man will verhindern, dass ich seine Identität herausfinde.«
Kaina wirkte interessiert. Er nannte einen Namen, der ihr nichts sagte. »Außerdem ist ein Missionarssohn abgängig, doch ich glaube, der ist nur von seiner Familie weggelaufen.«
»Der Mann, den ich gefunden habe, war Hawaiianer.«
Auch davon hatte er offenbar Gerüchte gehört. »Vielleicht ist er

Kau, der junge Mann, der in den Bergen für die Königin kämpft, aber vielleicht auch nicht. Der Junge hat neun Leben.«
»Er wurde erwürgt«, sagte sie.
Kaina goss sich ein Glas Wasser ein und lehnte sich gegen die Spüle. »Es gibt viele Möglichkeiten, jemanden zu töten.«
Sie schwiegen beide. Eva riss kleine Fetzen von der Papierserviette unter ihrem Glas ab.
Dann nahm sie einen Schluck Bier.
»Er ist tot. Sie sollten es damit bewenden lassen.«
»Ich kann nicht.«
Er war erstaunt. »Warum nicht?«
»Weil man mich beobachtet. Weil sie glauben, ich wüsste mehr, als ich zugebe. Und weil mir die Belohnung zusteht. Ein Mann stirbt und sein Körper verschwindet ... das ist nicht in Ordnung.« Eva hob die Schultern.
Kaina stellte sein Glas hin. »Ich muss Sie etwas fragen. Hier ist eine Botschaft, die dringend der Königin übergeben werden soll. Bald müssen sie ihr den Besuch von Freunden erlauben. Es wird dafür gesorgt, dass ihr Mahlzeiten gebracht werden. Wir fürchten, die Regierung wird sonst versuchen, sie zu vergiften. Es ist von Vorteil, dass Sie *haole* sind.«
Sie sollte die Königin besuchen? Mitten in diese Schlangengrube von Soldaten und Politikern hineintreten? Nicht mit mir, dachte Eva. Sie hob abwehrend die Hand. »Nein, nein, ich kann das nicht.«
Er runzelte die Stirn.
»Ich werde bereits beobachtet«, erklärte Eva. »Es wäre viel zu riskant.«
»Für wen?«, fragte er erstaunt. »Für Sie?«

Die Kinder auf der Straße spielten mit Steinen, die sie in den Staub warfen. Einem Mädchen, das Eva an Malia erinnerte, gelang ein Wurf in die Mitte des unbeholfen gemalten Kreises. Sie hob einen anderen Stein auf, um ihn zu werfen, doch hielt sie im letzten Moment inne und wandte sich an Eva. Sie sagte etwas auf Hawaiianisch und zeigte auf den Kreis.

Eva rollte den Ärmel auf und atmete tief ein. Ihr Stein landete nur Zentimeter von dem anderen entfernt. Das Mädchen nickte beifällig und spuckte in den Dreck.

Der nächste Stein, der flog, prallte an Evas Stein ab und krachte in das Fenster des Photographen gegenüber.

Die Kinder verschwanden augenblicklich.

Der Ladenbesitzer stürmte auf die Straße und fragte Eva zornig, wer den Stein in seine Scheibe geworfen hatte.

Sie hob die leeren Hände. »Ich habe keine Ahnung.«

»Sie haben direkt hier gestanden, aber gesehen haben Sie nichts.« Mit der Sohle trat er den Kreis, der in den Staub gezogen war, aus.

»Ich war genauso überrascht wie Sie«, sagte Eva, der die Sache langsam Spaß zu machen begann.

Er lief zurück in seinen Laden und kam mit mehreren Holzbrettern wieder auf die Straße.

»Halten Sie mal diese Seite«, sagte er. »Wenn Sie schon sonst nichts helfen können.«

Eva hielt das Brett gegen den Fensterrahmen, und der Ladenbesitzer fluchte, während er die Nägel über den Bildern der *haole*-Führer der Republik einschlug.

»Diese Photographien«, knurrte er. »Die sind das Problem. Deshalb schmeißen die Leute Steine in mein Fenster. Aber Politiker sind die Einzigen, die sich noch Photographien leisten können.«

»Ja«, sagte Eva. »Es hat ihnen nicht gerade geschadet, sich an den Kronländereien zu bereichern.«

Er warf Eva einen Blick zu. »Verstehen Sie mich nicht falsch. Ich

schätze die doch auch nicht. Haben Sie ihre Augen mal bemerkt, wie mit einem Film überzogen? Das sehen Sie bei Fischen, wenn die schon zu lange tot sind, um noch gegessen zu werden.«
Völlig überrascht von diesem Ausbruch, nickte Eva.
Als er das Fenster vernagelt hatte, drehte er sich um, starrte sie einmal zornig an und warf die Ladentür scheppernd ins Schloss.
Eine Seite gewann, die andere verlor. Ein Mensch gab, und der andere nahm, und es war wichtig, aufseiten des Nehmenden zu sein. Das war die Lebensphilosophie, die für Menschen wie sie galt.
Plötzlich, als sie auf die Glasscherben im Staub sah, war sie sich dessen nicht mehr so sicher. Sie wandte sich um und ging langsam zum Club zurück. Ich kann immer noch weggehen, sagte sie sich, als sie die Tür öffnete.
Hinter der Theke polierte Kaina immer noch die Gläser.
Eva setzte sich. Als er ihr ein Bier anbot, schüttelte sie dankend den Kopf.
»Ich schenke Ihnen auf jeden Fall das Glas voll, es könnte jemand hereinkommen. Warum sonst würde jemand in eine Bar gehen?«
»Ja, danke. Ich habe Durst«, sagte Eva.
Kaina stellte ein Glas vor sie hin.
Dann lehnte er sich an die Theke. »Kennen Sie die Geschichte von unserem König Kalakaua, Miss Hanson?«
Sie schüttelte den Kopf und griff nach dem Bierglas.
Er faltete Papierservietten. »König Kalakaua. Er war ein guter Mann, einer unserer besten Könige, der viel Gutes bewirkte. Er behielt die Geschäfte machenden Missionare unter Kontrolle. Er verunsicherte sie, und dadurch erhielt er die Monarchie. Aber dann kam die Bajonett-Verfassung. Er war gezwungen, das Wahlrecht der Mehrheit seines Volkes aufzugeben. Und Pearl Harbor

ging an die Amerikaner. Manche Fehler kann man nicht wieder gutmachen.«
Er warf Eva einen Blick zu. Sie errötete und dachte an das Jadehalsband.
Er hob die Schultern. »So sind die Menschen. Menschen machen Fehler, sie schätzen sich falsch ein. Ich frage mich, ob Kalakaua wusste, wie stark er eigentlich war. Wenn man nicht an die eigene Macht glaubt, dann verhält man sich auch so.« Er lehnte sich über die Theke. »Wissen Sie, wie viele Hawaiianer Land besitzen?«
Eva starrte auf die Wasserflecken im Holz der Bar. »Weniger als fünf Prozent.«
»Noch nicht mal die Hälfte davon.« Er schüttelte den Kopf und stellte sein Glas hin. »Scheußliches Bier, nicht wahr?«
»Ziemlich scheußlich«, stimmte sie zu.
Er grinste. »Aber den Amerikanern schmeckt es.«
Eva lachte.
»Wer hat das Fenster zerbrochen?«
Eva blickte auf die Papierserviette unter ihrem Glas, diesmal hielt sie die Hände ruhig.
»Ich weiß es nicht«, sagte sie endlich. »Ich hörte, wie das Glas zersprang, aber als ich mich umdrehte, war niemand da.«
Kaina verschwand im Hinterzimmer und kehrte mit einem versiegelten Briefumschlag zurück. Er legte ihn auf den Tresen.
Evas Herz schlug heftig, als sie ihn in ihrem Stiefel versteckte.
»Man wird Ihnen einen Korb mit Essen bringen. Wenn Sie es in den Palast bringen, werden die Soldaten den Korb durchsuchen, Ihre Tasche, vielleicht auch mehr. Verstecken Sie den Brief in Ihren Schuhen. Noch besser, in diesem Stiefel da.«
Er führte sie zum Lieferantenausgang auf der Hinterseite des Clubs. »Zu viele Besuche durch den Vordereingang sind nicht ratsam«, sagte er, als er die Tür aufschloss und ihr aufhielt.

»Ich werde sehen, was ich über Ihren toten Mann herausfinden kann«, sagte er. »Und machen Sie sich keine Sorgen wegen der Nachricht. Sie ist auf Hawaiisch geschrieben.«

In ihrer Gerichtsverhandlung sah sich Königin Lili'uokalani einer Anklage auf Hochverrat ausgesetzt.
Wie sollte man Hochverrat definieren? In Hawaii war das Wort wie ein Stein, der aus einem Glashaus geworfen wurde. Man gestand ihr keine hawaiische Jury zu. Stattdessen stand sie vor einem Militärgericht.
Lili'uokalani schilderte, was die neue Regierung ihrem Land angetan hatte. Teile ihrer Verteidigungsrede, die besonders unangenehm für die Republikaner klangen, wurden prompt aus den Gerichtsprotokollen getilgt.
Während ihrer Rede wechselte die Königin auf einmal vom Englischen ins Hawaiische. Völlige Verwirrung brach aus. Das Verfahren musste unterbrochen werden, bis sich ein Übersetzer finden ließ. Niemand im Gerichtssaal sprach mehr als ein paar Brocken der Landessprache.
Nur dieser kleine Sieg war der Königin vergönnt.

20. Kapitel

Der Metzger hat Hühner geschlachtet«, kündigte Eva an.

Lehua, die in ein Buch vertief war, blickte auf, beeindruckt von Evas Hellsichtigkeit.

Eva zeigte aus dem Fenster. Draußen ging die mürrische Tochter des Metzgers durch das feuchte Gras, Hühnerfedern klebten an ihrem *muumuu* und in ihrem Haar.

»Sie sieht aus wie ein gerupfter Engel«, sagte Lehua.

»Ein Engel? Mehr wie ein unglücklicher Wolf, den man beim Einbruch in einen Hühnerstall ertappt hat.«

Das Mädchen kam herein und blickte die beiden unfreundlich an. Sie ging an ihnen vorbei zur Küche, wo sie mehrere Pakete Fleisch hinlegte, bei denen das Blut durch das braune Packpapier sickerte.

Eva war überzeugt, dass der Metzger das Fleisch in Blut tränkte, bevor er es abwog. Eine andere Erklärung gab es für eine solche Menge an Blut nicht. Wer immer bei ihm Opium kaufen wollte, musste gleichzeitig Fleisch nehmen, und seine Tochter lieferte beides.

Sie legte ein kleines verpacktes Päckchen Opium zur Seite.

Lehua und Eva wechselten einen Blick. So sehr sich Eva auch Sorgen machte, sie würde Lehua nicht ändern. Dennoch musste sie an sich halten, das Mädchen nicht aus dem Haus zu werfen, mitsamt ihrem blutigen Fleisch und dem Opium.

Lehua bot dem Mädchen ein Glas Guavesaft. Es schmerzte Eva zu sehen, wie Lehua sich um sie bemühte, ihr sogar ein Stück Kuchen anbot.
Wie immer lehnte das Mädchen ab, um dann im letzten Moment das Glas zu nehmen und es schnell auszutrinken, wie jemand, der den Genuss herunterschlang, ohne ihn wahrzunehmen. Es knallte das Glas auf den Tisch und rannte aus der Tür.
Lehua war überzeugt, das Mädchen habe Angst davor, die *haole* Wahrsagerin hätte die Macht, ihr Böses an den Hals zu wünschen.
Als Eva das Blut um die Pakete aufwischte, wünschte sie, sie besäße den bösen Blick, könnte dem Mädchen dunkle Gedanken einflößen und schreiend verscheuchen.
Aber würde sie nicht selbst bald Botin schlechter Nachrichten sein? Obwohl der Brief für Königin Lili'uokalani auf Hawaiisch geschrieben war, wagte sie keinen Blick darauf zu werfen. Konnte die Botschaft denn etwas anderes bringen als Kummer?
Am Nachmittag bereitete Eva ein Essen und trug es Lehua in ihr Schlafzimmer. Eine dünn geschnittene Mango, eine kleine süße Kartoffel und ein getoastetes Brot. Meist hatte Lehua nach dem Opium keinen Appetit, und so versuchte Eva sie mit leichten Bissen zum Essen zu bringen.
Unter dem Moskitonetz ruhte Lehuas ausgezehrtes Gesicht auf einem Kissen, um ihren Körper war ein Leintuch gewickelt. Eva dachte daran, wie ihr der chinesische Kräuterkundige gesagt hatte, man habe immer für die Geister zu sorgen und den Ahnen ein Opfer darzubringen. Hier auf dieser Insel gaben so viele Menschen vor, jemand zu sein, der sie nicht waren, und Eva dachte, ihre Ahnen mussten sich sehr vereinsamt vorkommen und wie ein leichter Hauch hinter ihnen hergleiten.
Lehua bewegte sich und klopfte auf die Bettseite. Eva zog das Bettzeug zurecht und setzte sich zu ihr. »Du solltest essen.«
Lehua schüttelte den Kopf.

In der Annahme, sie könnte fiebern, legte Eva die Hand auf Lehuas Stirn, doch deren Haut war kühl und glatt wie Stein. Sie wandte sich um und blickte zur Wand. Gleich darauf war sie eingeschlafen.
Eva nahm den unberührten Teller und ging nach unten. Sie stand lange in der dunklen Küche und hielt den Teller an sich, in der Hoffnung, das Gewicht, das gegen ihre Brust drückte, würde verschwinden.

Eine Hawaiianerin kam an die Hintertür und Eva öffnete ohne nachzudenken. Sie hielt ihr einen zugedeckten Korb entgegen. »Für die Königin.«
»Heute?«, fragte Eva verwirrt. Kaina hatte ihr den Brief doch erst vor ein paar Tagen gegeben.
»Ja. Seit zwei Tagen bringen ihr Leute Essen. Dies ist das Abendessen. Gehen Sie um fünf.«
Als die Frau gegangen war, nahm Eva die Tarotkarten zur Hand. Sie mischte sie langsam, ließ vor ihrem geistigen Augen das Bild der Königin aufsteigen, ihr kleines, fast unmerkliches Lächeln, ihre Eleganz, die Art, wie sie die Finger über ihr Jettcollier wie über einen Rosenkranz gleiten ließ, wenn sie mit den Gedanken weit weg war.
Eva zog nur vier Karten. Sie deckte die erste auf. Eine junge Frau ging barfuß im Schnee, ihre Füße hinterließen eine Blutspur. Sie sah die Karte aufmerksam an. Mormor hatte sicher Spaß daran gehabt, sie zu malen, dachte sie, mit den hoch dramatischen Blutstropfen.
Sie legte die nächste Karte darüber und drehte sie um. Ein Klavier schwebte durch die Luft.
Eva lächelte. Mormor entwarf manche Karten als falsche Fährten. Atempausen nannte sie sie. Ein schwebendes Klavier gab ihr Zeit, über die vorhergehende Karte nachzudenken oder über die

Handfläche der Kundin vor ihr. Sie konnte dieses Klavier beliebig deuten. Eine Schwangerschaft, ein Besucher, eine verborgene Sehnsucht.
Was für Spaß hat man denn an der Zukunft, fragte sie, wenn man nicht mit ihr herumspielen kann?
Die dritte Karte zeigte einen Frosch mit Zylinder, der Geld zählte. Da gab es nichts zu raten, da berechneten die, die Macht hatten, ihre Gewinne. Gier brachte Gier hervor, aber auch Neid.
Sie deckte die letzte Karte auf, eine, die sie selbst nach Ankunft in Hawaii gemalt hatte. Eine Karte des Wassers. Nur ein tiefer Ozean. Keine Bojen, kein Leuchtturm, keine Riffe. Kein Ertrunkener.
Lili'uokalani würde freikommen, nur dessen war sie sich sicher.
Sie sah noch einmal auf die Uhr, sammelte schnell die Karten auf und legte sie wieder in den Koffer.

In der Küche tastete sie hinten unter einem Regalbrett entlang nach dem Versteck des Briefes. Sie schnürte einen Stiefel auf und verbarg den Umschlag.
Am späten Nachmittag waren die Straßen von Wagen verstopft, Menschen drängten sich um die rauchenden Öfen, kauften Streifen von *char sui*, Fleischstäbchen und in Bananenblätter gewickelte *manapua*. Alles wurde feilgeboten, vom Nachtgeschirr bis zu Aphrodisiaka, von Ingwerpomade bis zu Frauen.
Eva trug den Korb über dem Arm und die Nachricht für die Königin in ihrem Schuh. Sie hatte das Gefühl, jeder könne sehen, wie sie am ganzen Leib zitterte. Ein Blick würde genügen und alles käme an den Tag, von der verborgenen Notiz bis zu ihrem ersten Diebstahl im Leben, ein holzgeschnitztes Pferd, so klein, dass es in ihrer Handfläche Platz hatte.
Und gleichzeitig ging ihr durch den Kopf, wie merkwürdig es

war, dass Kaina ihr vertraute. Er mochte das tun, aber sie selbst tat es nicht. Wer war sie geworden, dass sie hier so entschlossen durch Honolulu schritt? Sei still, befahl sie sich. Geh einfach weiter.

Sie ging unter Palmen, in denen Baumratten lärmend von Palmwedel zu Palmwedel sprangen, an Kirchen vorbei und an stirnrunzelnden Missionarsfrauen, die Lehua immer aufziehendes schlechtes Wetter nannte. Sie sahen wirklich aus wie dunkle Wolken, die über dem Bürgersteig hingen.

Um nicht an ihnen vorbeigehen zu müssen, überquerte Eva die Straße. Unter einem großen *'ulu*-Baum fand eine improvisierte Hulastunde statt. Die jungen Mädchen tanzten und eine Frau begleitete sie auf einer *ipu heke 'ole*, der offenen Kürbisflasche, auf die mit der Hand geschlagen wurde. Die Stimme der Frau war tief und volltönend, die kleinen Hände der Mädchen bewegten sich zueinander wie ein Vogelschwarm, ihre Körper schienen leichter zu werden, ihre zarten Gliedmaßen sich in die Luft zu heben. Eva war hingerissen.

Es gab eine Zeit, in der die Missionare den Hula, den sie als unmoralisch ansahen, so heftig verdammten, dass die Witwe von Kamehameha dem Großen, frisch zum Christentum bekehrt, diesen Tanz und die Lieder dazu verbot. Das Verbot zwang die Menschen heimlich zu tanzen. Als Kalakaua, der Bruder der Königin Lili'uokalani, das Verbot aufhob und Hula wieder hoffähig machte, erzählte man sich, dass einige der Missionare einen Schock erlitten, von dem sie sich niemals wieder erholten.

Als Eva die Tore des Iolani Palastes erreichte, blieb sie ungläubig stehen. Auf dem Palastgelände brannten kleine Lagerfeuer, um die sich die Soldaten in schwitzenden Gruppen scharten.

Eva starrte auf die Zelte und die achtlos brennenden Feuer. Sie dachte daran, wie richtig der Ausspruch über Menschen war, die nahe des Äquators lebten. Man neigte dazu, unüberlegte Entscheidungen zu treffen, an seltsamem Fieber zu sterben oder sich in den Gegner zu verlieben. Je mehr man sich dem Äquator näherte, desto schriller die Vogelstimmen, desto stärker der Geruch der Blumen, desto merkwürdiger das Benehmen, desto schneller der Herzschlag. Man lebte im Fieber, und das vierundzwanzig Stunden am Tag.

Äquatornähe brachte Menschen dazu, bei vierzig Grad Hitze im Schatten ein Feuer zu entzünden.

Sie bahnte sich ihren Weg durch die Menge, ohne von den frechen Bemerkungen der Soldaten über ihre Haarfarbe und ihr Kleid Notiz zu nehmen. Sie trat zu den erschöpft aussehenden Menschen, die oben auf den Treppen zum Palast warteten. In der feuchten Luft flatterten die Fächer der Frauen wie Schmetterlingsflügel.

Endlich wurden die Tore geöffnet. Nur einzeln durften sie eintreten. Im Inneren des Palastes herrschte der Wahnsinn. Soldaten und Politiker standen in allen Ecken, und sie fragte sich, ob auf diese Weise wohl die ganze Welt erobert wurde, Zimmer für Zimmer, Mensch für Mensch.

Ein Soldat nahm Evas Korb und wühlte darin herum. Dann trat er auf sie zu und tastete sie entlang den Nähten ihres Rockes ab. Seine Hände hinterließen Flecken wie Rost.

Schließlich verlangte er, dass sie ihren Hut abnahm und untersuchte misstrauisch das Innenfutter.

Als gebe es da einen doppelten Boden, dachte Eva, und jeden Moment könnte eine Taube aus dem Hut flattern.

»Ich bin Wahrsagerin«, sagte sie, »keine Zauberin.«

Eva nahm ihren Korb und ging zu einer Gruppe von Leuten, die auf Stühlen saßen. Eva setzte sich neben eine Frau, die sie erkannte, obwohl sie nicht wusste, ob es sich um eine echte Freundin von Lili'uokalani handelte oder nur um jemanden, der etwas von ihr wollte.

Vielleicht, dachte sie, stellt sie sich über mich die gleiche Frage. Und warum bin ich eigentlich hier? Für mich oder für die Königin? Oder am Ende wegen Kaina?
Jeder hier hatte seine Gründe, entschied sie. Über ihre eigenen wollte sie nicht genau nachdenken.
Die Frau neben ihr hielt einen Lotterieschein in der Hand. »Er soll Glück bringen«, sagte sie, doch hatten ihre Finger die Nummer des Scheines weggerieben.
»Dieser Mann«, flüsterte sie, »dieser tote Mann, über den die Zeitungen geschrieben haben?« Die Frau rückte ihren Stuhl näher zu Eva. »Ich weiß, wer er war.«
Der heiße Atem der Frau legte sich auf ihren Arm, und sie packte Evas Finger mit einer Hand, die so lang und flach war wie ein getrockneter Tintenfisch. Rhodes' Worte fielen ihr ein. Wenn jemand stirbt, behaupten alle, ihn gekannt zu haben.
»Er war Vater, der Arme. Hat sieben Kinder hinterlassen.« Sie war sich seiner Identität so sicher wie alle anderen Leute in Honolulu.
»Ein Royalist, natürlich«, fügte sie lauter hinzu.
Eva nickte, ohne die Augen von einem Soldaten abzuwenden, der seine neue Uniform im Spiegel bewunderte. Er warf ihnen einen Blick zu und runzelte die Stirn.
»Wie lange warten Sie schon hier?«, fragte Eva, als er seinen Blick wieder abwandte.
»Ungefähr zwei Stunden«, sagte die Frau.
»Hat irgendjemand die Erlaubnis bekommen, sie zu sehen?«
»Ja, einige. Ihre Zofe. Sie erlauben ihr nur, die Bibel zu lesen, alles andere ist ihr verboten.«
Der Blumenstrauß, den die Frau mit sich trug, war in mehrere Lagen Zeitungspapier gehüllt.
»Sie bringen ihr also etwas zu essen. Zuzutrauen ist es ihnen, dass sie versuchen, sie zu vergiften.«

Die Uhr schlug die Stunde an. Die Besucher rutschten auf ihren Plätzen herum, und die Krinolinen der Frauen rauschten, als bräche eine Welle unter ihrem Rock.
Endlich wurde Eva aufgerufen. Als sie den Korb aufnahm, zitterten ihre Hände. Was hatte Kaina ihr gesagt? Sie beobachten dich aus anderen Gründen. Es hat nichts mit der Königin zu tun.
»Gehen Sie«, flüsterte die Frau, »bevor die ihre Meinung wieder ändern.«
Langsam stieg sie die breiten Stufen hinauf. Die Treppe bestand aus schönem *koa*-Holz, das die Wärme der Sonne in sich barg. Trotz all der Zerstörung war es noch ein schönes Gebäude, so kunstvoll gestaltet wie ein Windjammer.
Am Ende der Treppe stieß sie ein anderer Soldat zur Seite, und plötzlich schnürte ihr die Angst, sie könnte nochmals durchsucht werden, die Kehle zu. Stattdessen wurde sie angewiesen, Lili'uokalani über die Gewehre auszufragen.
Was glaubten die Leute denn, auf wessen Seite sie stand? »Gewehre«, wiederholte sie verständnislos.
»Die Gewehre, die rund um ihr Haus vergraben waren. Bringen Sie sie dazu, darüber zu reden.«
Sie unterschätzen die Königin, dachte sie, wenn die immer noch glaubten, sie würde auch nur ein Wort verlauten lassen.
Man wies sie zum Ende der Halle, wo eine Zofe stand, die Arme voll von Kleidern. Ein Soldat wühlte in den Sachen, der Wäsche, den Unterkleidern, es war, als bewegte er seine Hände auf einem Frauenkörper. Er schloss die Augen, spielte Verzückung. Ein anderer Soldat lachte.
Die Kleider der Königin, wurde Eva klar.
Die Zofe riss ihm die Kleider weg, aber er verstellte ihr den Weg.
»Lass mich vorbei«, forderte die Zofe, und mit dem Fuß trat sie hart gegen sein Schienbein.

Mit einem Aufschrei sprang er weg. Ein Junge mit mehr Sommersprossen als Macht.
»Das hättest du nicht tun dürfen«, sagte er. Er hätte sich auf die Zofe gestürzt, hätte Eva die beiden nicht beobachtet. Die Zofe öffnete rasch eine Tür und veschwand.
Er wandte sich zu Eva, nahm ein Buch und forderte sie auf, ihren Namen hineinzuschreiben.
Eva zögerte. Welchen Namen sollte sie gebrauchen? Die Person, die sie einmal gewesen war, hätte längst ihr Geld verdient und beim ersten Anzeichen von Unruhen die Stadt verlassen.
Schnell überflog sie die anderen Namen, einer davon war Reverend Sereno Bishop, der in seinen Sonntagspredigten immer wieder gegen Lili'uokalani gewettert hatte. Unter dem Zweck seines Besuches hatte er geschrieben: Moralische Belehrung.
Sie ließen Leute vor, die die Königin hassten.
Eva schrieb ihren Namen. Der Soldat nahm ihr das Buch wieder ab und maß sie von Kopf bis Fuß. »Sie sollten mir einmal meine Zukunft voraussagen«, meinte er.
Eva blickte auf seine Hand. »Sie würden sie nicht gerne hören.«
Als Eva vor dem Zimmer der Königin stand, atmete sie tief ein, dann, bevor sie die Tür öffnete, klopfte sie.
Keine Antwort. Eva drehte sich zu dem Soldaten um.
»Gehen Sie schon rein.«
Lili'uokalani stand am anderen Ende des Raumes, so weit entfernt von der Tür wie nur möglich. Sie wandte sich nicht um.
Es war ein Schock, den vollkommen kahlen Raum zu sehen, es gab kein Möbelstück mehr, nichts außer einem eisernen Bettgestell. Der Schuldturm, aus dem Eva ihre Mutter geholt hatte, war im Vergleich zu diesem Raum geradezu gemütlich gewesen.
Als sich die Tür schloss, erkannte Eva, dass sie ihren Geruch nach Angst mitgebracht hatte. Sie war durchtränkt davon.

Als der Soldat sein Marschieren in der Halle wieder aufnahm, drehte sich Lili'uokalani um.

»Ach, Miss Hanson.« Sie hatte an Gewicht verloren und ihr Gesicht war von Sorgenfalten gezeichnet. Sie setzte sich auf den Rand des eisernen Bettgestells und deutete auf einen Hocker für Eva.

Eva knickste und reichte ihr den Korb.

Lili'uokalani hob warnend einen Finger zum Mund, hielt die Hand ans Ohr und machte eine winzige Geste, die zeigte, dass die Wachen präsent waren.

Während ein Soldat auf und ab marschierte, lauschte der andere am Schlüsselloch.

»Ich hoffe, die Wachen haben Sie nicht belästigt«, sagte Lili'uokalani.

»Nicht im Geringsten«, antwortete Eva laut, in der Hoffnung, wer immer auch an der Tür horchte, würde ordentlich enttäuscht sein.

»Sie marschieren vierundzwanzig Stunden am Tag.«

»Wie könnt Ihr das aushalten?«

»Welche Wahl bliebe mir sonst?«

Eva schnürte schnell ihren Schuh auf und überreichte Kainas Nachricht.

Lili'uokalani ließ das Papier unter ihren Ärmel gleiten. Sie würde es später lesen.

Während sie ihren Schuh zuschnürte, berichtete Eva Lili'uokalani leise, dass viele ihrer Freunde unter Arrest gestellt worden waren und die Regierung Soldaten in die Berge schickte, um die noch freien Royalisten zu fangen.

Lili'uokalani nickte. Sie wusste das bereits.

Im nächsten Moment öffnete die Wache die Tür und erklärte den Besuch für beendet. Ungläubig starrte Eva ihn an. Sie war weniger als fünf Minuten in dem Raum gewesen.

Der Soldat wartete, während Eva ihren Knicks zum Rücken der Königin machte, dann folgte er ihr aus dem Zimmer. In der Halle fragte er, ob die Königin irgendetwas über Waffen oder die Pläne der Royalisten gesagt habe

»Machen Sie sich nicht lächerlich«, sagte Eva, deren Beine zitterten. »Ich war nicht lange genug dort, dass sie überhaupt etwas hätte sagen können.«

Außerhalb des Palastes ging sie an den Lagerfeuern vorbei und ohne zu denken nahm sie einen herumliegenden Uniformrock und warf ihn in die Flammen. Der Rock fing augenblicklich Feuer, eine hellrote Flamme stieg auf, dann fiel alles in sich zusammen wie die Hibiskusblüte nach einem Tag.

Am Rand des Palastgeländes wurde sie von drei schwarz gekleideten Politikern beobachtet. Nachdenklich starrten sie vor sich hin, wie Geier, die darauf warteten, dass das Töten jemand für sie übernahm. Eva fiel ein, dass wenigstens einmal eine der Grundregeln ihrer Mutter zutraf. Schlechte Nachrichten kamen in der Tat zu dritt.

Nicht nur im Gefängnis drehen sich alle Träume jetzt um Flucht. Plantagenbesitzer träumen von den Häusern ihrer Kindheit, während die Chinesen von Bergen träumen, die so hoch und schön sind, dass man bei ihrem Anblick unsicher ist, ob man noch auf der Erde oder schon im Himmel ist. Die Japaner träumen von aufgereihten Teepflanzen, von Frauen, deren seidene Ärmel lang genug sind, um einen Schatten auf den Boden zu werfen. Die Missionare träumen davon, mit den Erwählten auf der Arche Noah zu beobachten, wie Gott die Welt in einer Flutwelle reinwäscht. Die Matrosen träumen von den Orten, die sie noch nie gesehen haben, und die Hawaiianer träumen von Königin Lili'uokalani.

21. Kapitel

An jenem Abend holten Eva und McClelland das Fahrrad heraus und fuhren durch die dunklen Straßen. Sie balancierte auf der Lenkstange, und während sie über die holprigen Straßen rollten, fühlte sie ihn hinter sich, seine langen, kräftigen Beine in regelmäßigem Rhythmus, sein Atem leicht in ihrem Nacken.

Ein seltsamer Gedanke kam Eva: Behalte diesen Augenblick in Erinnerung: seinen Atem in meinem Nacken, seine Arme um mich geschlungen.

»Frierst du?«

Sie schüttelte nur den Kopf und versuchte das Gefühl zu unterdrücken, dass alles ein schlechtes Ende nehmen würde für dieses Land. Sie dachte an Königin Lili'uokalani in ihrem kleinen Zimmer. Und Lehuas Zukunft? Der Gedanke war niederdrückend.

Sie fuhren zum Hafen, um das Entladen des Eisbootes zu beobachten, und so bemühte sie sich, nur an Eis zu denken. Wie leises Flüstern beruhigte allein der Klang des Wortes.

Sie waren so nahe dem Äquator, dass das Eis mit Schiffen von weit entfernten Orten wie Alaska gebracht wurde. Das Eis lag in Blöcken unter dicken Jutedecken, und die Schiffe wetteiferten mit der Hitze und der Zeit, die ihren Gewinn schmelzen ließen.

McClelland erzählte ihr, dass sich immer eine Menschenmenge auf der Mole sammelte, um das Entladen zu beobachten, aber

Eva hatte zu viel Zeit ihres Lebens in eisigen Gegenden verbracht, um das wirklich zu glauben.
Er vermied die Hauptstraßen, stattdessen nahm er Seitenstraßen, die nicht zu einsam waren. Sie fuhren an Leuten vorbei, die mit Bündeln unterwegs waren, in Gruppen zusammen sprachen oder Wagen mit Obst zogen. Das Leben der Stadt ging trotz der Einschränkungen weiter.
Als sie am Hafen ankamen, blickte McClelland aufmerksam die Docks entlang, um zu sehen, welche Ladung die Schiffe löschten. Eva merkte, wie sie sich ebenfalls genau umsah.
Infolge der Straßenblockaden war es für die Inselbewohner der windzugewandten Seite leichter, ihre Waren mit dem Boot nach Honolulu zu bringen. Im Hafen drängten sich hölzerne Kanus, klapprige Prahme mit geflickten Segeln, Sampans, die aussahen, als wären sie aus dem Holz eines baufälligen Hauses zusammengebastelt.
Entlang der Docks waren Laternen angezündet, die Ratten sammelten sich im Schatten und schwammen zwischen den Schiffen.
Das amerikanische Kriegsschiff, der einzige Ruhepol, lag wie der Schatten eines riesigen schwarzen Hundes im Wasser. Während die Männer arbeiteten, blickten sie nervös alle paar Minuten zu dem Schiff hinüber.
Die Männer schrien beim Entladen der Körbe mit Krabben und *menpachi*. Fische waren mit *limu* zugedeckt, die dünne Lage Seetang hielt den Fisch frisch.
Ein kleines Boot schwankte wie ein Schaukelpferd im Hafen. Das Boot war mit Waren so überladen, dass die Bootswände kaum fünf Zentimeter über Wasser waren. Im Heck schöpfte ein Mann so schnell er konnte das Wasser aus.
Alle Augen waren auf das Boot gerichtet, jeder hoffte, ihm würde der Weg wenigstens bis zur Mole gelingen. Die Männer ließen

ihre Arbeit im Stich, liefen bis zum Ende des Docks und begannen Körbe mit süßen Kartoffeln und Kohl zu entladen, bevor das Boot noch vertäut war. Der Mann im Heck schöpfte immer noch weiter.

Nur wenig später lief ein großes Schiff im Hafen ein, die Segel vom Mondlicht beglänzt. Phosphoreszierend schäumten die Wellen am Bug, hinter dem Schiff zogen sie einen langen Schweif. Es sah aus, als wollte das Schiff gar nicht anlegen, sondern, wie es in Träumen geschieht, geradewegs durch die hölzerne Mole brechen.

McClelland wandte sich zu ihr und lächelte. Seine Geschichte vom Eis war also doch wahr. Sie legte ihre Hand in die seine.

Das Entladen des Eises war allein schon durch dessen Gewicht schwierig. Die Mannschaft von angeheuerten Matrosen arbeitete schnell. Sie mussten die Nacht ausnützen, denn die Sonne war bereits über Europa aufgegangen und am Horizont des Atlantiks zeigte sich die Morgenröte.

Nach der halben Schicht machten die Männer Pause. Einige beugten sich vor und schwangen die Arme, andere legten sich auf den Boden und zogen die Knie zur Brust, um das Rückgrat zu entlasten. Wieder andere tranken heißen Tee oder setzten die Rumflasche an die Lippen.

Ein Mann in schwerer Arbeitskleidung ging vorbei, zündete dann umständlich eine Zigarette an, bis McClelland ihn bemerkte. McClelland nickte, und Eva fühlte, wie sich sein Körper verkrampfte. Der Mann warf die Zigarette ins Wasser und verschwand im Schatten der Mole.

Im nächsten Moment kam ein Wagen mit Soldaten und hielt auf dem Dock.

Eva wollte schon aufspringen, aber McClelland hielt sie fest. »Nein, bleib sitzen. Du bist weniger auffällig, wenn du dich nicht bewegst.«

Die Männer begannen die Boote zu durchsuchen. Sie sagten nicht, was sie suchten, sie nannten es einfach eine Inspektion.
»Seit wann brauchen wir Inspektionen?«, fragte ein Fischer wütend.
»Seit jetzt«, antwortete ein Soldat mit Gewehr.
Mit Stöcken stießen sie in den Gemüsehaufen herum und verlangten, dass Stoffballen auf der Mole ausgerollt wurden.
Ein Soldat stieß einen Korb um, und Fische glitschten über das Dock hinein ins Wasser.
»Ich trau meinen Augen nicht«, sagte Eva und wandte sich zu McClelland.
Er war nicht da.
Sie schaute die Mole hinunter, sie schaute zwischen den Booten, doch er war einfach verschwunden. Sie zog ihre Jacke enger um sich und versuchte sich so unsichtbar wie möglich zu machen.
Die Soldaten entzündeten weitere Laternen und fuhren fort, die Boote und Stapel von Obst und Gemüse auf der Mole zu durchsuchen. Doch alles, was dabei herauskam, war chinesischer Kohl und Feindseligkeit.
Eva blieb sitzen und tat so, als wäre es ihr völlig gleichgültig, wenn die Soldaten die Körbe der Bauern umkehrten und auf ihrer Ware herumtrampelten. Sie spürte ihre Blicke, ihr Erstaunen, eine *haole*-Frau auf dem Dock zu sehen. Als die Bauern sich beeilten, das Dock zu verlassen, wurde ihr klar, dass es für sie zu gefährlich war zu bleiben.
Sie nahm das Fahrrad und drängte sich unter die Bauern. Als sie an dem Eisschiff vorbeikam, rief einer der Männer sie an. Er hielt einen kleinen Eisblock in die Höhe.
»Geh nach Chinatown«, flüsterte er, während er ihr das Eisstück gab. Sie legte es in den Korb, der hinten am Fahrrad befestigt war, und dankte ihm laut für das Eis.
Die Soldaten schrien immer noch mit den Bauern herum, und sie

war froh über diese Ablenkung. Am Ende der Straße bog sie ein und fuhr Richtung Chinatown. In der Dunkelheit waren Schatten zu sehen, die rauchten oder im Schein einer Laterne Karten spielten. Das Gefühl überkam sie, dass alles schon vor langer Zeit entschieden worden war und der Sieger sein Blatt einfach noch nicht gezeigt hatte.

Ein Mann trat aus dem Dunkel. Erschrocken riss Eva das Fahrrad auf die andere Straßenseite. »Ich bin's«, rief McClelland.

»Wohin bist du plötzlich verschwunden?«, fragte sie und hielt an. »Ich habe Angst gehabt.«

»Das tut mir Leid. Aber da waren so viele Soldaten …« Er ließ den Satz unvollendet.

Das ist die falsche Nacht, dachte sie. Das, worauf er wartet, ist noch nicht angekommen. Warteten all die Leute, die das Eisschiff beobachteten, tatsächlich auf weitere Gewehre?

»Was ist denn los?«

»Wahrscheinlich nur eine Inspektion«, sagte er, offenbar unwillig, eine wirkliche Antwort zu geben.

Als sie zu seinem Haus fuhren, erzählte sie ihm eine der Geschichten ihrer Mutter. Es war einmal ein Mädchen, das schlich mitten in der Nacht aus dem Haus, um Eislaufen zu gehen. Während sie über das Eis schlitterte, verwandelte sie sich in verschiedene Tiere. Sie wurde ein Wolf, und Haare sprossen an Handgelenken und am Nacken. Dann verwandelte sie sich von einem Wolf in einen Schwan. Und als sie sich immer weiter vom Ufer entfernte, beschloss sie, ein Bär zu werden. Doch das Eis konnte das Gewicht eines Bären nicht tragen, und Risse brachen unter ihren Füßen auf. Bevor sie noch eine andere Gestalt annehmen konnte, sank sie unter das Eis und ertrank.

Es gibt eben Zeiten, da kann nichts dich retten.

Die Sonne war schon aufgegangen, als Eva von McClelland nach Hause radelte. Sie hatte Heimweh nach dem Geräusch, das die

Läufer auf dem Eis machten, sie hatte sogar Heimweh nach einer der Geschichten ihrer Mutter.

Auf Zehenspitzen betrat sie die Küche, das Eis hielt sie in beiden Händen wie die Krone ihres verlorenen Landes. Sie legte den Klumpen in den hölzernen Eiskasten und ging hinauf, um zu schlafen. Wenn sie wieder erwachte, würde es nur noch normales Eis sein.

Die englischsprachigen Zeitungen intensivierten ihre Kampagne gegen Königin Lili'uokalani. Immer neue, immer absurdere Lügen waren zu lesen. Zauberei, schwarze Magie, Tieropfer. Ein Artikel, in dem Lili'uokalani beschuldigt wurde, junge schwarze Hunde zu essen, stand in Balkenlettern auf der ersten Seite der Zeitung.
In einem anderen Artikel wurde behauptet, Lili'uokalani und ihr Bruder Kalakaua wären die illegitimen Kinder eines schwarzen Kutschers. Missionare forderten ihre Schäfchen in den haole-*Gemeinden auf, dafür zu sorgen, dass hawaiische Kinder weiterhin von ihren Schulen fern gehalten wurden.*

22. Kapitel

Den ganzen Tag zog ein Sturm über die Insel, aber zum Abend hin hörte der Regen auf und es herrschte so vollkommene Stille, dass die Meeresbrandung zu hören war. Die Menschen hielten inne, setzten sich nieder und lauschten den Wellen.

Eva war im Freien, sie saß auf den Treppen der *lanai* und hielt einen Zettel in der Hand, den Lehua ihr geschrieben hatte. Sie hatte ihn schon dreimal gelesen, aber die Bedeutung der Worte wollte ihr nicht in den Kopf. Bin nach Molokai unterwegs, stand da. Die Leprakolonie.

Lehua hatte ihr erzählt, dass die Leprakranken früher wie Tiere hinter Zäunen gehalten wurden. Das war vor der Ankunft von Pater Damien. Pater Damien riss die Zäune ein und lebte mit den Kranken. Die amerikanischen Missionare misstrauten ihm. Er war Franzose und, schlimmer noch, Katholik. Lili'uokalani hatte die Leprakolonie besucht und überraschend mit dem Pater Freundschaft geschlossen. Wie er empfand auch sie keine Angst dabei, zu den Kranken zu gehen und das Brot mit denen zu brechen, die keine Hände mehr hatten.

Was würde Lehua in Molokai erwarten? Selbst wenn ihre Mutter noch am Leben war, würde sie ihr von der Krankheit zerstörtes Gesicht überhaupt noch erkennen?

Eva strich nervös auf dem Zettel herum, bis er so weich wie ein Stück Stoff geworden war.

Sie hörte auf das Rauschen des Meeres und ein gelegentliches Schaben, das sie sich erst nach einiger Zeit erklären konnte: Die Witwe nebenan schärfte ihre neue Machete. Ein Hund bellte am Ende der Straße, und dann kamen Schritte zum Haus herauf.
Cornelius Rhodes blieb an der Treppe stehen, er starrte Eva an.
Wenn der Vollmond sichtbar war, so bezeichnete das Lehua als *kau ka mahina*. Ein glatzköpfiger Mann erscheint. Wie würde sie Rhodes' Glatze nennen, fragte sich Eva.
Nimmt das Unglück einmal seinen Lauf, so kann es niemand aufhalten. Jetzt war also Rhodes da, die gelatineartige Haut glitschig von der Hitze der Nacht. Würde sie einen Stock in ihn stoßen, er käme direkt an seinem Rücken wieder heraus.
»Guten Abend, Miss Hanson.«
Sie steckte den Zettel weg und antwortete nicht.
Mit einem Taschentuch, das bereits viel zu feucht war, wischte er über sein schweißnasses Gesicht. Sogar der enge Kragen seines Hemdes war schweißdurchtränkt. »Ich möchte sofort zur Sache kommen.«
Sie sah ihm angstvoll und angewidert an. Konnte er etwas von dem Brief wissen, den sie der Königin zugesteckt hatte? Oder ging es irgendwie um Lehua? War das Boot gesunken? Kam sie vielleicht nie wieder aus Molokai zurück?
»Sie sind unmissverständlich aufgefordert worden, keine Pillen mehr herzustellen, die falsche Hoffnungen erwecken.«
»Aber ich habe damit aufgehört«, sagte sie erleichtert.
Sein Gesicht blieb ausdruckslos.
»Ich habe aufgehört«, wiederholte sie.
Er seufzte und blickte auf die durchhängende Veranda, den an die Hauswand gelehnten Hühnerstall.
Er beugte sich vor und hielt sie plötzlich am Arm fest. »Miss Hanson, Sie müssen doch langsam bemerkt haben, dass ich alles herausfinde, das auf dieser Insel vorgeht. Alles.«

Sie versuchte sich loszumachen, doch sein Griff wurde härter. Sein Gesicht war so nahe, dass sie Whiskeygeruch in seinem Atem spürte.
»Was haben Sie herausgefunden?«
»Ich habe keine Ahnung, wovon Sie sprechen.«
»Sie wissen ganz genau, wovon ich spreche.«
»Lassen Sie mich los«, sagte sie und war erstaunt, als er ihren Worten folgte.

Ein kaum merkbarer Passatwind hatte sich erhoben, als Eva durch Honolulu ging, ohne Ziel, nur von ihrer Angst getrieben. Der Klang der Brandung wurde stetig lauter. Derselbe Klang, dachte sie, den Lehua jetzt auch hörte.
Rhodes wollte wissen, was sie herausgefunden hatte. Nichts. Sie hatte kein Wort mehr von Kaina gehört, und sie war keinen Schritt weiter, was den toten Mann am Strand anging.
Der Wind trug die gedämpften Geräusche eines Streites zu ihr, betrunkene Seeleute stritten über das, worüber sie immer stritten, Frauen und Geld, und alles in der Angst, das wirkliche Leben könnte gerade woanders stattfinden und sie würden es versäumen.
Ein Matrose wankte vorbei mit einer Whiskeyflasche, die er wie eine Wünschelrute vor sich hochhielt. Laut drohte er, jedem Chinesen, der ihm über den Weg lief, die langen Haare einzeln auszureißen.
An der Wand hatten sich die *cerius*-Blüten geöffnet. Eine Blume, die Eva an die abgelegten Handschuhe erinnerte, die reiche Frauen wohltätig in die für die Armen gedachten Bündel legten. Vergilbt, voller Löcher und an den Fingern eng zusammengeschrumpelt. Die Handschuhe, die sie in der Kindheit tragen musste.
Ein Mann, der eine Last auf dem Rücken schleppte, lief vorbei, und Eva trat in die Schatten entlang der Beretania Straße. Am

Iolani Palast beleuchteten die neu angebrachten elektrischen Birnen vor dem Gebäude, aber das Fenster, hinter dem die Königin gefangen gehalten wurde, war finster. Nicht die Spur eines Lichtschimmers war hinter den vernagelten Holzläden zu sehen.
Eva starrte hinauf. Was konnte sie in dem dunklen Zimmer sehen? Lili'uokalanis elegante Hände zählten die Perlen an einem Strang, eine nach der anderen, eine Sekunde nach der anderen, eine Minute nach der anderen. Was mochte sie planen? Selbst wenn sie fliehen konnte, wohin sollte sie sich wenden?
Auf der anderen Straßenseite ragte das Standbild von König Kamehameha aus der Dunkelheit. Kamehameha der Große, der König, der alle Inseln von Hawaii geeint hatte. Das erste Standbild von Kamehameha war auf dem Weg nach Hawaii über Bord gespült worden. Manche Leute behaupteten, die Statue wäre als Treibgut in Argentinien gelandet und dort in einer Hafenstadt aufgestellt worden, andere meinte, sie läge immer noch auf dem Grund des Pazifiks. Doch selbst auf dem Meeresboden sorgte die Strömung dafür, dass nichts zur Ruhe kam. Das erste Abbild Kamehamehas mochte inzwischen um die halbe Erde gereist sein.
Heute Nacht hatte man den Eindruck, als sei Honolulu im Meer versunken, so als hätten sich alle Bewohner mit Kamehameha auf dem Meeresgrund vereint, ihr Leben so zerbrechlich wie eine Koralle, so denkwürdig wie die Fische.
Ein plötzlich aufkommender Wind rüttelte an den Palmwedeln. Eva trat schnell in den Schatten zurück, als ein alter Mann mit einer Machete vorbeihumpelte.
Am Ende des Häuserblocks war das Geschäft des Kräuterkundigen. Eva atmete auf, als sie Licht in den Fenstern sah. Sie bückte sich, als sie durch die niedrige Tür trat, und wurde umfangen von dem durchdringenden Geruch, halb nach Meer, halb nach Land, der über allem lag.
Der Kräuterkundige saß auf einem hohen Stuhl. Die Wand hin-

ter ihm bestand aus kleinen Holzschubladen, jede von ihnen säuberlich mit chinesischen Zeichen beschriftet.
Das, was der Inhalt versprach, war der Grund für Evas Kommen. Die getrocknete Schlangenhaut, der Knorpel eines Stachelrochens, die Reihen kleiner Flaschen mit dem Saft von Blättern, die aus so entfernten Orten wie Singapur oder Thailand kamen.
Er verkaufte ihr Pulver, von denen beide hofften, sie würden Lehuas Sehnsucht nach Opium stillen. Eva mischte die Pulver in Lehuas Tee, in ihren Rum und Guavesaft. Wer konnte schon wissen, was helfen würde? Abhängigkeit war nicht etwas Sichtbares, nicht etwas, was man langsam schwinden sah.
Eva sagte ihm, dass Lehua nach Molokai gefahren sei.
Er nickte bedächtig.
»Wussten Sie, was Lehua vorhatte?«
Er hob die Schultern. »Diese Dinge kann man nie wirklich planen, oder?«
Eva holte tief Luft und setzte sich.
»Ich war schon einmal in Molokai«, sagte er. »Ein trauriger Ort, oh ja. Seit Pater Damien ein wenig besser. Vorher gingen viele Leute lieber ins Meer, als in der Leprakolonie ein Dasein zu fristen.«
»Ich mache mir Sorgen um sie.«
»Ja. Aber Molokai ist nicht weit weg. Ich will Ihnen etwas zeigen.«
Er legte einen Knochen vor sie hin und forderte Eva auf zu raten, was das sei. Sie hielt ihn ins Licht. Der Knochen war lang und zart, der Rand nahezu durchscheinend, wie ein Fingernagel.
Sie schüttelte den Kopf.
»Stellen Sie sich vor, wie weit dieser Vogel geflogen ist«, sagte er. »Sogar ein Schmetterling kann Tausende von Kilometern fliegen, obwohl die Flügel zarter als Papier sind.«
Er nahm den Knochen vorsichtig auf und legte ihn auf das Bord hinter sich. »Lehua ist wie dieser Vogel«, sagte er.

Vielleicht, dachte sie. Vielleicht auch nicht.
Er griff nach einem hölzernen Brieföffner, roch daran und reichte ihn Eva.
»Riecht wie Staub«, sagte sie und er lachte. Er tauchte einen Lappen ins Wasser und strich damit über das Holz. »Jetzt riechen Sie.«
»Sandelholz«, riet sie.
Er nickte, während er das Holz neben den Knochen legte. »Viele Menschen starben für diesen Geruch. Für dieses Holz.« Er erzählte ihr, wie sein Vater als kleiner Junge die Aufgabe hatte, das Gesträuch um die Sandelholzstämme zu entfernen, als Vorbereitung zum Fällen. Ein kleiner Junge mit einer Machete. Die Menschen wussten es nicht besser. Das ganze Holz ging nach China. Kein Baum blieb stehen, denn die Hawaiianer wollten keinen Ärger mit ihren *ali'i*.
Die Häuptlinge kassierten das ganze Geld, damals im Jahre 1815. Die Menschen hatten nichts zu essen, aber die *ali'i* wurden auf den Märkten von Kanton reich. Kamehameha der Große erkannte diese Entwicklung und erklärte das Sandelholz als *kapu*, damit die Leute wieder als Bauern arbeiteten. Aber nach seinem Tod hob sein Sohn das *kapu* auf, und der Handel ging unvermindert weiter.
Sein Vater war auf einem Boot mit einer Ladung Sandelholz bis nach Kanton gesegelt. Niemand zahlte ihm seine Heuer, und er saß über ein Jahr in Kanton fest. Aber als er schließlich zurückkehrte, brachte er seine chinesische Braut mit. Der Kräuterkundige lächelte. »Meine Mutter.« Er strich über das Holz. »Manchmal entsteht aus so viel Leid etwas Gutes.«
Er gab Eva noch einige Pulver für Lehua, in kleine Umschläge gefaltet. Nachdem sie gezahlt hatte, verschloss er den Laden hinter ihr.
Eva ging vorbei an den lauten Matrosenkneipen, den Tattoo-Lä-

den und Ständen, die *yukata*-Stoffe für leichte Kimonos anboten. Auch jetzt am Abend standen Körbe mit Ginsengwurzeln auf der Straße, Stockfisch hing an Bambusstangen zum Verkauf.
In den Schatten lud eine Gruppe Männer von einem Pferdewagen rasch große Holzkisten ab und schleppte sie in einen dunklen Hausflur.
Sie waren viel zu leise, um Soldaten zu sein.
Ein Mann trat vor, um das Pferd zu beruhigen, als eine Laterne aus dem Lagerhaus gebracht wurde. Das Licht fiel auf den leeren Wagen und die Gesichter der Männer. Sie erkannte Jonathan, der hinten auf dem Wagen stand.
Im nächsten Moment schwang sich der Kutscher auf den Bock. Jonathan sprang vom Wagen, wechselte ein paar Worte mit dem Kutscher und verschwand dann in einem der Lagerhäuser.
Eva hielt den Atem an und schlich leise von den Männern fort.
Der Kutscher schnalzte mit der Zunge und löschte die Laterne. Das Pferd zog langsam den Wagen die Straße hinunter. Eva wandte sich rasch in die entgegengesetzte Richtung.

Nachdem man die Royalisten gefangen gesetzt hatte, verwandelte sich Honolulu in einen Hexenkessel der Worte, mit Propheten an jeder Ecke. Jede Nacht sammelte sich eine Menschenmenge vor dem Palast. Manche behaupteten, England wolle sich einmischen und Hawaii vor den Amerikanern retten. Fackelschwenkende Prediger donnerten, der Zorn Gottes werde auf die Inseln niederfahren und sie auf den Grund des Meeres versenken, wenn die Wünsche der Amerikaner nicht akzeptiert würden.
Im zweiten Stock des Palastes schritt Königin Lili'uokalani ruhelos durch ihr Zimmer, von der Wand zu dem Eisenbett, zu der Waschschüssel und an das vergitterte Fenster. Nie berührte sie etwas.

23. Kapitel

Eine Frau, in der Hand einen kleinen Zettel, stand vor Evas Haus. Eva kam heraus und begrüßte die Frau, erhielt aber keine Antwort. Sie hielt Eva den Zettel mit ihrer Adresse hin.
Eva führte sie um das Haus in das kleine Zimmer an der Rückseite. Auch als sie dort stand, machte die Frau keine Anstalten, ihren Hut mit dem dichten Schleier abzunehmen.
Wenn man nichts zu verbergen hat, was hat man dann überhaupt? Sie vermutete, die Frau wäre wegen einer Liebesaffäre zu ihr gekommen. Sie war es überdrüssig, Frauen zu sagen, sie sollten ihrem Herzen folgen. Sie war es überdrüssig, von unglücklichen Liebesgeschichten zu hören. Natürlich führte so etwas dann zu Unannehmlichkeiten. Schließlich war es dein Herz, nicht ein Führer in Lederhosen, der den Pfad kannte.
Oder wollte sie Neuigkeiten von Königin Lili'uokalani hören? In diesem Falle wusste Eva nicht mehr als die anderen. Sie mischte die Tarotkarten und legte sie auf den Tisch zwischen ihnen. Die Frau hatte sichtlich kein Interesse an den Karten.
Die Frau schwieg. Eva versuchte, irgendeine Geste, eine zusammengepresste Hand, flatternde Lider, ein Zögern zu sehen. Doch die Frau zeigte nichts.
Schließlich fragte Eva, ob sie die Zukunft wissen oder Kontakt mit einem Toten haben wollte?
Als die Frau endlich sprach, war ihr Englisch zu perfekt, um ihre

Muttersprache zu sein. Die erste Sprache ist wie ein Kind, das ins Zimmer stürzt, überschäumend, gleichgültig, was es umstößt oder zerreißt. Jede Sprache, die später kommt, bewegt sich mit dem vorsichtigen Schritt des Erwachsenen.
Sie nannte Eva ihren Namen. Alexandra. »Ich möchte Näheres über den Mann wissen, dessen Leiche im Kanal in Waikiki gefunden wurde.«
Eva hielt den Atem an.
Jetzt nahm die Frau den Hut ab und hob den Schleier. Es war ein mongolisches Gesicht, mit hohen Backenknochen und Augen, die so schön gebogen waren wie ein elegantes Messer.
»Welche Art von Information erwarten Sie?«
»Ich frage mich, warum die Zeitungen lügen.«
»Es ist erstaunlicher, wenn sie die Wahrheit schreiben«, sagte Eva.
Alexandra legte die Hand auf den Tisch, so schmal und lang wie ein Fisch. »Ich habe gehört, dass Sie ihn gefunden haben.«
Vielleicht kommt sie von Rhodes, dachte Eva. »Wo könnten Sie so etwas gehört haben?«
Alexandra schüttelte den Kopf und zog einen kleinen Sack aus Musselin heraus, wie ihn die Banken für Geldtransporte verwendeten. Münzen klirrten aneinander, während sie den Sack auf den Tisch legte.
»Die Information ist nur für mich.« Sie warf einen Blick auf das Geld und dann auf Eva. »Ich werde es niemandem weitererzählen.«
Wenn jemand einem versicherte, er würde zu niemandem ein Wort sagen, dachte Eva, dann war sicher, dass er es tat.
»Für wen sind Sie hier, außer um Ihretwillen?«, sagte Eva so freundlich sie konnte.
Alexandra blickte Eva einen Moment an, dann nickte sie. »Eine Frau«, sagte sie leise, »eine Frau, die ihn kannte. Falls wir von demselben Mann sprechen.«

»Warum kommt sie nicht selbst?«
»Sie kann nicht.«
»Warum nicht?«
»Sie hat Angst.«
Eva dachte an die gut geschnittenen Kleider des Mannes, sein Hemd im Stil der Einheimischen. »Sie wissen mehr darüber als ich.«
Die Frau schüttelte den Kopf.
»Ich kann ihre Gefühle verstehen«, sagte Eva. »Wir alle haben unsere Gründe, vorsichtig zu sein.«
»Sie will nichts über sein Leben, sondern über seinen Tod wissen. Kaina hat uns zu Ihnen geschickt.«
Eva nickte erleichtert. »Ich werde Ihnen sagen, was ich weiß, aber ich sollte direkt mit ihr sprechen.«
»Sie wartet draußen im Wagen«, nickte Alexandra und stand auf. »Ich werde versuchen, sie zu überzeugen.«
Eva beobachtete, wie sie schnell den Weg hinunterging. Es war fast zu dunkel, um etwas zu sehen, der Himmel wolkendurchzogen wie ein alter Spiegel.
Das Geld lag noch auf dem Tisch. Eva nahm den Sack auf und prüfte das Gewicht. Es war viel Geld.
Sie holte die Schatulle mit dem Jadehalsband hinter dem Schrank hervor. Sie öffnete sie und ließ ihren Finger leicht über den Stein gleiten, dessen Grün an den Kokon eines Schmetterlings erinnerte.
Eine Frau nahm ihre Halskette ab und wand sie um das Handgelenk des Mannes. Eine spielerische Geste, ein Liebesspiel. Dann entschied er, sie den Tag über zu tragen, um immer an sie erinnert zu werden. Doch was geschah dann mit ihm? Was geschah zwischen der Halskette und den Würgemalen an seinem Hals?
Ein leises Klopfen war an der Tür zu hören. Als Eva öffnete, trat Alexandra beiseite und winkte der Frau zu, die hinter ihr stand.

Sie war Japanerin, mit dichtem schwarzen Haar und einer Haut, die das Licht anzog.
Eva forderte sie auf, sich zu setzen. Die Frau sagte schnell etwas auf Japanisch. Alexandra, die hinter ihr stand, übersetzte.
Ihre Augen waren rot gerändert, ihre Züge fein geschnitten. Sie hatte schöne Hände, doch ihre Nägel waren bis aufs Fleisch abgebissen, woraus Eva schloss, dass sie jünger war, als sie in ihrem feinen Kimono erschien. Doch das war es auch, weshalb Eva ihr traute.
Die Japanerin sagte Eva, sie sei seine Frau.
Eva fühlte plötzlich ein unbestimmtes Grauen.
»Es tut mir Leid«, sagte Eva und blickte zu Alexandra auf, die nickte.
»Ich fand ihn.«
Als Alexandra übersetzte, schüttelte die Frau den Kopf von einer Seite zur anderen.
»Nicht im Kanal. Nicht so, wie die Zeitungen schreiben.«
Die Frau ballte die Hände zur Faust.
»Es war einige Kilometer außerhalb von Honolulu, unten, in einer Höhle, wo man gut fischen kann. Ich ging den Strand entlang und kam zu einem Felsblock, an dem sich die Wellen brechen.« Es gab keinen Grund, irgendjemand anderen zu erwähnen. »Dort fand ich ihn.«
Sie hat das Halsband um das Handgelenk ihres Mannes geschlungen, dachte Eva. Sie stellte sich vor, wie sie ihm das lange Haar aus dem Gesicht strich. Sie sah die beiden miteinander lachen.
»Was hatte er an?«, fragte Alexandra.
»Er war barfuss. Lange Hosen, dunkelblau, und ein weißes Hemd aus Rohseide.«
Eva blickte auf Alexandra. »War er Royalist?«, fragte sie leise.
»Er stand der Königin wohlwollend gegenüber. Aber er arbeitete mit dem Volk, er hatte nichts mit der Monarchie zu tun.«

»Welche Art von Arbeit?«
»Er besaß Land und war Großbauer. Er versuchte zu verhindern, dass die Amerikaner das gesamte Land aufkaufen und alles in Zuckerrohrfelder umwandeln. Aber jetzt sind wir völlig verunsichert.«
Alexandra wies auf die japanische Frau. »Sie wurde gewaltsam von ihrem Land vertrieben, weil ihr Mann alles verkaufte. Das Land, die landwirtschaftlichen Betriebe, sogar ihr eigenes Haus. Wir wissen nicht einmal, warum. Man hat ihr gesagt, er sei in die Vereinigten Staaten gegangen.«
Sie machte eine Handbewegung zu der weinenden Frau. »Sie dachte, er liebe sie nicht mehr.«
Es war unfair, aber was war schon fair im Leben? Eva schob den Gedanken beiseite, aber das Schicksal der Frau ging ihr nahe. Sie war allein, sehr allein, aber irgendjemand kümmerte sich offenbar um sie. Sie trug immer noch kostbare Kleidung.
Dann fiel ihr ihre Mutter ein, wie sie ihren langen Mantel verkaufte, die goldenen Ohrringe. Sie hatte versucht, die Besuche beim Pfandleiher als ein Spiel auszugeben, damit Eva nicht merkte, wie verzweifelt ihre Lage wirklich war.
Eva drehte sich um und griff nach der Schatulle. »Und er trug das hier«, sagte sie und hielt den Jadeschmuck hoch.
Im Atem der Frau klang ein Seufzen. Vorsichtig tastete ihre Hand nach dem Jadehalsband, doch sie berührte es nicht. Sie begann zu weinen.
Alexandra fragte, ob die Polizei das Halsband gesehen habe.
»Niemand hat es gesehen«, sagte Eva. Außer Lehua und dem Juwelier.
Als die Frau aufstand, gab Eva ihr die Schatulle.
Sie war erstaunt und sprach schnell etwas auf Japanisch, während sie die Schatulle in den Ärmel ihres Kimonos gleiten ließ.
Eva dachte, hätte ihre Mutter etwas von Kleidungsstücken ge-

wusst, die so weite Ärmel besaßen, dass man jedes Diebsgut darin verschwinden lassen konnte, sie wären sofort nach Japan übersiedelt.
»Kalama«, sagte Alexandra. »Sie will, dass Sie seinen Namen kennen. Kalama«, wiederholte sie.
»Kalama«, murmelte Eva und wieder sah sie das dichte nasse Haar, das das Gesicht des Mannes bedeckte.
Alexandra nahm den Geldsack auf und reichte ihn Eva.
»Nein«, murmelte Eva. Sie konnte kaum fassen, was sie gesagt hatte. Es war das erste Mal in ihrem Leben, dass sie Geld zurückwies. Sie zog ihre Jacke enger um sich. Ein Fieber, dachte sie, ich bekomme wahrscheinlich Fieber.
Die beiden Frauen sprachen leise miteinander. Dann nickte die Japanerin und griff in den Ärmel ihres Kimonos. Sie hielt eine seidene Schnur in der Hand, an der etwas hing.
»Wissen Sie, was das ist?«, fragte Alexandra.
»Das ist ein Netsuke.« Eva bewunderte die kunstvolle Schnitzerei. Ein winziger Hase, der auf den Hinterfüßen saß. Sie kannte sich mit Netsukes aus, denn Tomas hatte eine Leidenschaft für alles Geschnitzte oder Verzierte.
»Ist es Elfenbein?«
Sie sprachen einen Moment miteinander, dann nickte Alexandra.
»Aus dem achtzehnten Jahrhundert. Sie besitzt es schon sehr lange. Sie möchte, dass Sie es behalten.«
Die Japanerin trat nahe zu ihr und legte das Netsuke in Evas Hand, dann schloss sie sanft Evas Finger darum. Das Stück besaß die Größe einer *kukui*-Nuss. Eva öffnete die Hand und betrachtete das Netsuke nachdenklich. Aus der Nähe betrachtet, lächelte der Hase.

Nachdem sie gegangen waren, strich Eva gedankenverloren über die Gegenstände, die vor ihr standen. Ein Stück roter Koralle.

Eine kleine *koa*-Schale. Sie legte den Hasen genau in die Mitte des Tisches.
Kalama war tot und seine Witwe aus ihrem Hause vertrieben. Sie wickelte die Seidenkordel um das geschnitzte Tier, bis es ganz darin verschwand.
Die Frau würde mit dem Jadestück zum Pfandleiher gehen. Und nicht genug Geld dafür bekommen. Dann müsste sie ihre herrlichen Kimonos verkaufen und all das, was sie noch hatte retten können.
Wer hatte ihrer Mutter geholfen? Niemand. Nur ein Haufen nichtsnutziger Männer, die alle mehr Geld kosteten, als sie brachten.
Wenn sie herausfinden könnte, wie genau Kalama sein Land verloren hatte, könnte sie vielleicht seiner Witwe helfen und erfahren, wer an seinem Tod schuld war. Lieber hätte sie die letzten Tage von Kalamas Leben verfolgt, aber dieser Weg war mit seiner Leiche verschwunden.
Es war an der Zeit, ins Grundbuchamt zu gehen und zu sehen, was sie allein herausfinden konnte.

Der Beamte, der hinter dem Pult des Grundbuchamtes saß, wirkte wie das, was nach der Flut übrig blieb. Alte Knochen, eine sich schälende rosa Haut und ein Bart so dünn wie getrocknetes Seegras.
Als Eva ihn fragte, ob er eine Liste von kürzlich erfolgten Landverkäufen der Insel habe, blinzelten seine Augen wie die einer Schildkröte. Er antwortete nicht.
Sie wiederholte ihre Frage.
Er nickte irritiert und glitt von seinem Stuhl. Hinter ihm befand sich ein Bücherregal. Er ließ seine Finger die Folianten entlanggleiten und hielt bei einem dunkelroten Buch inne. Er zog es aus dem Regal und legte es auf das Pult vor Eva hin.

Sie öffnete das Buch und überflog mehrere Seiten. Es war die Liste aller Landtransaktionen auf der Insel Kauai.
»Nein, ich interessiere mich für die Landverkäufe auf dieser Insel. Auf Oahu.«
Er wählte einen anderen Ordner aus und gab ihn ihr.
Es war zwar die richtige Insel, aber ein falsches Jahr.
»Diese Listen sind mehrere Jahre alt. Vielleicht habe ich mich nicht klar genug ausgedrückt. Ich suche die letzten Verkäufe.«
Er schüttelte den Kopf.
»Bitte?«
»Wir besitzen keine.«
»Sie wollen mir sagen, Sie besitzen keine Registrierungen der letzten Verkäufe?«
»Ja, genau das.«
Sie konnte die Ordner hinter ihm im Regal gut sehen, einer davon mit der laufenden Jahreszahl in Gold. Sie hätte sagen können: Aber bitte, sie stehen hinter Ihnen, aber seine Miene hielt sie davon ab.
»Haben Sie einen Namen oder eine bestimmten Kauf, an dem Sie interessiert sind?«
Das war es also. Er wollte Namen, wollte wissen, wonach sie suchte. Sie gab vor, etwas in ihrer Handtasche zu suchen. »Ich dachte, ich hätte es aufgeschrieben. Ich muss ein anderes Mal kommen.«
Als sie das Amt verließ, wäre Eva gerne gelaufen, doch sie zwang sich, langsam zu gehen, denn sie fühlte die Augen des Beamten auf sich. Irgendjemand wollte nicht, dass bekannt wurde, was sich im Nuuanu-Tal abspielte.
Als sie sich um die Ecke wandte, stieß sie auf Betty, eine der reichsten Frauen von Honolulu, Arm in Arm mit Edward. Betty war höchst abergläubisch und hatte ihr schon viele Kundinnen eingetragen.

Eva unterdrückte ein Lachen.
An dem Tag, an dem sie Königin Lil'uokalani vorgestellt worden war, hatte sie auch Betty kennen gelernt. Seitdem hatte Eva ein paar Mal nachmittägliche Seancen in Bettys Haus abgehalten. Für Eva bedeutete das leichte Arbeit. Ein Zimmer mit lauter Frauen voll unerfüllter Sehnsüchte, die Luft zitternd wie vor einem Gewitter.
Sollte Edward ein Auge auf Betty geworfen haben, dann machte er es besser, als Eva angenommen hatte. Er rauchte eine Zigarre und zeigte ein befriedigtes Lächeln.
Das Gespräch kam auf die Königin unter Arrest, und Betty machte eine wegwerfende Handbewegung. »Ach Gott, das ist doch nur eine Frage der Zeit, da bin ich sicher.«
»Aber es ist ihr Land.«
Edward warf Eva einen ärgerlichen Blick zu, warnend schüttelte er den Kopf.
»Ihre Sympathien scheinen aufseiten der Royalisten zu liegen«, sagte Betty missbilligend.
Eva wandte sich ab und ging schnell davon. Sie lauschte auf das Klappern ihrer Absätze, es klang wie Münzen, die auf den Gehsteig fielen. In den reichen Vierteln Honolulus gab es breite Gehsteige, für die Armen waren Planken über die Erde gelegt. Mit jedem Schritt dachte sie an das Geld, das sie nun nicht mehr durch Betty verdienen würde.
Es war dumm, sagte sie sich. Zuerst lehnte sie das Geld der Japanerin ab, und nun beleidigte sie ihre beste Kundin. Was ist denn mit mir los, fragte sie sich. Ich werde doch nicht zu einer Art Tugendengel werden?
Tugendengel! Lehua nannte das *ho'omikanele*, was bedeutet handeln wie ein Missionar.

Ein Gerücht lief um, nach dem die Amerikaner angeblich planten, das Volk von Hawaii in Reservaten unterzubringen, so wie sie es mit den indianischen Ureinwohnern in ihrem eigenen Land gemacht hatten. Das Massaker am Wounded Knee war erst einige Jahre her, und das Schicksal, das die Sioux-Indianer 1890 erlitten hatten, erschien wie eine Warnung, dass solches auch in Hawaii geschehen könnte.

24. Kapitel

Mitten in der Nacht öffnete sich die Tür zu Evas Schlafzimmer.

»Jonathan?«, fragte sie.

Lehuas Lachen erfüllte den Raum. »So nennt er sich also?« Sie setzte sich auf die Bettkante.

Eva streckte die Hand im Dunkeln aus, fühlte Lehuas mageren Arm. Gut, dachte sie, kein Geist. Lehua war eine Woche fort gewesen, und Eva wollte sie einerseits fest umarmen, andererseits anschreien. So tat sie nichts.

Lehua kramte nach Streichhölzern und versuchte die Lampe anzuzünden. Nach dem dritten Streichholz nahm Eva ihr die Schachtel aus der Hand und machte Licht.

Lehuas Gesicht war schweißfeucht. »Geht es dir gut?«, fragte Eva.

Lehua sprang auf. »Heute Abend werde ich dir den Hula beibringen.«

Eva schüttelte den Kopf. Sie wollte nicht Hula lernen, sie wollte wissen, was in Molokai geschehen war.

»Ein ganz einfacher Hula«, schmeichelte Lehua. »Der Erste, den meine Mutter mir beibrachte. Komm, steh auf, halt deine Hände so.« Sie bewegte sich fahrig, die Hände flatterten um den Körper.

»Lehua. Du musst dich beruhigen.«

»Warum?« Ihre Augen glitzerten im Lampenlicht.

»Was ist geschehen? Geht es dir gut?«
Lehua ging nicht auf ihre Frage ein. »Sieh dir die Fakten an. Du magst doch Fakten, Eva. Alle *haoles* sammeln Fakten, wenn sie in ein Land wie unseres kommen, nicht wahr? Wie viel Regenfälle, wie viele Ziegen. Aber ich weiß etwas, was du nicht weißt. Als die Missionare den Hula verboten hatten, summten die Leute, wenn sie einem Missionar begegneten, immer Hula-Melodien.« Lehua lachte. »Ihre Art, den Missionaren zu sagen, dass sie sich zum Teufel scheren konnten. Aber Hawaiianer glauben nicht an den Teufel, wusstest du das, Eva? Nur die *haoles* konnten sich so etwas Schreckliches ausdenken.«
»Lehua, du solltest dich ausruhen.«
»*Hele mai*«, sagte sie, »ich möchte gerne nach draußen.«,
Eva folgte ihr nach unten. Auf der *lanai* griffen sie nach einem Schirm und gingen hinaus in den Regen.
Die Straße verschwand im Schlamm, der auch sofort ihre Schuhe bedeckte. Sie klappten die Schirme zu und wanderten ungeschützt durchs Nass.
Frauen, die in der Nacht ohne Begleitung auf der Straße waren, wurden oft von Soldaten belästigt, aber wegen des Regens waren die Straßen leer.
Lehua ging eine schmale schmutzige Straße bergauf und blieb vor einem alten Haus stehen. Um sie war der scharfe Geruch nach im Gras verrotteter Guaven und schimmligem Holz.
Sie wischte den Schmutz von einem Fenster und spähte hinein. Eva folgte ihr.
»Es sieht verlassen aus«, sagte Eva.
Lehua antwortete nicht. Sie zog eine Weinrebe hinunter, die über die Hausseite wucherte.
»Warum wohnt hier niemand?«, wollte Eva wissen.
Lehua zog eine weitere Weinrebe herunter, ihre Finger kratzten das Holz entlang.

Eva nahm sie an der Hand und führte sie zur Treppe des *lanai*.
»Setz dich«, sagte sie und Lehua gehorchte. »Wem gehört dieses Haus?«
Der Regen sickerte durch die lecke Traufe. Eva setzte sich neben Lehua, die den Schirm über ihnen beiden öffnete.
»Es gehört mir«, sagte Lehua endlich. »Es war einmal das Haus meiner Mutter.«
»Ah.« Eva fürchtete sich ein wenig vor dem, was jetzt kam.
»Meine Mutter. Sie wusste nicht, wer ich war, Eva. Aber ich habe sie erkannt.«
»Das ist gut.«
»Ich hätte schon früher zu ihr gehen sollen«, flüsterte Lehua. »Aber ich hatte Angst. Angst vor dem, was ich dort sehen würde.«
»Es war gut, dass du jetzt gegangen bist.«
»Da war ein Priester in Molokai. Er erzählte mir, wie es ihr ergangen ist. Ich wusste nie etwas darüber, nur das, was mein Vater sagte, und das war sehr wenig.«
Eva war erstaunt. Lehua sprach niemals über ihre Mutter, Eva wusste nur, dass sie als junge Frau Lepra bekommen hatte.
Lehua erzählte, dass das erste Mal Anzeichen von Lepra bei ihrer Mutter nicht mehr war als ein kleiner Klumpen in der Größe eines Fischauges. Während ihre Mutter noch einen Ausweg zu finden versuchte, bemerkte ihr Vater den Fleck und entschied für sie beide. Er sagte nichts, und sie glaubte zu verstehen, was das Schweigen bedeutete, nämlich vor der Welt so zu tun, als gebe es nichts.
Er wartete, bis sie eines Morgens fischen ging, dann packte er alles im Haus zusammen, nahm Lehua mit und verschwand.
Ihre Mutter kehrte in das große Nichts zurück. Ein leeres Haus, nur ein Leintuch auf einer Schlafpritsche, weil er fürchtete, es könnte infiziert sein. Allerdings fürchtete er die Infektion bei

einer kleinen Blechdose, in der sie ihr Geld aufbewahrte, weniger, die nahm er mit. Es war ihr Glück, dass sie ihre Ausrüstung zum Fischen bei sich getragen hatte, denn sonst hätte er auch die mitgenommen.
Die Nachbarn waren verwundert, warum ihr Mann sie so plötzlich verlassen hatte, ohne irgendeinen Streit. Sie erklärte ihnen, er habe sich in eine andere Frau verliebt, und sie zweifelten so wenig an ihren Worten, dass sie zutiefst verletzt war.
Als die Geschwüre auf ihrem Fuß schlimmer wurden und sie die Verbände niemals abnahm, blickten die Nachbarn nur mehr auf den Fuß. Sie sagte, sie habe sich an einer Koralle verletzt, als sie auf den Klippen gefischt habe, aber niemand glaubte ihr.
Schließlich gab jemand ihren Namen den Leprafängern. Eines Nachts kamen sie an ihre Hintertür. Sie rannte vorne hinaus und hinunter in das Sumpfgebiet der *taro.* Sie kauerte sich in das schlammige Wasser, neben einem Wasserbüffel, dessen bleiche Hörner wie Angelhaken gebogen waren.
Die Leprafänger stampften fluchend durch den Sumpf, während der Wasserbüffel unbeweglich dastand wie ein Berg, hinter dem sie sich verbergen konnte. Schließlich wandten sie sich *mauka*, Richtung Berge, also lief sie *ran makai*, Richtung Meer.
Lehua schwieg. Eva lauschte dem Regen, der auf den Schirm fiel. Unter dem feuchten Stoff roch es wie in einem Zirkuszelt.
»Und was geschah dann mit ihr?«, fragte Eva leise.
Sechs Monate vegetierte ihre Mutter wie ein Hund, während des Tages versteckte sie sich in den Bergen, in der Nacht ging sie auf Nahrungssuche. Schließlich aber fingen sie sie in der Nähe des Hafens. Sie konnte nicht laufen, selbst wenn sie gewollt hätte, nicht seit ihr Fuß durch die Lepra nur mehr ein ausgewrungener Fetzen war.
Mit anderen Leprakranken schleppte man sie auf ein Schiff nach Molokai. Sie wurden immer bei Nacht weggeschafft, als ob der

Anblick des sich abwendenden Oahu bei Tageslicht nicht zu ertragen wäre.
Man benützte die Nacht, um die eigene Scham zu verbergen, dachte Eva und legte den Arm um Lehuas magere Schultern.
Sie saßen still und lauschten dem Tröpfeln des Regens.
Eva wollte Lehuas Vertrauen erwidern. Aber was konnte sie schon erzählen, das für Lehua Bedeutung hatte? Vielleicht ihren wahren Namen, aber das war ein Klang, der schon zu lange in ihrer Kehle verschlossen war.
»Ich habe den Namen von jemand anderem angenommen«, sagte sie schließlich. »Ich habe ihn eigentlich gestohlen.«
»*hanai*«, sagte Lehua. »Wir nennen das *hanai*. Borgen, nicht stehlen.«
Sie drehte den Schirm, und das Regenwasser sprühte um sie, als wären sie von hauchdünnem Glas umgeben.

Zu Hause schwirrte im Schein der Lampe auf der *lanai* eine Wolke von Insekten. Als Eva die Tür aufstieß, fiel ihr Blick auf etwas, das aus dem Briefschlitz ragte. Ein Stück verfaulendes Fleisch. Durch den Briefschlitz war noch mehr Fleisch hereingeworfen worden.
Sie wandte sich um und blickte fragend zu Lehua.
»Es ist der Metzger«, sagte Lehua verschlafen.
»Was ist mit dem Metzger?«
»Ach, du weißt doch, wie es ist. Fleisch, wenn man Opium will. Ich habe nichts mehr von ihm gekauft. Das ärgert ihn.«
»Er droht dir mit Fleisch?«
»Das geht jetzt schon längere Zeit. Er macht das auch mit anderen Leuten.«
Am nächsten Morgen kratzten sie das Fleisch vom Fußboden und zogen das letzte Stück aus dem Briefschlitz. Eva warf alles in einen Sack und lief hinaus.

Im Hof vor dem Waisenhaus wurde Eva von Malia beobachtet, ihre Augen goldfarben, so wie erstarrende Lava manchmal aussah. Sie zeigte Eva eine Flöte, die sie aus dem langen Stengel eines Papayablattes geschnitten hatte, die Löcher waren mit einem kleinen Messer gebohrt.
»Tomas gab mir sein Taschenmesser«, prahlte sie. »Ich musste ihm versprechen, mich nicht zu schneiden.«
»Und?«
»Natürlich«, lachte sie. »Ich verspreche es.« Sie hielt ihren Finger hoch. »Und dann schneide ich mich. Aber ich brauche das Messer, wenn die Königin für ihre Flucht meine Hilfe braucht.«
Eva nickte, als sei der Anblick eines messerschwingenden Mädchens nichts Besonderes. Sie bat Malia, ihr ein Lied auf der neuen Flöte vorzuspielen, doch das Mädchen schüttelte den Kopf. »Ein Mann beobachtet dein Haus.«
»Was für ein Mann?«, fragte Eva und dachte zuerst an Jonathan, dann an Rhodes. »Erinnerst du dich, wie er ausgesehen hat?«
»Ein *haole* in schwarzen Kleidern«, flüsterte Malia. »Ich sehe ihn schon zweimal.«
»Hat er ein breites weißes Gesicht, ein schwammiges Gesicht?«
Malia zuckte die Achseln. »Ach, die schauen doch alle so aus, oder?« Sie zerknüllte das Vorderteil ihres *muumuu* in ihrer Faust. »Er schaut gemein aus.«
»Er ist gemein«, stimmte Eva zu.
»Es ist ein Krieg, ja?«
»Ja, das ist es. Es sieht nur nicht so aus.«
Malia nickte feierlich. »Was hast du in dem Sack?«, fragte sie.
»Verfaultes Fleisch.«
»Machst du einen Witz?«

Der Nachmittag war brütend heiß. Die Kirchenglocken erklangen in der Totenstille. Sogar die Hunde bellten nicht, sie verkrochen sich unter den Häusern oder in den Schatten der Bäume. Die Temperatur stieg weiter, und das Knacken der Blechdächer klang wie Gewehrfeuer. Eva trug ihren Sack mit Fleisch, sie ging an kräftigen Frauen im Seemannsgang vorbei und einem müden Mann, der einen Bund fleckiger Bananen wie einen hellgelben Umhang auf dem Rücken trug. Ein anderer Mann spielte auf der Harmonika und schlug mit dem Fuß im Schmutz den Takt dazu. Die Kinder drängten sich um ihn, um das seltsame Instrument anzusehen, die Neugier war stärker als die Scheu.

Die Metzgertochter rupfte vor dem Geschäft ein Huhn. Die weißen Federn flogen rund um sie wie die Segel eines Bootes ins Niemandsland. Sie war überrascht, Eva zu sehen, und sah schnell weg.

Im Laden lehnte der Metzger an der schmutzigen Theke. Hinter ihm hingen lange Streifen von Fliegenfängern, schwarz mit toten Fliegen.

Eva stellte den Sack mit Fleisch auf die Theke.

»Was is'n das?«, fragte er.

»Fleisch.«

»Sie bringen mir Fleisch?« Er lachte, seine Zähne waren viel zu weiß. Er sollte fleischfarbene Zähne haben, dachte Eva.

»Das ist das Fleisch, das Sie durch unseren Briefschlitz gestopft haben. Ich wünsche, dass das aufhört.«

»Sie sind die *haole* Wahrsagerin, die in Lehuas Haus wohnt«, grunzte er im Ton einer Anklage.

Eva öffnete den Sack und kippte das Fleisch auf die Theke.

»Lassen Sie uns gefälligst in Ruhe«, sagte sie.

»Oder was? Bekomm ich von Ihnen den bösen Blick? Was glauben Sie, wer sich vor Ihnen fürchtet?«, fragte er. »Sie sollten die sein, die sich fürchtet. Sie sind es, die immer bewacht wird.«

Spricht er über Rhodes, fragte sie sich.

Er lachte immer noch, als sie das Geschäft verließ.

Draußen wandte das Mädchen ihr Gesicht ab.

Auf dem Weg nach Hause überkam Eva ein Welle des Ärgers. Sie sah in der Menge das dünne Haar des Beamten aus dem Grundbuchamt. Er betrat einen privaten Club, und sie beobachtete ihn durch das Fenster, wie er mit einem Kellner sprach. Gleich darauf setzte er sich in den Speiseraum.

Sie kehrte um und ging in die Richtung des Amtes, wobei ihr bewusst war, dass sie genau das nicht tun sollte. Sie war jemand, der beim ersten Anzeichen von Schwierigkeiten abhaute. Weiteres Nachbohren würde ihr Leben nur komplizierter machen.

Sie öffnete die Tür und fand einen jungen Beamten, der gerade sein Mittagessen verzehrte, die Spitzen seines gewichsten Schnauzbartes standen wie Essstäbchen zu beiden Seiten in die Höhe.

Er errötete leicht und schob sein Essen schnell außer Sichtweite.

»Kann ich Ihnen helfen?«

Eva bat, die Liste der laufenden Grundstücksaktionen einsehen zu dürfen.

»Aber gewiss«, sagte er und wandte sich zu dem Bord hinter ihm. Er sah die Ordner durch. »Also das ist merkwürdig. Sie sollten genau hier stehen. Lassen Sie mich einen Blick nach hinten werfen.«

Er blieb lange Zeit fort. Eva konnte nur hoffen, dass der andere Beamte ein langes Mittagsmahl plante.

Endlich kam er mit einem Arm voll roter Ordner zurück. »Üblicherweise sind wir hier viel besser organisiert«, entschuldigte er sich, während er die Bücher auf das Pult legte.

»Nun, welches Jahr wollen Sie einsehen?«

»Das gegenwärtige.«

»Ah, da haben wir es.« Er hatte einen Ordner durchgeblättert und hielt Eva die offene Seite hin. Er reichte ihr ein Lineal und

zeigte ihr, wie sie damit die einzelnen Seiten überblicken konnte.
Die Liste der laufenden Grundstücksverkäufe nahm viele Seiten in Anspruch. Eine Unmenge kleiner Häuser war in Honolulu und in der Umgebung verkauft worden. Eva überflog die Seiten, so schnell sie konnte, und fragte sich, wie viel Zeit ihr blieb, bis der Bürochef wieder kam. Die Namen von Missionarsfamilien tauchten immer wieder auf, was Eva, nach dem, was Edward ihr erzählt hatte, nicht weiter überraschte.
Endlich fand sie Kalamas Name als Verkäufer von dreißig Quadratkilometer Grund im Nuuanu-Tal. Der Verkaufspreis war so unglaublich niedrig, dass sie glaubte, es müsse ein Irrtum sein.
Dann aber sah sie etwas, was sie erstarren ließ.
Cornelius Rhodes war als der Käufer des Grundes aufgeführt. Zweimal las sie seinen Namen, zu schockiert, um es beim ersten Mal zu glauben. Rhodes trat auch als Käufer anderer Grundstücke auf, alle um einen bemerkenswert niedrigen Preis. Der Besitzer aller dieser Grundstücke war derselbe Mann, Kalama.
Fragend zeigte sie die Eintragungen dem Beamten.
Beim Anblick des Preises pfiff er leise. »Na, das ist ein Schnäppchen«, stimmte er zu.
»Wie geschieht so etwas?«
»Nun ja, wahrscheinlich Streitigkeiten unter den Erben, oder die Familie ist in Schwierigkeiten geraten, das kommt bei Landbesitzern vor. Vielleicht hat man ihnen eingeredet, das Land sei verhext.«
»Verhext?«
»Ich habe gehört, dass so etwas vorkommt.« Er zuckte die Schultern, aber es war deutlich zu sehen, dass er ebenso erstaunt wie Eva war.
»Was bedeutet dieses Kürzel unter den Eintragungen?«

»Das ist das tatsächliche Datum des Kaufes, aber aus irgendeinem Grund wurden die Monate als Buchstaben geschrieben.« Er lachte. »Das war sichtlich jemandes Idee, die Sache verwirrender zu machen. Sie sehen also, für Januar steht A, für Februar B.«
Eva überfiel ein Frösteln. Kalama war bereits vor den Grundstücksverkäufen tot gewesen. Er starb, bevor er das Land an Rhodes verkaufen konnte.
Was hatte Lehua ihr noch an dem Tag gesagt, als sie den toten Mann am Strand fanden? Masern und Geschlechtskrankheiten sind zu langsam. Jetzt bringen sie uns einfach um.
Deswegen war Rhodes also hinter ihr her. Er nahm an, sie wusste bereits, dass Kalama schon vor den Käufen tot gewesen war.
Aber sie konnte nichts davon beweisen. Die Aussage einer Wahrsagerin würde vor Gericht keinen Wert haben.
Kaina, dachte sie plötzlich. Natürlich, ihm würde sie die Informationen zukommen lassen. Er würde wissen, was zu tun sei. Schnell schrieb sie die Daten und Preise ab. Beim Schreiben zitterte ihre Hand.
»Ist alles in Ordnung?«, fragte der Beamte, der ihre unsicheren Hände sah.
Eva, die der eigenen Stimme nicht trauen konnte, nickte nur. Dann wandte sich sie um und öffnete schnell die Tür, denn sie hatte es eilig, vor dem Erscheinen des anderen Beamten wegzukommen.
Auf der Straße war es heiß und feucht, und während sie sich durch die Menge drängte, kam sie sich vor, als ginge sie auf dem Fell eines Tieres.

Die Geister aller Könige Hawaiis, von Kamehameha dem Großen bis Kalakama, versammeln sich in diesem Raum. Königin Lili'uokalani fühlt ihre Anwesenheit, prachtvoll in ihren weiten Umhängen und Helmen, die aus den roten und gelben Federn des ,i'iwi *und* mamo mamo *gemacht sind, Vogelarten, die es nicht mehr gibt.*
Sie sind gekommen, um ihr Gesellschaft zu leisten.
Sie tritt einen Schritt näher, spürt die Trauer dieser toten Könige, besonders Kamehamehas III., der den Fremden erlaubte, in Hawaii Grund zu erwerben. Er steht in einer Ecke des Raumes, die anderen meiden ihn. Es ist seine Schande, nicht die ihre.
Sie sagen ihr, dass die Bibel nicht stark genug ist gegen diese Leute, die das Land gestohlen haben. Wo ist dein Speer, fragen sie. Du hast deinen Speer niedergelegt und ihre Bibel aufgenommen. Wo ist jetzt dein Speer?
In der Dunkel schreitet sie schnell, immer schneller um die Könige von Hawaii, in ihren Umhängen des Verschwindens.

25. Kapitel

Zwei Tage nach Lehuas Rückkehr von Molokai tauchte Jonathan wieder auf. Er schleppte einen großen Rucksack durch die Hintertür, sah zu Eva hinüber, nickte und setzte seine Last ab. Es war ungewöhnlich, ihn am helllichten Tage zu sehen.

»Heute Abend wäre es gut, wenn Sie nicht zu Hause sein könnten«, sagte er.

»Warum?«

»Warum nicht? Gehen Sie in die Stadt. Vergnügen Sie sich.«

»Vergnügen«, wiederholte sie. »Und schreiben Sie Lehua auch vor, was sie zu tun hat?«

»Lehua ist nicht da. Sie besucht Freunde auf der Windseite der Insel und wird bestimmt ein paar Tage wegbleiben.«

»Sie ist weg? Aber sie ist doch gerade erst nach Hause gekommen.« Eva nahm ihn am Arm. »Was haben Sie vor?«

Er schüttelte den Kopf.

»Warum sagen Sie mir nichts? Was können Sie schon gegen eine ganze Regierung ausrichten?«

»Miss Hanson«, sagte er knapp. »Sie waren eine große Hilfe. Aber jetzt ist es an der Zeit, dass Sie sich um Ihre eigenen Angelegenheiten kümmern, nicht um meine.«

Sie zuckte zurück. Seine Stimme war so kalt, als hätte er sie geschlagen. Er las es in ihrem Gesicht, setzte an, etwas zu sagen, verfiel aber wieder in Schweigen.

»Ich versuche zu verstehen, aber Sie machen es unmöglich.«
»Es gibt nichts zu verstehen. Sie müssen bei den Leuten Ihrer Art bleiben.«
Eva errötete bei dieser Bemerkung. »Und welcher Art sind die?«
»*Haole*.«
Wütend sprang sie auf und lief nach oben in ihr Schlafzimmer. Er irrt sich, dachte sie. Manche Menschen haben niemanden, der ihrer Art ist.
Etwas später hörte sie ihn heraufkommen. Die Tür zum Lagerraum ging, wurde versperrt, und dann ging er wieder hinunter.
Ja, dachte sie, ich werde weggehen. Besser, als hier die halbe Nacht zu lauschen.
Sie öffnete den Schrank und nahm ihre Jacke heraus. In der Tasche steckte ein kleines eingewickeltes Päckchen. Sie zog an dem braunen Packpapier. Es war Lehuas Schildpattkamm, einer der wenigen Schätze ihrer Mutter, die Lehua noch besaß. Eva hielt ihn nachdenklich in der Hand. Dann strich sie das Haar zurück, legte es zu einem Knoten und steckte den Kamm hinein, genau wie sie es bei Lehua immer gesehen hatte. Sie drehte sich um, sah in den Spiegel. Der Kamm war wie eine Hand, die ihren Hinterkopf umschloss.
Er war viel zu wertvoll, um so getragen zu werden. Sie zog ihn wieder aus dem Haar, wickelte ihn in das Papier und legte ihn in den Koffer, neben die Tarotkarten. Sie zog die Jacke an und trat in den Gang. Jonathan hatte eine kleine metallene Schale mit Früchten vor ihre Tür gestellt. Sie stieß sie weg, sodass die Schale kreiselnd den Gang entlangschlidderte.

In der Nacht wurde das Rauschen des Meeres intensiver, das Geben und Nehmen zwischen Land und Meer deutlicher. In der Stadt waren die Straßen voll von Amerikanern. Eine Woche war seit der Gefangensetzung Königin Lili'uokalanis vergangen, und man hatte die meisten Royalisten aufgespürt. Jetzt wurde das Ausgehverbot gelockert, doch nur die Amerikaner glaubten dieser Maßnahme. Alle anderen erwarteten weitere Konflikte. Am Abend beeilten sich Hawaiianer und Chinesen, nach Hause zu kommen, die Japaner verschwanden hinter den *shoji*-Schiebetüren.

An jenem Nachmittag hatte Cornelius Rhodes seine letzten Landkäufe beurkunden lassen, und er war nun Besitzer eines der größten Landstriche Oahus. Er wanderte die Straße hinunter und betrachtete sich als einen Mann, dem alles gehörte, von den Getreidesäcken bis zu den *lei*-Verkäufern, vom Rauch eines erlöschenden Feuers bis zu einer alten Frau, die einen Eimer schwarze Farbe trug, alles, was er sah, wurde sein.

Eva hatte McClelland überredet, essen zu gehen, und jetzt schlenderten sie Hand in Hand die Straße hinunter, über allem lag der Geruch nach Blüten und Rauch, darunter allerdings roch die Ebbe nach Urin und Schlamm. Die Dunkelheit verbarg alles, ein Hinken, verfaulte Zähne, die ersten Anzeichen von Lepra. Eine Transaktion mit Ländereien, einen Mord.

Sie aßen in einem chinesischen Restaurant. Der Lärm war so groß, dass sie bald jeden Versuch eines Gesprächs aufgaben. Eva war nervös, aber McClelland sagte nichts, sondern beobachtete sie nur genau. Sie war dankbar um die Geräusche aus der Küche, das Klappern der Kochtöpfe, die scharf klingenden chinesischen Stimmen.

Sie dachte an Jonathan und griff nervös nach dem *netsuke*-Hasen, der an der Kordel um ihren Hals hing. Ist es ein Wunder, dachte sie, dass ich um Glück bitte, jetzt, da es mich verlassen hat.

Sie grübelte, ob das, was Jonathan plante, schon passiert sein mochte. Wie sollte sie wissen, wann sie nach Hause gehen konnte?

McClelland wies auf ihr Essen, das sie kaum berührt hatte, sodass Eva ein paar Bissen nahm.
Er lächelte über ihren Versuch. »Du bist heute mit den Gedanken woanders, nicht wahr?«
»Ja, das stimmt«, gab sie zu, wagte aber nicht weiter zu sprechen.
Durch das Fenster sahen sie Soldaten außer Dienst und Geschäftsleute in kleinen Gruppen. Über den Clubeingängen baumelten farbige Laternen, und bunt gekleidete Frauen flatterten wie Motten um das Licht.
»Du möchtest eigentlich gar nicht hier sei, oder? Ich meine, hier im Restaurant.«
Sie schüttelte den Kopf.
Er legte seine Essstäbchen hin und führte sie zur Tür.
Vor dem Lokal schlängelte sich ein Junge in zerlumpten Hosen durch die Menge. Ein Händler jagte hinter ihm her, behindert durch die doppelt um seinen dicken Bauch gewundene Schürze. Der Junge stürzte vorbei, und Eva trat in den Weg des Händlers, der seine Schritte verlangsamte, um sie nicht umzustoßen. Der Junge löste sich in der Dunkelheit auf.
Eva hakte sich mit zittrigen Händen bei McClelland ein.
Heute Nacht schien alles temporär. Musik drang aus den Bars, nur um sich in der Luft aufzulösen. Selbst in der Hektik, Drinks zu kaufen und Begrüßungen auszutauschen, lag das Gefühl, nichts könnte von Dauer sein. Weder Freundschaft, noch Geld, noch Loyalität. In den Schatten umschlangen sich die Paare gleichermaßen aus Verzweiflung wie aus Lust, in der Angst, sollten sie einander loslassen, so würden sie verschwinden.
Eine Menge stand um den Metzgersladen und zeigte auf die schwarzen Farbkleckse, die an den Fenstern herunterrannen. Kleine Ziele, dachte Eva.
Ein Wagen hielt neben ihnen, und im Fenster erschien ein breit-

krempiger Hut. Das Gesicht darunter fragte McClelland nach dem Columbia Club.

Der schüttelte den Kopf. »Ich habe noch nie von dem Club gehört.«

»Das ist merkwürdig. Man hat mir gesagt, er wäre hier in dieser Straße.«

»Das tut mir Leid.« McClelland drückte warnend Evas Ellenbogen. »Sei vorsichtig«, murmelte er, als sie die Straße überquerten und rasch durch die Menge gingen.

Sie blieben stehen, um sich Fleischspieße von einer Händlerin zu kaufen, die sie am Straßenrand am Holzkohlenfeuer briet. Ein Hand streckte sich aus und packte Eva am Arm. Sie fuhr herum und stach mit dem Bambusspieß danach. Der Mann schrie auf und ließ los.

Jemand anderer stieß McClelland nach hinten an eine Mauer, und während er sich wehrte, fielen beide in den Staub.

Eva wurde die Straße hinuntergedrängt, den Kopf heruntergezogen. Finger bohrten sich in ihre Haut. Das Einzige, das sie sehen konnte, waren schwarze Schuhe.

Sie hörte auf, sich zu wehren, und legte einen Ohnmachtsanfall hin, auf den ihre Mutter stolz gewesen wäre. Während sie zu Boden sank, lockerten die Finger ihren Griff, um sie schließlich frei zu geben.

McClelland schrie etwas, doch sie hörte nicht darauf, sie stieß sich von den schwarzen Schuhen weg, ihre Hände voll Schlamm, als sie über die Straße stürzte.

Dann hörte sie, was McClelland schrie: Lauf!

Sie war im nächsten Augenblick auf den Beinen und rannte, ohne zu wissen wohin. Sie rannte durch die Menge, die vor ihr zurückwich. Sie rannte an den Clubs, an einer Menschenschlange vorbei, die Lotterielose kaufen wollte, und dann eine kleine Gasse hinunter, an deren Rand Holzhütten standen. Sie rannte durch überwucherte Grundstücke, Äste schlugen gegen ihr Gesicht und ihre Arme. Schließlich kauerte sie sich gegen die Hinterwand eines Hauses und versuchte ihren keuchenden Atem wieder unter Kontrolle zu bringen, der von irgendwo außerhalb ihres Ichs zu kommen schien.

Ein Licht bewegte sich durch die Tür des angrenzenden Hauses, von der Vorder- zur Hinterseite, dann auf die hintere *lanai*. Die Frau schwang die Laterne über den Hof und sah Eva, gegen die Wand geduckt.

Um Gottes willen, schweig! Dachte Eva. Doch die Frau schrie bereits. Sie schrie, die Farbe von Evas Haar sei nicht *ehu*, das Rot des hawaiischen Haars, sondern *po'o 'ula'ula,* das Rot von *haole* Haar.

Eva sprang auf und rannte. Hinter ihr schrie die Frau weiter. Sie kletterte über einen Zaun, fühlte, wie ihr Rock hängen blieb und riss. Dann fühlte sie den Griff einer Hand, die Nägel bohrten sich in ihre Haut.

Der Mann, der über ihr kniete, schrie: »Wir haben sie.«

Sie wurde in einen Wagen gestoßen, fiel auf Hände und Knie, ihr Gesicht wurde in den Sitz gedrückt.

Betrachte sie als Hunde, redete sie sich ein und versuchte ihre Furcht auf etwas anderes abzulenken.

Sie wurde an den Haaren gerissen, und ihr Hals streckte sich nach hinten. Sie hob den Blick und erwartete, Rhodes zu sehen, doch es war jemand anderer.

»Sie haben einiges zu erklären.«

Sie krabbelte vom Boden hoch und setzte sich auf den gegenüberliegenden Platz.

Der Mann lehnte sich vor und lächelte sie mit perfekt weißen Zähnen an. »Zum Gefängnis«, befahl er dem Fahrer und blies die kleine Laterne aus, die an der Tür hing.

In der Dunkelheit fragte Eva, wessen man sie anklage, als ob dies

eine Rolle spielte. Als folge irgendjemand in der ganzen Stadt den Regeln des Gesetzes.
Er antwortete nicht.

Vor dem Gefängnis drängten sich Wagen, Karren und Menschen, die Geld hochhielten, um ihre Angehörigen freizukaufen. Männer mit Laternen schrien Instruktionen, die ignoriert wurden.
Eva wurde durch die Menge in das Gefängnis geschoben. Sie hatte schon früher in einem Gefängnis gesessen, aber das hier hatte nichts mit einem Schuldturm zu tun. Der Schuldturm hatte den Geruch der Resignation, wie nach abgestandenem Schmutz. Dieses Gefängnis hier roch nach Angst. Der Geruch war so scharf wie von trocknenden Algen und drehte ihr den Magen um.
Sie wurde einen engen Gang hinuntergeführt und in eine Einzelzelle ohne Fenster gestoßen. Die Hitze war fast unerträglich, und innerhalb von Minuten waren ihre Kleider schweißdurchtränkt.
Ihre Gedanken flatterten in alle Richtungen. Sie legte die Stirn an die Wand und blieb lange so stehen, während sie sich alles durch den Kopf gehen ließ, was sie wusste, was geschehen war. Aber nichts fiel ihr ein.
Niemand kam, um sie zu verhören. Die Stunden verrannen. Sie löste Klumpen getrockneten Schlamms aus ihrem Haar, zog die Bluse aus, wrang sie aus und zog sie wieder an.
Die ganze Nacht blieb sie allein. Am nächsten Morgen wurde die Tür geöffnet und ein Haufen junger Hawaiianerinnen in die Zelle gestoßen. Eva war froh, Gesellschaft zu haben.
Die Neuankömmlinge sahen aus, als wären sie nicht das erste Mal im Gefängnis. Eva vermutete, dass es sich um Prostituierte handelte. Eine der Frauen hatte sogar ihr Strickzeug mitgebracht. Der Tag war heiß, die Luft stickig, das einzige Geräusch war das Klappern der Nadeln.

Eva streckte sich auf einer Bank aus und schloss die Augen, sie fühlte, wie die Frauen sie beobachteten. Was sahen sie in ihr, sie mit ihrer sommerprossigen Haut und dem hellroten Haar? Eine Anomalie. *Haole*-Frauen landeten nicht im Gefängnis. *Haole*-Frauen hatten genug Geld, um nicht in Schwierigkeiten zu geraten.

Nach einigen Stunden fragte eine der Frauen, weshalb Eva hier festgehalten wurde.

Gab es einen Grund, die Wahrheit zu sagen? Dass sie den Leichnam eines Mannes gefunden hatte, der niemals hätte gefunden werden dürfen?

Eva setzte sich auf. »Ich habe Pillen verkauft«, sagte sie. »Kuren für verschiedene Krankheiten.«

Mit scheuer Stimme fragte die Frau, ob die Pillen wirklich halfen.

»Nein, eigentlich nicht. Sie waren nur aus Zucker.«

Die Frau sprach zu den anderen auf Hawaiisch, und alle lachten. Eva lachte auch, erstaunt über die eigene Ehrlichkeit.

»*kilokilo*?«, fragte eine andere Frau.

Eva sagte ja, sie war Wahrsagerin. Sie trug sich an, den Frauen aus der Hand zu lesen, doch keine von ihnen war an der Zukunft interessiert.

Sie erzählten Eva, dass sie gewöhnlich zwei Tage im Gefängnis verbrachten, dann kam der Mann, für den sie arbeiteten, und hinterließ eine Kaution. »Das ist immer, wenn die Polizei Geld braucht«, erklärte die Strickerin. »*Waihine ho'okamakama.*«

Prostituierte. Eva dachte an ihre Mutter, die so manche Nacht im Gefängnis verbracht hatte, bevor sie der eine oder andere Liebhaber herausholte. Oder auch nicht. Es gab Nächte, da musste sie bleiben, so wie diese Frauen auch.

Mitten in der Nacht wurde Eva von einem Wächter durch einen Stockschlag auf den Fuß geweckt.

Sie traf auf eine kleine Gruppe erschöpfter Menschen, mit der sie einen anderen Gang hinuntergetrieben und in ein großes Zimmer gestoßen wurde, das bereits überfüllt schien. Einige von ihnen sahen aus, als befänden sie sich schon Wochen im Gefängnis.
Die Laternen wurden hinausgetragen, und sie blieben in Dunkeln.
Eva kauerte gegen eine nasskalte Wand. Ihr Haar war feucht, der Arm angeschwollen, dort, wo der Mann sie gepackt und seine Nägel in ihr Fleisch gebohrt hatte.
Flüsternd ging eine Geschichte um, ein Mann habe versucht, in den Palast einzudringen und die Königin zu befreien. Er habe sechs Regierungssoldaten verwundet, bis er erschossen wurde.
Eva hoffte, es möge nicht Jonathan sein.
Wenn sich überhaupt jemand bewegte, dann ganz leise, nur, um aufzustehen, die Glieder zu strecken und sich wieder hinzusetzen. Ab einem gewissen Punkt verlor Eva jedes Zeitgefühl, sie hätte nicht sagen können, ob sie fünf oder zwanzig Stunden hier war.
Eine Wache schrie einen Namen. Ein magerer Mann in zerfetzter Kleidung stand auf und wurde aus dem Zimmer geführt. Im nächsten Moment war der Klang von Holz, das auf Fleisch prallte, und leises Stöhnen zu hören. Als der Mann nicht mehr zurückkehrte, stimmte irgendjemand leise ein Lied an, ein Lied, das die Königin geschrieben hatte.
Evas Mundwinkel zuckten. Sie presste die Hand gegen das Gesicht, ohne das Zucken verhindern zu können. Ob sich so der Tod anfühlte? Nicht das Sterben, sterben war furchtbar, sterben geschah in Räumen wie diesen. Nein, sie dachte an den Tod selbst. Tomas hatte immer behauptet, der Tod sei nicht mehr als das Gewicht eines Hahnes auf der Brust eines alten Mannes.
Sie redete sich ein, dass McClelland die Flucht gelungen war, er sich in Sicherheit befand. Alles andere war unerträglich. Sie kau-

erte gegen die Wand, die Knie zur Brust gezogen, in dem Versuch, sich unsichtbar zu machen.
Zu sitzen und auf das zu warten, was als Nächstes kommen würde, war sowohl beängstigend wie monoton. Die Stunden schlichen in Tropfen, in Atemzügen. Sie durften nicht auf das Klosett. Stattdessen benützten sie Eimer in einer Ecke des Raumes. »Ihr Eingeborenen«, sagte ein Wächter, »solltet daran gewöhnt sein.«
Später war ein leises Pochen an dem kleinen vergitterten Fenster am Ende des Raumes zu hören. Kleine Stücke von *pipikaula* wurden schnell durch das Gitter geschoben. Eva kaute dankbar an einem Stück getrockneten Fleisches von der Größe eines Silberdollars.
Die Menschen sprachen mit müder Stimme. Niemand erwähnte Essen oder Wasser. Der beste Weg, mit dem Hunger fertig zu werden, bestand darin, ihn zu verschlafen.
Am nächsten Abend lief eine geflüsterte Botschaft durch die Menge, und Eva wurde gesagt, sie solle zum Fenster kommen.
Vorsichtig stieg sie über Arme und Beine, doch als sie zum Fenster kam, war niemand zu sehen. Am äußeren Fenstersims lag eine kleine Blume, doch die Entfernung war zu groß, um sie zu erreichen. Sie klammerte sich an das Fenstergitter und spannte alle Sinne an, McClellands Stimme zu hören, aber draußen war nur der *kona*-Wind, der jeden Laut in die andere Richtung trug. Ihre Großmutter hatte einen solchen Wind eine Braut, die rückwärts lief, genannt.
Als sie wieder durch die Menge zurückging, erhoben sich Hände und berührten ihren Rock, ihr Bein. Als sie sich wieder setzte, strich ihr der alte Mann neben ihr über die Schulter. Getröstet zu werden ließ Eva ihr Unglücksgefühl erst richtig wahrnehmen.
Als sie wieder sprechen konnte, fragte sie, weshalb er angeklagt sei.

»Landesverrat«, sagte er, »Wie alle anderen hier.«
Seine Stimme klang viel jünger, als er aussah. Kummer und Armut hatten sein Gesicht mehr gezeichnet, als es das Alter jemals tun konnte.
Er erzählte ihr, sein Name sei Malo.
»Liv«, sagte sie. »Ich bin Liv Norseng.«
Malo nickte und berührte sanft ihren Arm. »Schlafen Sie jetzt«, flüsterte er, und sie folgte ihm.

Uwe ka lani, ola ka honua: Der Himmel weint, das Land lebt. Aber was geschieht mit dem Himmel, wenn das Land weint?

26. Kapitel

Eva schlief, den Kopf auf Malos Schulter, und als sie erwachte, lag zu ihrem Erstaunen ein Junge an sie gekuschelt. Sie warf Malo einen fragenden Blick zu.

Er rieb sich an der Schulter und flüsterte, dass sich das Kind wohl nach seiner Mutter sehnte. Als der Junge aufwachte, fragte Malo ihn aus, aber er schüttelte nur den Kopf.

Eva merkte, wie er auf den *netsuke*-Hasen starrte. Sie nahm ihn ab und gab ihm den Hasen zum Spielen, während sie sich fragte, wieso ein Kind ins Gefängnis geraten war.

Als er endlich sprach, fragte er Eva, ob ihr rotes Haar echt sei.

Eva nickte, zog den Kamm aus dem Haar und ließ es ihn berühren.

Er erklärte ihr, es gebe noch ein anderes Rot, das *'ohi'a 'ai* genannt wurde, ein Muttermal, das entstand, wenn eine Schwangere zu sehr nach Äpfeln aus den Bergen verlangt hatte.

Eva dachte an das rote Gesicht von Cornelius Rhodes und fragte sich, wonach seine Mutter wohl verlangt hatte, als sie mit ihm schwanger war. Vermutlich nach einem großen Beefsteak, entschied sie.

»Warum bist du da?«, fragte sie.

»Um meiner Königin zu helfen«, antwortete er scheu.

»Das ist gut«, sagte sie und drückte seine Hand.

Er ließ die rothaarige Frau seine Hand halten, bis sie wieder einschlief. Dann löste er sanft ihre Finger.

Ein Sturm weckte Eva, Regenfäuste, die auf das Blechdach des Gefängnisses trommelten. Männer standen am Fenster, streckten die Finger durch die Gitter, um ein paar Tropfen zu erhaschen. Eva wandte sich zu dem Jungen um, aber er war nicht mehr da.
»Nachts wurde er geholt«, sagte Malo.
»Von wem?«, fragte Eva. »Von den Soldaten?«
Malo antwortete nicht.
»Von wem?«, wiederholte sie.
»Vom Tod.«
»Wie kann das sein?«, flüsterte sie.
Er sagte, der Junge wäre verwundet gewesen, hätte aber nichts gesagt. Er glaubte wohl zu helfen, indem er den Mund hielt. »Ich weiß nicht einmal seinen Namen.«
Er hielt Eva ihr Halsband hin, und sie biss sich auf die Innenseite der Wange, um nicht zu weinen. Auf Hawaiisch hieß Herz *pu'uwai*. Auf norwegisch *hjerte*.
Wie konnte sie übersehen haben, dass der Junge verletzt war, dass etwas nicht stimmte?
Mitten in der Nacht wurde die Tür geöffnet und ein Mann hereingestoßen. Die Tür knallte zu, Schlösser knirschten. Mehrere Männer hockten sich zu ihm und versuchten zu ertasten, ob irgendwo Knochen gebrochen waren.
Malo sagte ihr, der Mann sei der Letzte der Royalisten, die sich in den Bergen versteckten und die Republikaner sabotierten. Er schüttelte den Kopf und meinte, für eine Hand voll Männer sei es unmöglich, die republikanischen Soldaten aufzuhalten.
Ein Held, dachte Eva.
Der verwundete Mann verlangte Licht und Nahrung, aus unerfindlichen Gründen gehorchten die Wachen. Ein Soldat brachte eine Laterne herein. Eva und Malo sahen sich nicht an, das helle Licht machte sie plötzlich scheu.

Als die Soldaten Fisch und *poi* brachten, begannen einige Männer im Raum leise zu weinen.
Als der verwundete Mann auf ihre Seite des Raumes geschleppt wurde, berührte Malo seinen Arm. »Es tut mir Leid, dass du in solchen Schwierigkeiten steckst«, sagte er leise.
Der Mann hob die Schultern. »Ich bin immer in Schwierigkeiten.«
Eva fragte Malo, ob er von dem toten Mann gehört habe, von dem die Zeitungen berichteten, er sei im Kanal unten in Waikiki gefunden worden.
Er nickte.
Eva erzählte ihm die Geschichte, wie sie sich wirklich zugetragen hatte, und dass sie es gewesen war, die den Toten gefunden hatte. Sie erzählte ihm, dass Kalama wegen seines Landbesitzes ermordet worden war.
»Er war Landbesitzer oben im Nuuanu-Tal. Seine Frau wusste nicht einmal, dass sie bereits Witwe war.«
Er sagte Eva, sie solle sich, sobald sie aus dem Gefängnis käme, mit der wahren Geschichte an die Zeitungen wenden. Doch im Inneren wussten beide, wie zwecklos das war. Die meisten Herausgeber hawaiischer Zeitungen befanden sich im Gefängnis, und die einzigen Zeitungen, die noch erscheinen durften, dienten den Interessen der Republik von Hawaii.
Später am Abend rief dann ein Soldat Eva Hansons Namen.
Malo drückte ihr die Hand, und sie stand langsam auf. Einen Moment war sie verwirrt und glaubte, sie müsse jetzt den Jungen identifizieren, dessen Namen niemand kannte.
Sie wurde einen Gang hinuntergeführt und in einen Raum gebracht, wo es nach schalem Schmutz und Urin roch.
Ein Soldat folgte ihr in den Raum.
Ihre Knie zitterten, sie konnte nichts dagegen tun.
»Warum sind Sie nach Hawaii gekommen?«, wollte er wissen.

Weil ich fortgelaufen bin, dachte Eva. Weil ich in Norwegen nicht ins Gefängnis wollte, dachte sie. Ohne dass ich ahnte, dann hier im Gefängnis zu landen.
Sie gab ihm die einzige Antwort, die er verstehen konnte. »Wegen Geld.«
»Das hab ich mir gedacht«, sagte er angewidert.
»Ach so, Ihre Anwesenheit hier dient einem viel höheren Zweck, nicht wahr?«
Er ging, zog die Tür zu und verriegelte sie. Ihr Anflug an Mut fiel in sich zusammen.
Sie hatte Angst, sich zu bewegen, Angst vor dem, was sie vielleicht finden mochte, doch schließlich verrann die Zeit, und irgendwann ertasteten ihre Hände die Wand. Zornig stieß sie mit dem Fuß ins Dunkel. In dem Raum war nichts, nichts außer dem Abfalleimer.
Sie hatte keine Ahnung, was als Nächstes geschehen würde. Vielleicht würden die sie hier behalten, hier, in diesem Raum. Vielleicht hatten die sie bereits vergessen.
Nach Stunden kam ihr die Idee, an der Trennwand zu klopfen. Es kam keine Antwort
Allein zu sein war noch schlimmer.
Die Stunden verrannen. Dann war plötzlich McClelland im Raum, deutlich spürte sie auf dem Rücken den Druck seiner Hand. Im nächsten Moment war er verschwunden, und sie konnte die Traurigkeit, die sie umgab, kaum ertragen.
Schritte kamen den Gang entlang, und eine Tür nebenan wurde geöffnet. Im nächsten Moment war wieder das grauenvolle Geräusch zu hören, Holz schlug auf Fleisch ein. Eva kroch in die der Tür entfernteste Ecke, presste die Hände gegen die Ohren und versuchte nichts zu hören.
Später erwachte sie. Ein Rechteck hellen Lichts blendete ihre Augen, Hände rissen sie vom Boden hoch. Ihre Beine schienen

ihr nicht zu gehorchen. Man schleppte sie aus dem Raum heraus den Gang hinunter. Sie konnte ihre Gesichter nicht sehen, sie sah nur dasselbe Lichtrechteck.

Sie wurde in ein helles Zimmer gebracht, und man befahl ihr zu warten. Sie tastete sich mit den Händen vor, wie in der Dunkelheit, und als sie nach der Kante eines Stuhls griff, setzte sie sich nieder.

Das kann doch nicht mir passieren, sagte sie sich, das passiert dieser Eva Hanson.

Jemand betrat das Zimmer, und sie wandte sich in die Richtung des Eintretenden. Ihre Augen tränten und verschwammen, und sie konnte nahezu nichts sehen, nur die Silhouette eines Mannes.

»Eva.«

Es war Edward. Sie schluchzte erleichtert auf.

»Mein Gott, ist alles in Ordnung mit dir?« Er hielt sie fest, bis sie nicht mehr weinte, dann zog er ein Taschentuch heraus und versuchte ihr Gesicht zu reinigen.

»Woher wusstest du, dass ich hier bin?«

»Glaub mir, ich wünschte, ich wüsste es nicht. Die Witwe und Tomas kamen zu mir. Sie haben dich seit Tagen versucht zu befreien, aber sie lassen niemand außer *haoles* zum Gefängnis. Du kannst dir kaum vorstellen, wie viel Schmiergeld es mich gekostet hat, nur bis zu dir vorzudringen.« Er öffnete seine Aktentasche und entnahm ihr irgendwelche Papiere.

Edward war unberechenbar. Das zumindest hatte sich nicht verändert.

»Wo ist McClelland?«, fragte sie.

Edward ignorierte ihre Frage.

»Ich bin davongelaufen, er sagte mir, ich sollte laufen … Edward, ich muss ihm eine Nachricht zukommen lassen.«

»Er ist verschwunden.«

»Sie haben ihn eingesperrt?«
»Nein, ich meine wirklich verschwunden. Gerüchte besagen, er und ein anderer Mann hätten ein Boot nach Maui genommen. Sein Bruder, oder so ähnlich.«
Eva fühlte unendliche Erleichterung. »Gott sei Dank!«
»Es wäre auch am besten, er würde dort bleiben. Es gibt einen Haftbefehl für ihn. Du suchst dir wirklich die Richtigen aus, Eva.«
Er sah nervös seine Papiere durch. »Hör zu.«
Seine Stimme klang ganz sanft, sie mochte diesen Ton nicht und noch weniger das, was er ihr als Nächstes sagen würde.
»Ich bin gekommen, um dich hier rauszubringen.«
»Man hält mich illegal fest.«
»Nein, keineswegs. Weißt du eigentlich, weshalb gegen dich Anklage erhoben wird?«
»Landesverrat.«
Wegwerfend hob er die Hand. »Ach, ich bitte dich, Eva, das ist die Anklage gegen jeden. Bei dir ist es schlimmer. Es handelt sich um Anklage wegen Mord. Sie beschuldigen dich, diesen Mann umgebracht zu haben.«
»Aber … das ist doch lächerlich.«
»Ich weiß, es ist lächerlich, aber schau dich doch um. Diese Leute bekommen das, was sie gerne haben wollen.«
Und das ist der Grund, dass du auf ihrer Seite bist, dachte sie. Du hast dich für sie entschieden.
»Es geht um Rhodes, nicht wahr?«
Edward senkte die Stimme. »Du verstehst es immer noch nicht. Es geht um viel mehr als um Rhodes. Er arbeitet für einflussreiche Leute, und er hat Fehler gemacht.«
Ja, dachte Eva. Er hat jemanden getötet, um dann als Käufer der Besitzungen des Mannes aufzutreten. Die mussten ja entzückt gewesen sein, dass ich ihnen über den Weg gelaufen bin. Der per-

fekte Sündenbock. Eine Frau mit zweifelhaften Ruf hat eine Verbindung zu einem toten Mann.
»Rhodes ist jemand, von dem du dich fern halten solltest«, fügte er hinzu.
»Und was ist mit dir, Edward? Hast du dich von ihm fern gehalten?«
Er hob die Hände und lächelte. »Ich kenne den Mann kaum.«
Eva schüttelte den Kopf.
»Du könntest auf Notwehr plädieren, einfach sagen, der Mann hätte dich attackiert, und du warst gezwungen, ihn zu töten. Doch du wirst auf jeden Fall eine Gefängnisstrafe bekommen, wahrscheinlich fünfzehn Jahre.«
Fünfzehn Jahre. Das war unmöglich. »Sie können mir nichts beweisen.«
»Ich bitte dich, Eva. Du bist Wahrsagerin. Wer sollte dich verteidigen? Du bist nicht einmal Amerikanerin. Niemand wird dir glauben, einfach, weil es allen egal ist.«
Er stand auf und ging hin und her. »Es wird noch schlimmer.«
»Was kann denn noch Schlimmeres sein?«
»Eva, sie haben dein Haus durchsucht. Und was haben sie gefunden? Schießpulver, Zündschnüre. Alles, was man braucht, um Bomben zu bauen. Viele Bomben.«
Sie sah Jonathan vor sich, seinen Rucksack. Auch er hat mich verraten, dachte sie und wusste nicht, ob sie enttäuscht oder erleichtert sein sollte. »Es gehörte nicht mir«, flüsterte sie.
»Nein. Ich weiß, dass es nicht dir gehörte. Du hast viele Talente, aber sogar diese Regierung kann sich ausrechnen, dass Bombenbauen nicht dazugehört.«
Sie sah ihn an. »Also was dann?«
»Sie wollen einen Namen.«
»Ich habe keinen Namen.«
»Eva, mach dich nicht lächerlich.«

»Wenn ich ihnen einen Namen gebe, darf ich dann bleiben?«
»Nur im Gefängnis.«
»Warum sollte ich ihnen dann irgendetwas geben?«
»Um rauszukommen. Betrachte die Sache nüchtern. Du hast die Wahl zwischen Gefängnis oder Exil.«
Exil.
»Du verlässt das Land mit dem Versprechen, niemals wieder zurückzukommen. Das Ganze wird als ungelöster Kriminalfall registriert.«
Er schob ihr ein Papier zu. »Sie wollen, dass diese Angelegenheit erledigt ist. Du musst nur das hier unterschreiben.«
Sie starrte das Papier an, ohne seinen Inhalt zu lesen.
»Du musst jetzt nicht die Heldin spielen.«
Sie schüttelte den Kopf. »Das hat mit Heldin-Sein nichts zu tun.«
»Also gut. Dann eben mit Starrköpfigkeit, wenn dir das lieber ist. Unterschreib einfach, Eva.«
»Wirst du dafür bezahlt?«
Er ignorierte die Frage. »Glaub mir, es ist ein Glück, dass du in dieser Stadt so bekannt bist. Es ist das Einzige, was dich schützt. Du hast keine Ahnung, wozu diese Leute fähig sind.«
Eva versuchte, ihre Stimme ruhig zu halten. »Wenn das ein ungelöster Kriminalfall bleiben soll, warum muss ich dann ein Geständnis unterschreiben?«
»Als Sicherheit.«
»Und was geschieht, wenn ich nur nach Maui gehe?«
»Das darfst du nicht. Sie wollen, dass du das Land verlässt.«
»Wenn ich also jemals zurückkomme …«
»Genau das wirst du nicht tun. Dieser Ort ist für dich für immer erledigt.«
»Nein«, sagte sie. »Das ist er nicht.«
Er starrte sie einen Moment an und schüttelte den Kopf. »Ach,

Eva. Ich hätte nie gedacht, dass du zur der Sorte von Frauen gehörst, die sich verlieben.«
Sie gab keine Antwort.
Er zuckte die Achseln. »Noch ein paar Jahre und sie werfen mich wahrscheinlich auch hinaus. Hör zu, wenn du versuchst zurückzukommen und sie dich erwischen, weiß keiner, was sie mit dir im Gefängnis alles treiben werden.«
Eva schaute auf ihre Hände, die Nägel gebrochen, mit Schmutz bedeckt. Sie hatte das Ende vorausgesehen und versucht, es zu ignorieren. Das Leben, das du dir selbst wählst, ist eben das, was sich dir entzieht.
Sie nahm die Feder und schrieb Eva Hansons Namen unter das Papier, in dem sie gestand, Mr. Kalama aus Leidenschaft getötet zu haben.
»Ich gehe nicht nach Europa zurück«, sagte sie leise.
»Nein. Ich wusste, dass du das nicht willst. Ich habe dir eine Fahrkarte nach San Francisco besorgt.«
Sie schaute auf. San Francisco? Sie hatte gehört, dass es dort einen Goldrausch an Taschenuhren und Juwelen, an Junggesellen mit Taschen voll Goldnuggets gab, aber nur sehr wenige Taschendiebe. Und McClelland weit weg über dem Ozean.
»Die Fahrkarte liegt für dich bei der Hafenmeisterei bereit.«
Eine Wache schlug gegen die Tür. »Die Zeit ist um.«
Sie standen auf. Eva wandte sich wieder der Halle zu. Sie ging an einem Mann vorbei, zusammengesunken, mit blutüberströmtem Gesicht.
»Nein«, sagte der Wächter, »den anderen Weg.«
Edward sagte kurz etwas zu dem Wächter, der nickte und die Tür aufschloss. Edward beugte sich nach vorn und küsste ihre Wange. »Hier ist etwas Geld.«
»Wessen Geld?«
Er zuckte die Achseln. »Spielt das eine Rolle? Gib es mir zurück,

wenn du kannst. Du hast nur wenig Zeit, deine Angelegenheiten in Ordnung zu bringen. Und hör mir gut zu«, flüsterte er, »sie beschatten dich. Sei vorsichtig, wo du sie hinführst.«

Sie verließ das Gefängnis und betrat die Straße.

Unter dieser Straße liegen Korallenbänke, dachte sie, Wellen umspülen sie, und trotzdem leben die Menschen so, als hätten sie festen Boden unter den Füßen..

Um eine kleine schwarze Kiste, auf der ein Missionar thronte, hatte sich eine Menschenmenge geschart. Er hielt die Bibel hoch und schüttelte sie wie ein Tamburin. Eva dachte, dass im Mund dieser Männer sogar Gott zum neckischen kleinen Affen wurde.

Vor dem Gefängnis blickte sie um sich und hoffte wider besseres Wissen, Lehua würde sie erwarten, oder – McClelland. Aber natürlich war niemand da. Ihr Rock hing in Fetzen, an den Schuhen hingen Lehmbrocken, die langsam abfielen, als sie durch Honolulu ging. Die Hitze hatte einen Höchststand erreicht, es war die Art Hitze, die Menschen bar jedes Gedankens, die Beine schwankender machte als der stärkste Alkohol. Fächer ruhten in den Händen von Menschen mit schweißüberströmten Gesichtern, Hunde lagen flach im Schmutz. Eva bog in die lange Straße zu Lehuas Haus ein.

Ihr blieb nur wenig Zeit, und doch konnte sie sich nicht dazu bringen, schneller zu gehen, ihre Beine waren zäh wie Sirup, der aus einem Glas gegossen wird.

Es war unwichtig, Kleidung zu packen. Alles, was sie mitnehmen wollte, war ein Schildpattkamm, eine Glaskugel und die Tarotkarten ihrer Großmutter. Sie dachte an einen der Scherze von *mormor*. Woran merkst du, dass du noch lebst?

Wenn alles immer noch unerträglich ist.

Sie blieb unter einem feuerroten Adventsternbaum stehen, lehnte die Stirn gegen den Stamm und schloss die Augen, um die Zukunft nicht sehen zu müssen.

Sie wusste, das Dock würde von Menschen und Gepäck überfüllt sein. *lei*-Verkäufer mit ihrem Angebot von Orchideen, Straußenfedern und *pikake*, die aber alle nicht mit dem *lei* hätten konkurrieren können, den ihr, wäre Zeit dazu gewesen, die Witwe geflochten hätte.
Am Pier würde die Blechmusik Lieder spielen, die erklangen, wenn Kneipen schlossen, Schiffe ablegten, Särge in den Boden gesenkt wurden. Tomas würde die trockenen Tränen eines alten Mannes weinen, und alle würden vorgeben, dass Eva bestimmt wiederkehren würde, sobald der Krieg hier vorüber, die Amerikaner wieder verschwunden wären.
Eine Reise über das Wasser ist besser als eine über das Land, sagte sie sich. Ein Fluss ist besser als eine Straße, und das Meer ist besser als ein Fluss.
Wie konnte sie Lebewohl zu diesen Menschen sagen, die sie erst gefunden hatte, als sie um die ganze Welt gereist war? Sie würde niemandem Lebewohl sagen, wozu auch? Es war nicht gut herauszufinden, in wie viele Scherben man sich selbst zerbrechen kann. Nein, sie würde fortgehen, wie sie gekommen war, ohne Ankündigung, mit einem kleinen Koffer und dem Namen einer toten Frau.
Sie bahnte sich ihren Weg durch die Menge. Irgendwie erwartete sie, dass jemand sie bemerken und sehen würde, wie sich alles in ihrem Leben geändert hatte. Doch für die Leute da war es ein Tag wie jeder andere, ein Tag der Hitze und der Soldaten.

Epilog

Eva hielt es nicht lange in San Francisco. Es stimmte, dass die Menschen dort sorglos mit ihrem Reichtum umgingen, das Gold so rasch ausgaben, wie sie es fanden, doch sie hatte sich an die warme Luft gewöhnt, die einen umhüllte wie ein Schal, und diese Stadt war zu kalt, zu sehr wie Norwegen.

Sie wandte sich nach Süden, zog die Küste entlang, wo das Meer wie eine drohende Faust gegen die Felsen brandete. Sie schaute über den Pazifik, nicht einmal in die Richtung, wo Hawaii lag, sie beobachtete nur das Kommen und Gehen des Wassers. Ihre Gedanken waren wie Papierfetzen, die verwehten, bevor sie sie erhaschen konnte.

Sie zog von Ort zu Ort in der Hoffnung, durch stete Bewegung könnte sie dem Schmerz entkommen. Sie zog durch kleine Dörfer, sagte den Menschen die Zukunft voraus und begriff, dass sie vor der Zukunft selbst genauso viel Angst hatte wie alle anderen. Jetzt ging sie mit ihr so vorsichtig um wie mit einer Tür, die sich zu einem brennenden Raum öffnet.

Es gab trockene Ödgebiete voll von Kakteen und den gebleichten Gebeinen von Vieh, es gab Städte, die des Nachts in Kälte erstarrten, um am Tag wieder zu schmelzen. Wenn Fremde in die Stadt kamen, schickte man sie zu der norwegischen Wahrsagerin. Und Eva wusste genau, was die Fremden hören wollten. Denn auch sie selbst war fremd.

Auf dem Hauptplatz einer kleinen Stadt beobachtete Eva eine Frau, die sich über einen Brunnen beugte, während eine Freundin ihr schnell einen Krug Wasser über den Nacken goss. Sie warf ihr nasses Haar nach hinten, lachte, als es über den Kopf flog und wie eine dunkle Welle gegen ihren Rücken schlug.
Durch die Straßen liefen Hunde, die so dünn wie Papier waren, und obwohl sie wusste, dass der Wohlstand einer Stadt an dem Gewicht ihrer Hunde zu erkennen ist, entschloss sie sich zu bleiben. Jeden Morgen lauschte sie dem Gelächter der Frauen, die am Hauptplatz des Ortes ihre Wäsche wuschen.
Eines Abends aß Eva in einem kleinen Gasthaus, als sie fühlte, wie jemand sie beobachtete. Als sie aufblickte, sah sie den toten Mann Kalama im Türrahmen stehen. Sie schloss die Augen, suchte an der Tischkante Halt und sah erneut auf. Er war da. Ungerufen. Er nickte, als er ihren Blick auffing, tauchte durch das gewellte Glas einer Fensterscheibe und verschwand.
Als sie an diesem Abend in ihr Mietzimmer zurückkehrte, nahm sie eine Feder und ein Tintenfass, dann begann sie einen Brief an Lehua. In dem Brief schrieb sie: Die Hunde in dieser Stadt sind dünn wie Papier, aber das Haar der Frauen ist so schwarz wie Deines …